POWERFUL

Tome I : Le Royaume d'Harcilor

* * *

Écrit par S. N. Lemoing

CHAPITRE 1 : La tente

Relan, an 12

En ce début de printemps, d'épais nuages gris recouvraient le ciel, laissant s'échapper une fine pluie glaciale. Les larges allées étaient désertes. Deux Gardiens passèrent le long des remparts, leurs chaussures s'enfonçaient dans la boue.

Ils devaient arborer un marquage au dessus des sourcils, un long et fin trait bleu nuit qui parcourait leur front. Ainsi, il était simple de les distinguer du peuple. Ils portaient aussi de longues capes sombres. Ces deux-là longeaient à grands pas le mur de pierre, largement rehaussé depuis que le nouveau roi Relan avait usurpé le pouvoir.

Ce monde n'était constitué que d'un seul grand continent divisé en trois parties. Le royaume d'Harcilor se trouvait au nord-ouest, tandis que le sud n'était constitué que de plaines désertiques. Quant à la partie est, séparée par la mer Karilii, elle était rattachée au sud par une chaîne de montagnes volcaniques très active. Les *harcilans* vivaient donc isolés, peu nombreux.

À Hierum, la capitale, le peuple résidait principalement dans des cabanes et des tentes, protégées par les murailles. Cependant, l'humidité et le froid perçaient autant au dehors qu'au sein des habitations.

À plusieurs mètres du château, se trouvait une allée où les plus grandes tentes avaient subsisté, plus ou moins intactes. Elles appartenaient aux Gardiens du défunt roi Geldir. Toutes présentaient à peu près les mêmes teintes : brun, auburn et anthracite, et les cloisons étaient renforcées de bois. Les nouveaux Gardiens furent, pour leur part, installés à la place des jardins du château afin d'être au plus près de Relan.

Devant l'une de ces tentes, brune, se tenait un jeune homme. Kaaz avait vingt-quatre ans mais en paraissait plus avec ses traits tirés, son teint blafard et ses lèvres violacées. Il était très grand, les cheveux longs noir de jais jusqu'au bas du dos, et ses yeux bleu clair paraissaient presque blancs par ce temps. La tristesse et la colère se lisaient sur son visage. Il portait une longue cape sombre lui aussi.

Il faisait partie des *Silarens*, les humains qui possédaient des pouvoirs magiques. Ceux qui n'avaient pas eu la chance d'en disposer à leur naissance étaient appelés *Iesilarens*.

Ces mots étranges venaient de la première langue parlée sur le continent : le Tystena. « *silar* » signifiait « *puissance* », et le préfixe « *ie* » indiquait la négation. Les Silarens pouvaient se *sentir*, c'est-à-dire percevoir l'énergie magique les uns des autres.

Kaaz observait les alentours de la tente. Personne ne devait découvrir ce qu'il s'y passait, les Gardiens les premiers. S'ils venaient à connaître ou suspecter les activités intérieures, toutes les personnes présentes seraient condamnées à mort.

De temps à autre, les Gardiens s'éloignaient du château pour inspecter les quartiers, ce qui inquiétait Kaaz. Il était arrivé quelques fois qu'ils passent devant la tente et viennent la fouiller.

Il avait, par précaution, fait le guet bien des jours, lorsque personne ne se trouvait dedans afin de les leurrer et de les laisser sur leur faim. Ils s'étaient quelque peu désintéressés tant qu'il n'y avait aucune activité soupçonnable.

Aujourd'hui, les Gardiens avaient décidé de passer à nouveau dans l'allée où se trouvait la tente. Kaaz était un peu nerveux mais feignait si bien l'indifférence à présent. Il aperçut les deux hommes de loin alors qu'ils tournaient dans le chemin boueux. Il ôta son gant noir et plaça sa main droite derrière le dos, tout en se mettant face à eux.

Il utilisa son pouvoir de Dissimulation : une énergie magique, invisible, qui se répandit tout autour de la tente, comme un bouclier. Ce pouvoir permettait d'empêcher les Silarens de sentir la magie dissimulée sous cette membrane d'énergie.

Il comptait bien cacher l'hôte et les invités de la tente. Il maintint cette fine couche d'énergie pendant que les deux hommes passaient devant lui et le dévisageaient.

Kaaz les salua, ils opinèrent discrètement de la tête à leur tour, le connaissant plutôt bien désormais. Du moins, c'est ce qu'ils croyaient.

Ils continuèrent leur chemin, ne voyant et ne ressentant rien qui pourrait les mettre en alerte. C'était l'un des deux pouvoirs de sa mère, un pouvoir plutôt rare et fort envié.

Kaaz maintint son bouclier quelques instants, il était plus sûr d'attendre qu'ils soient loin. Définir à quelle distance l'énergie magique pouvait être perçue ou non par autrui était difficile. Tout dépendait de l'intensité de ses propres pouvoirs et de celle des autres. Néanmoins, ces deux Gardiens n'étaient pas si puissants. De plus, l'un ne possédait que la Mobilité, et l'autre l'Inflammation, des pouvoirs bien repandus.

Les deux hommes suffisamment éloignés, Kaaz cessa d'émettre sa Dissimulation. Apparemment, il n'y avait plus personne à attendre. Les invités savaient que s'ils ne le voyaient pas devant l'entrée, il fallait faire demi-tour. Il souleva la première portière de la tente, puis la deuxième, plus lourde, plus épaisse, pour rentrer à l'intérieur.

Se trouvaient là une dizaine d'enfants et de jeunes adultes assis au sol, sur des tapis, ainsi que quelques parents. Le sifflement du vent et la tombée abrupte des gouttes de pluie parcouraient le dessus de la toile. Malgré ces conditions incommodes, les invités se tenaient tous face à une table et une escabelle inoccupées. Ils attendaient patiemment après quelqu'un.

Un petit garçon brun à la peau cuivrée, Cil, s'approcha de Kaaz :

« Quand je serai grand, j'espère être aussi puissant que toi ! s'exclama-t-il.

Kaaz sourit, ce qui lui arrivait rarement. De sa main droite, il ébouriffa les cheveux du garçon.

— Je l'espère aussi. »

L'homme qu'ils espéraient tous sortit de la pièce du fond, et posa ses manuscrits sur la table. Cil reprit place parmi les autres enfants.

Cet homme se nommait Cyr Belgran, il avait une cinquantaine d'années, la peau couleur d'ébène, les cheveux et la barbe blancs. La couleur rouille de ses yeux illuminait son visage et y apportait de la douceur bien qu'il avait déjà un air bienveillant. Il se tenait face à ses écoliers. Il déroula une carte du monde, dessinée par ses soins, et la suspendit.

Il avait retranscrit de mémoire ce qu'il avait vu jadis dans divers ouvrages, avant que ceux-ci ne soient brûlés par le nouveau Chef des Gardiens.

« Bonjour à tous. Aujourd'hui, nous allons étudier la géographie de notre monde et de notre royaume. Pour en revenir à la leçon de la dernière fois, il est important de savoir d'où l'on vient, de connaître son environnement. Vous devez vous aider de ce qui vous entoure, vous n'êtes que de passage, mais la Nature, elle, est là depuis bien longtemps et elle le restera. Peu importent les rois et les reines passés, présents et futurs. Peu importent les peuples. La Nature nous accorde le droit de vivre. Elle nous a donné naissance, a créé des êtres vivants à contempler, nous a apporté de quoi nous nourrir, de quoi nous abriter, nous vêtir et nous soigner »

Il jeta une poignée de poudre, un mélange contenant du crachat de lune et de l'amanite panthère séchés, tout en récitant un sort en langue ancienne :

« *Utena beris.* »

La poudre tenait en suspension. Apparurent des images : des primevères de toutes les couleurs, blanches, jaunes, mauves et pourpres, en train d'éclore ; un ruisseau serpentant entre des berges recouvertes de premières neiges ; puis le lever du soleil au dessus des vastes plaines de l'est. Les enfants et les parents en étaient émerveillés.

À l'aide d'un bâton, Cyr dissipa cet écran magique. La poudre s'affaissa au sol en un monticule. Il était Iesilaren et pratiquait la magie matérielle. Une magie moins puissante qui avait toutefois d'autres avantages.

« Elle nous offre son appui, ses beautés. C'est à nous de nous comporter comme il se doit envers elle et ses créatures, dont nous-mêmes, humains. Nous avions un roi qui nous considérait et comme vous le savez, il fut renversé il y a de nombreuses années … »

Dans la salle, tout le monde écoutait avec attention. Cyr était certainement l'homme le plus avisé de la capitale, voire même d'Harcilor.

« Nous sommes désormais soumis à un autre

roi, ainsi que son fils, Chef des Gardiens, en plus d'une Garde déloyale. Tous assoiffés de richesses et de sujétion. Nous ne devons jamais oublier ce qu'a été notre royaume durant des générations : un pays juste et libre. »

Les yeux des enfants et des parents brillaient, à la fois par nostalgie de ce passé secrètement gardé, et d'admiration pour cet homme à la volonté si forte.

* * *

À l'intérieur du château se préparait une excursion. Les domestiques remplissaient les malles en bois de châtaignier et les coffrets en fer forgé de provisions, de linges ou encore de vêtements blancs immaculés aux bordures bleu roi. Toutes les étoffes comportaient l'écusson des Dois cousu de fils d'or : un grand chêne surmonté d'une couronne, car « dois » signifiait tout simplement « chêne » en Tystena.

« *Ridicule* » pensèrent les couturiers, un arbre portant une couronne. Mais s'ils désiraient quitter le monde de leur belle mort, en aucun cas ils ne devaient donner leur avis à voix haute.

Les domestiques s'agitaient dans les caves froides et humides, puis remontèrent les derniers bagages au rez-de-chaussée.

Litar devait partir avec un cortège à la recherche d'une plante rare dont on murmurait l'existence. Elle aurait permis d'intensifier les pouvoirs, et le jeune homme était reconnu comme l'être le plus puissant du royaume. C'est ainsi qu'avec son père, ils avaient pu renverser le roi Gedir et ses Gardiens. Personne ne fut à la hauteur pour vaincre le fils Dois.

Litar, dans sa chambre fastueuse, prenait son bain. Le feu crépitait dans la large cheminée. Les effluves de saponaire et de camomille embaumaient la pièce. Il ne voulait aucune aide des chambriers, il ne supportait ni leur présence, ni leurs regards indiscrets. Il pouvait se débrouiller seul. La domesticité préparait le bain puis devait sortir pour s'adonner à d'autres corvées.

Il contemplait la pièce qui lui avait été attribuée : le grand lit à baldaquin dont le drapé en lin brut laissait apparaître des ornements géométriques et floraux brodés de couleur saphir, les trois chandeliers en bronze à cinq branches et leurs bougies en graisse végétale, ainsi qu'un confortable banc en acajou couvert d'un velours azur disposé sous la fenêtre et faisant face au lit. La verrière translucide était agrémentée de vitraux colorés, comme toutes celles du château. Quelques rayons rouges et verts se reflétaient sur le sol et les tissus. Comparée à son ancien foyer, cette pièce semblait être une somptueuse tanière à elle seule.

Litar sortit de l'eau savonneuse et se dirigea vers le paravent. Il prit la serviette posée dessus puis s'essuya le corps. Cette vie solitaire ne lui plaisait guère, mais son père éprouvait enfin de la fierté envers lui.

Le voyage devait durer deux cycles lunaires.

Sa charge consistait à parcourir tout le royaume et tenter de mettre la main sur ces fameuses racines avec l'aide d'érudits, appelés *Utelyns* en langue ancienne. Il enfila sa chemise, sa tunique blanche par dessus, ses braies puis ses chausses qu'il noua, et enfin son pourpoint albâtre au liseré bleuet pour résister au froid. Il alla saisir sa longue cape blanche étendue sur le lit et la passa, puis il mit ses bottes. Plus, une côte de maille et des canons d'avants-bras en fer comme protection.

Du haut de ses vingt-sept ans, avec son corps bien sculpté, ses profonds yeux bleu foncé, sa chevelure châtain et sa courte barbe, sans s'en rendre compte, il faisait s'exalter le cœur de quelques Gardiennes et Gardiens, d'une grande partie des domestiques, et de certains Utelyns également.

* * *

Dans la tente de Cyr, la leçon suivait son cours. Du bout de son bâton, il présentait ce monde méconnu des nouvelles générations :

« Les terres représentent la partie la plus infime de notre monde. Les mers s'y étendent à l'infini. Il y a également des terres dont nous connaissons l'existence mais dont nous ignorons toujours ce qu'il s'y trouve.

Il pointa du doigt une petite île au sud de la carte, très éloignée des trois sous-continents existants.

— Nous vivons sur le continent Umpar, ce qui signifie « centre du monde » en langue ancienne. Oui, nos ancêtres furent très modestes.

Les rires parcoururent discrètement la tente.

— Nous sommes des umparits. Notre royaume, Harcilor, n'a pas beaucoup changé depuis deux siècles. Il s'étend sur toute la partie nord-ouest jusqu'à la grande chaîne de montagnes volcaniques de Granica. »

Soudain, la pluie s'abattit plus vivement, le bruit sourd parcourait le toit. Cyr dut hausser la voix pour se faire mieux entendre.

Il se déplaçait tout en récitant son savoir, les enfants et les parents ne pouvaient être que fascinés. Aux premiers rangs se trouvaient les plus jeunes, entre cinq et dix ans, puis derrière eux les jeunes adultes.

Loya, une petite fille de sept ans au teint ambré et les cheveux roux flamboyants leva la main.

« Oui ?

— Maître, que trouve-t-on dans les autres royaumes ?

— Nous verrons cela la prochaine fois. Disons que notre royaume est le seul où le pouvoir fut pris de force. Ceux de l'est et du sud ont tenté de nous venir en aide mais perdirent beaucoup de combattants. Ils durent finalement renoncer. »

Cyr rangea la carte du monde et en sortit une nouvelle, celle-ci présentait le royaume d'Harcilor.

* * *

Au château, l'escorte était fin prête à partir.

Litar descendit les escaliers majestueux en marbre beige et s'assit dans le plus grand carrosse auquel six grands chevaux blancs étaient attelés. Les quatre autres véhicules étaient pourvus de quatre chevaux noirs chacun.

Une domestique du nom de Nella se présenta et lui offrit une fleur, une violette, pour lui témoigner son affection. Surpris, il dévisagea la jeune femme, or celle-ci lui parut si laide qu'il ne sût quoi répondre. Il se saisit de la violette, n'ayant que faire du protocole comme à son habitude.

C'était la fleur préférée de sa mère. Il la fit tournoyer entre ses doigts, absorbé par ses pensées. Il y avait bien longtemps qu'il n'en avait vue. Les sorties hors de la capitale se faisaient rares, et tous les jardins du château avaient été recouverts par des logis sur ordre de son père.

« Ne faites plus jamais cela, c'est inconvenant. Mon père aurait pu vous faire pendre.

— Je le sais Chef, il n'y a qu'à vous que je l'aurais donnée, répondit-elle en baissant le regard, honteuse.

— Ne recommencez pas. »

Elle retourna à sa place, acquiesçant, puis reprit une contenance appropriée.

Litar claqua des doigts et les cochers commandèrent au cortège d'avancer. Les cinq grandes carrioles recouvertes de feuilles d'or ne passaient pas inaperçu, bien qu'elles ne risquaient aucun assaut. Il fallait être bien fou pour s'interposer devant Litar.

La caravane traversa la capitale devant les

badauds qui lorgnaient sur ces gens de la cour, cachant leur haine en leur for intérieur. Ils les maudissaient bien qu'ils ne pouvaient rien faire pour les arrêter.

Ils partirent pour le nord : un Utelyn avait lu dans la terre que la plante poussait dans les régions froides.

* * *

À la porte sud de la ville se trouvait une petite forêt de sapins nommée Suolistaa. L'air brumeux en faisait l'endroit idéal pour s'y dérober.

Une silhouette obscure s'y mouvait. Une longue cape sombre, la tête baissée et une grande capuche assombrissant la totalité de son visage : il était difficile de savoir s'il s'agissait d'un homme ou d'une femme. La silhouette avançait à pas fermes et pressés. Ses épaisses bottes renforcées ne craignaient ni l'eau, ni la boue. Les flaques éclataient à chacun de ses pas.

Il n'en fallut pas plus pour attirer deux Gardiens, un homme et une femme, qui patrouillaient à la lisière du bois. Ils se dirigèrent à toute vitesse vers cet énergumène qui, pensaient-ils, devait vouloir défier l'ordre pour quelques secondes d'attention.

« Arrêtez-vous ! ordonna l'homme.

La silhouette s'arrêta, contrariée.

— Retournez-vous ! » somma la femme.

La silhouette se retourna mais non pour exécuter cet ordre : elle leva sa main gauche gantée face aux deux Gardiens et les éjecta à plusieurs mètres. Cette violente impulsion leur fit perdre connaissance. Ils se heurtèrent, inconscients, aux troncs d'arbres et demeurèrent au sol, immobiles.

La silhouette mystérieuse décida de se montrer plus discrète. Son but était évidemment d'entrer dans la capitale bien qu'elle ne pensait pas que les Gardiens l'eussent vue. L'un d'entre eux devait avoir une vision décuplée. Elle utilisa son pouvoir d'Invisibilité dès à présent, ainsi le paysage devint entièrement gris à nouveau.

La silhouette invisible parvint à la tente de Cyr, souleva la première tenture et profita de l'entre-deux pour se rendre à nouveau visible. Elle souleva la deuxième étoffe et pénétra dans la grande pièce.

Kaaz, qui se trouvait adossé juste à côté, la remarqua et eut un sentiment d'angoisse.

Cyr s'interrompit, et tous les yeux se tournèrent vers l'intrus.

De son large capuchon ne sortaient que quelques mèches de cheveux châtains clairs aux reflets presque dorés. Elle l'abaissa, laissant apparaître son visage. Il s'agissait d'une jeune femme bien étrange.

« Veuillez continuer, je vous prie » fit-elle à Cyr.

Le maître fut pris de court. Qui était cette jeune femme qu'il n'avait jamais vue auparavant ? Pourtant celle-ci n'avait aucunement l'air menaçante : si Relan avait découvert le secret de la tente, il aurait plutôt fait intervenir son fils. Il continua la leçon comme demandé.

« C'est qui la dame ? chuchota Loya, en se retournant vers Ty.

— Je n'en ai aucune idée » répondit-il, intrigué.

Ty était un jeune homme de quinze ans. Il était sec comme un bâton, et avec ses cheveux blonds en bataille il ressemblait à un mauvais épouvantail. Les cours le passionnaient et il admirait Cyr. Il tentait de déceler ses pouvoirs depuis tout petit, rêvant d'en posséder. Toutefois, il n'en avait encore jamais trouvé.

Parfois, il se disait qu'il devait peut-être y renoncer, qu'il n'avait probablement rien hérité de ses ancêtres. Et de temps à autre, il retentait le coup : après tout, s'il s'y prenait mal, ou bien si le pouvoir était ardu à découvrir, il était bien normal que cela prenne un certain moment.

La pluie s'apaisa peu à peu, le bruit assourdissant céda sa place aux clapotis harmonieux. Cyr fit une pause presque au même instant, en fouillant dans ses effets personnels, puis reprit son discours :

« Notre calendrier est conçu de telle manière que l'on utilise le nom du roi pour situer une époque, suivi du nombre d'années de son règne. Ainsi, nous sommes en l'an 12 sous la royauté de Relan. Cela fait douze ans qu'il a pris le trône. Le roi précédent se dénommait Geldir, dont le règne s'est achevé au bout de quarante huit années, et la reine le précédant, sa tante, se nommait Akelom. »

Cyr ne semblait plus troublé par la présence

de la jeune femme, les enfants n'y prêtaient plus attention non plus.

Kaaz, quant à lui, observait avec méfiance cette inconnue. Elle lui paraissait trop équivoque. Son visage lui semblait totalement étranger, pourtant il en connaissait des gens de vue à Hierum. Et un tel visage, il s'en serait souvenu. Si elle cherchait à s'en prendre aux enfants, ou à Cyr, il serait le premier à s'interposer.

Il se concentrait pour déceler une éventuelle énergie magique, mais il lui était impossible de ressentir quoique ce soit. Et il en était sûr, elle ne pouvait pas être Iesilaren, elle exhalait quelque chose d'inexplicable. S'il ne l'avait pas sentie arriver, cela signifiait qu'elle possédait au moins la Dissimulation, tout comme lui, et qu'elle pouvait alors cacher davantage de pouvoirs. Il l'observait du coin de l'œil et se préparait à intervenir au moindre geste.

« Bon, jeunes gens, la leçon est terminée pour aujourd'hui. Comme à chaque fois, sortez au fur et à mesure pour ne pas vous faire repérer. »

Kaaz s'approcha de la jeune femme et lui lança un regard glacial, elle lui rendit le même.

« Que voulez-vous ? grommela-t-il.

— Je vais m'entretenir avec Cyr, cela ne vous regarde en rien » répondit-elle en se dirigeant vers le maître.

Kaaz s'éclipsa pour assurer son rôle de guetteur tout en jetant des coups d'œil en direction de l'inconnue. Le champ était libre, il fit sortir une mère et son fils bien que la pluie n'avait toujours pas cessé.

La jeune femme mystérieuse s'avança avec assurance vers Cyr :

« Maître, puis-je vous parler à part ?

Elle ne lui parut pas hostile, mais plutôt affable. Il ressentit un certain soulagement.

— Bien sûr, suivez-moi. »

Ils passèrent dans la pièce du fond. C'était le lieu de travail de Cyr, tous ses écrits, ses remèdes et son matériel de magie s'y trouvaient.

« À qui ai-je l'honneur ?

— Mon nom est Selna Harel, j'ai entendu parler de vous dans de petits villages de l'est.

Cyr n'en crut pas ses yeux ni ses oreilles. Il scruta le visage de la jeune femme, et il lui semblait bien reconnaître celui de l'ancienne Cheffe des Gardiens.

— Mais comment cela serait-il possible ? L'époux et la fille de Kolin ont été retrouvés morts.

— Il s'agissait d'un père et sa fille déjà à terre. Pour nous couvrir j'ai utilisé mon pouvoir de Transformation sur eux. Je viens à vous car nous avons le même but, reconquérir le royaume, affirma-t-elle.

— Avez-vous hérité de tous ses pouvoirs ?

— Et bien plus encore, lui dit-elle en souriant.

— Pardonnez-moi, voulez-vous une tisane de sauge ? J'ai besoin de reprendre mes esprits, plaisanta-t-il.

— Avec plaisir » répondit-elle en s'asseyant à table.

En attendant leur tour, les enfants jouaient ensemble silencieusement. Kaaz fit signe à un père et son fils de sortir, ceux-ci jetèrent un coup d'œil inquiet. Le chemin étant libre, ils s'élancèrent hors de la tente.

Ty s'approcha d'une jeune fille du même âge que lui, Chellis. Cela ne faisait que la deuxième fois qu'elle assistait à la leçon.

« As-tu apprécié l'enseignement du jour ? lui demanda-t-il timidement.

— Oui, j'ignorais quelle était l'étendue de nos terres. Le royaume est si vaste alors que je n'ai jamais quitté la capitale, dit-elle avec amertume.

— Moi non plus, et il est si difficile de sortir de Hierum de nos jours. »

Pour tout dire, le jeune homme n'était pas insensible au charme de Chellis : son abondante chevelure blonde vénitienne ondulée et ses grands yeux vert clair y étaient pour quelque chose. Elle avait des formes généreuses, de jolies pommettes rebondies constellées de taches de rousseur et des lèvres charnues.

Le cœur de Ty s'emballa.

« Alors, as-tu décelé un pouvoir dernièrement ? lui demanda-t-elle.

— Non, toujours rien, répondit-il, déçu.

— Si tu le veux nous pourrions nous entraîner ensemble. Peut-être pourrions-nous échanger des conseils ?

Il se sentit comme sur un petit nuage, et sauta sur l'occasion.

— Tout à fait ! Nous devrions nous entraider.

— Moi aussi ! Pourrais-je m'entraîner avec vous ? demanda Loya, la petite fille à la chevelure flamboyante.

Ty fut quelque peu contrarié.

— Oui, nous devrions nous retrouver devant le potager sud ! » s'enthousiasma Chellis.

Kaaz entra à nouveau dans la tente et fit sortir deux jeunes gens. Il jeta un coup d'œil circulaire et ne vit ni Cyr, ni la jeune femme. Suspicieux, il décida d'aller voir dans la pièce de travail.

En soulevant le rideau, il les découvrit assis à table en train de boire leur tisane. Il referma soigneusement l'ouverture pour ne pas alerter les visiteurs.

« Qui êtes-vous ? lança-t-il à Selna.

— C'est la fille de Kolin Harel, répondit calmement Cyr.

— C'est impossible, elle a été retrouvée morte.

— Kaaz, elle dit vrai, je connaissais Kolin. Elle lui ressemble, elle a les mêmes pouvoirs qu'elle. Son père et elle ont réussi à s'enfuir et à se mettre à l'abri tout ce temps.

— Si vous êtes si puissante, pourquoi ne vous a-t-on pas vu plus tôt ?

— Je m'entraînais, je devais être prête. Ce n'est pas une attaque à la légère.

— Comment avez-vous entendu parler de nous ?

— Mon père et moi étions dans l'est. Dans les

villages il se murmure qu'une opposition s'est constituée durant toutes ces années, que le peuple s'échange des ouvrages cachés, que des écoles secrètes se sont formées. Plus précisément, c'est un joaillier, Kirso, qui m'a parlé de vous. Un homme petit et moustachu.

— Oui je le connais, il tient des cours dans son village lui aussi, répondit Cyr.

— Oui. J'ai aussi entendu dire que Litar était parti sillonner le royaume pour deux lunaisons.

— Vous en entendez des choses, rétorqua Kaaz, soupçonneux.

— Vous n'en avez pas idée, lui renvoya-t-elle, ironiquement.

— Kaaz, elle possède la Transmission de pensée, ajouta-t-il en se tournant brièvement vers le jeune homme. Et donc vous voulez intervenir durant son départ ? demanda Cyr.

— Nous avons deux cycles lunaires pour préparer une stratégie. En son absence, nous devons anéantir toute la Garde et le roi.

— C'est trop peu, répondit laconiquement Kaaz.

— C'est notre unique chance » répliqua Selna.

CHAPITRE 2 : La couronne

Geldir, an 43

Une tente anthracite, à l'est de la ville, abritait la famille Kelan. La mère, Kern, était une grande femme dont les longs cheveux noir de poix, qui lui arrivaient à la taille, ne faisaient qu'accentuer son interminable silhouette. Elle avait des yeux aussi sombres que ses cheveux et le teint si pâle qu'à côté d'elle la neige paraissait chaleureuse. Ses origines de l'est remontaient à si loin qu'elle en avait gardé ces caractéristiques.

Les natifs de l'ouest contaient que les natifs de l'est paraissaient toujours malades à cause de leur peau si blanche, mais cela n'était d'aucune pertinence. Kern avait une si bonne santé qu'elle n'avait jamais eu de maux depuis sa naissance. Elle semblait avoir transmis sa solide constitution à ses enfants, qui eux aussi échappaient à toutes les fièvres et toux chaque hiver. Son mari, Brim, le même âge qu'elle, était encore plus grand. Il pouvait voir par dessus les cabanes et les tentes : c'est pourquoi leur foyer dépassait de plusieurs mesures ceux de leurs voisins.

C'était un homme à la musculature impressionnante, ses épaules étaient trois fois plus larges que celles de sa femme. Ses cheveux courts et blonds étaient aussi piquants que sa courte barbe. Leurs deux enfants en plaisantaient souvent. Il avait des yeux ronds aux prunelles bleu acier, des joues bien pleines et rougeâtres par le froid.

Il avait demandé sa main à Kern dans leur village de l'est. Le roi souhaitait recruter de nouveaux Gardes pour rajeunir ses rangs, ce couple juvénile aux rares pouvoirs n'était pas passé inaperçu. Ils acceptèrent l'offre et vinrent s'installer à la capitale, après tout ce serait le lieu idéal pour élever leurs futurs enfants.

Quelques lunaisons suffirent avant d'accueillir l'aîné, Kaaz. Puis, dans l'attente de temps plus doux - due à plusieurs années de grands froids - ils eurent leur second fils, Rimm.

Un soir, alors que Kaaz jouait avec des pierres dans la pièce à vivre, il fit apparaître une étincelle entre ses paumes :

« Regarde papa ! Je peux faire comme toi !

Brim, fier, s'approcha de lui et lui ébouriffa les cheveux.

— Encore un peu de pratique et tu deviendras

Gardien ! » dit-il tout en se dirigeant vers le berceau en bois de Rimm pour le changer.

Kaaz accourut voir sa mère, dans la chambre parentale, qui était en train de coudre une cape pour lui.

« Maman regarde, j'ai le même pouvoir que papa ! dit-il en joignant ses mains et fit jaillir de petites étincelles.

— C'est bien mon petit ! Veux-tu que je te montre une astuce ? proposa-t-elle en posant son ouvrage au sol.

— Oui, bien sûr. »

Elle se mit à genoux pour être à la hauteur de son fils. Elle tourna ses mains vers le ciel, les particules d'eau présentes dans l'air se rassemblèrent au creux de ses paumes. En joignant ses mains, elle combina le tout puis déversa le liquide à terre.

« Si un jour tu es en danger et qu'il y a de l'eau non loin de toi, laisse celui qui te poursuit entrer en contact avec. Ensuite, envoie ton énergie magique sur la mare ou la rivière, ainsi tu maîtriseras ton poursuivant. »

Elle lui prit la main et l'aplatit à la surface de la flaque. Le garçon lança ses étincelles, encore minimes, mais qui se propagèrent dans le fluide. Kaaz se tourna vers sa mère en souriant et lui embrassa la joue. Elle le serra contre elle.

À l'automne Geldir an 48, Kern et Brim montaient la garde à la porte ouest du château lorsqu'ils entendirent un vacarme, tel un bruit de cabane qui s'effondrait.

« Reste ici, je vais jeter un œil » fit Brim.

Il passa par la poterne. Les grandes portes étaient fermées puisqu'aucun événement n'était à prévoir avant plusieurs semaines. Passée la seconde petite porte, il distingua le jeune Litar - qui venait d'avoir ses quinze ans - accompagné de quatre autres Silarens plus âgés s'attaquer à deux autres Gardiens.

Voyant ses amis tomber sous les coups, il s'interposa en utilisant son pouvoir Foudre sur Litar mais celui-ci s'enveloppa aussitôt de son Bouclier doré. L'énergie électrique qui sortait de sa main n'était pas suffisamment corrosive et ne fit qu'effleurer la coque mouvante et impassible du jeune Dois.

Un des quatre autres Silarens éjecta Brim grâce à sa Mobilité : il fut projeté contre une cabane qui s'écrasa sous son poids. Il se releva avec peine quand il entendit la voix de Kern crier :

« Arrêtez ! Que faites-vous ? Pourquoi trahir notre bon roi ? »

Le même Silaren la balaya d'un revers de la main, elle tomba à la renverse. Litar utilisa son Inflammation pour la brûler vive, elle hurla de douleur alors que les flammes s'attaquaient à ses jambes.

Brim rassembla ses forces et courut, puis bondit sur sa femme pour la recouvrir et la protéger des flammes. Elle hurlait et pleurait à la fois. Elle leva une main pour caresser le visage de Brim, dont les vêtements commençaient à s'enflammer à leur tour.

Toujours de sa main droite, Litar lança de nouvelles flammes sur le couple qui fut enveloppé par le feu. Brim serra Kern de toutes ses forces, elle l'enlaça. S'ils devaient mourir, c'était ensemble.

* * *

La grande salle du château pouvait accueillir jusqu'à cinq cents invités. Ce n'était pas une bâtisse lugubre, mais au contraire un château prodigieusement lumineux et accueillant. Toutes les salles étaient pourvues de larges verrières qui laissaient entrer la lumière. Les villageois, qui avaient à certaines occasions le droit de visiter l'intérieur, parlaient sans cesse de cette salle magistrale, d'une splendeur comme ils n'en avaient jamais vue et, certainement, n'en verraient aucune autre de leur vie.

Les vitraux profilaient des taches de lumière colorées : des nuances de bleu, de jaune, et de vert formaient comme des rubans teintés aériens sur le sol en marbre blanc. De grands rideaux en velours blanc et aux lisières azures les ornaient.

Il y avait également des fresques murales ; sur le mur de droite, à l'entrée de la salle, se dressaient des licornes au galop entourées de lucioles et de feux follets rouges et bleutés, sautant par dessus un ruisseau dans la nuit noire ; sur le mur encadrant la porte étaient représentés trois Utelyns en train d'enseigner à quelques enfants dans une salle du château destinée à l'apprentissage de la lecture ; enfin, la fresque plafonnière représentait le château d'Harcilor vu de la plus haute colline des alentours.

Une cité majestueuse et modeste à la fois. Car Geldir n'était ni dépensier, ni frivole. L'or, les pierres précieuses, tout cela ne l'intéressait point. Et pour la plupart des harcilans, ce n'était pas ce qui faisait la beauté d'un lieu, c'étaient ses couleurs, sa luminosité, ce qui en émanait.

Pas étonnant que Geldir fut souvent désigné comme l'un des meilleurs rois du royaume : un *Ulin Ece*, un bon roi. Il était proche de son peuple, lui ressemblait. Quarante huit années de règne bien méritées, à la suite du décès de sa tante Akelom. Celle-ci fut aussi une Ulin Ece, comme son père avant elle, si ce n'est qu'ils étaient un peu plus demandeurs sur les taxes.

Mais dès son accès au trône, Geldir souhaita que le peuple vive plus aisément, les impôts étaient bien élevés et le surplus de monnaie dormait dans les coffres du château. Meilleure était son utilisation entre les mains des villageois. Personne ne mourrait de faim, ni de froid. D'ailleurs les harcilans venaient souvent déposés des présents à leur Ece : il n'en avait nul besoin, mais ils tenaient fortement à lui montrer leur gratitude.

De plus, ils éprouvaient une profonde compassion depuis que son épouse, la reine Chya, avait succombé en donnant naissance à leur premier enfant, cinq années auparavant. Ce fut un drame pour le roi et le royaume entier.

Geldir n'avait pas retrouvé l'amour depuis car il était toujours autant affecté par la perte des deux êtres qui lui furent les plus chers au monde. Et le peuple ne pouvait pas lui en vouloir. Pendant des années, ils en avaient expérimenté des remèdes pour augmenter les chances d'enfanter. Et lorsqu'enfin le château attendit un heureux événement, la vie en décida autrement.

Le roi demeurait assis de longues heures sur son trône après cette terrible épreuve. Puis, peu à peu, il reprit goût à la vie.

Le trône était l'un des rares biens du château à être composé d'or. L'armature était couverte de dorures, le siège et le dossier recouverts de velours aux rayures bleues et blanches. Il avait traversé les siècles, seul les tissus avaient dû être changés.

Il y avait des règles bien précises dans le royaume. Le roi ou la reine, ne devait posséder aucun pouvoir, et l'être le plus puissant et bon devait être Chef des Gardiens.

Le souverain était ainsi censé être la personne la plus sage pour gouverner, prendre des décisions, et ne risquait pas de se laisser emporter par ses pouvoirs magiques. C'est pourquoi le Chef des Gardiens pouvait, en cas de besoin, réfréner une hypothétique folie du roi, en usant de ses pouvoirs ou non. Les Gardiens étaient donc moins puissants mais tout de même efficaces contre une quelconque menace.

Le Trésorier, Relan, et les membres de son complot se dirigeaient vers la salle du trône. C'était un homme élancé, les cheveux mi-longs grisonnants. Un homme au physique attrayant quand on ne discernait ni sa perversité, ni son désir de domination.

Le groupe croisa Riga qui effectuait sa ronde dans les couloirs. Elle fut surprise de les voir déambuler le pas si ferme.

« Que se passe-t-il ? demanda-t-elle innocemment.

Mais vu les regards qu'ils lui lancèrent, elle comprit.

— La rumeur était donc vraie ! lâcha-t-elle.

Elle se retourna aussitôt et se mit à flotter dans les airs pour s'enfuir. Seulement, Litar la saisit grâce à son pouvoir de Mobilité et la ramena en arrière en la jetant à terre.

— Doucement, imbécile ! cria Relan à son fils.

Litar baissa les yeux au sol, honteux. Son père s'accroupit près de la jeune femme et écarta les boucles blondes qui recouvraient son visage.

— Rejoignez-nous, je vous prie, lui suggéra-t-il.

Elle leva la tête avec difficulté.

— Je n'abandonnerai pas notre Ulin Ece, souffla Riga.

— Je vais être le nouveau roi, vous pourriez être ma reine.

— Je vous l'ai déjà dit ... j'ai une famille que j'aime.

— Vous me brisez le cœur, Riga. »

Il se redressa et fit signe à Litar avant de reprendre son chemin.

Le jeune homme savait ce que cela signifiait.

Il projeta Riga contre un mur, beaucoup plus violemment cette fois-ci.

Le roi Geldir, Kolin et quelques Gardiens se trouvaient dans la salle du trône. Une rumeur circulait dans le château selon laquelle certains Gardiens avaient été corrompus.

« Ce n'est pas un procédé dont on peut être fier, mais je ne vois pas d'autre solution. Le royaume peut courir un danger. Si des Gardiens sont prêts à nous trahir, nous devons savoir en faveur de qui, avança le roi.

— Je comprends. Mais cela ne doit pas s'ébruiter. Nous devons convoquer tous les Gardiens le même jour, je lirai dans leurs pensées ou les explorerai si besoin, répondit Kolin.

— Votre Majesté, qui pourrait bien être à l'origine d'un tel acte ? demanda l'un des Gardiens les plus anciens.

— Je dois admettre n'en avoir aucune idée. Peut-être un comte de l'ouest, Tessi Hielan. Il avait déjà tenté d'envahir l'enceinte de sa voisine la comtesse Rupe Linel. Comment peut-on semer la discorde entre les régions d'un même royaume ? » s'offusqua-t-il, consterné.

Les personnes présentes se contentèrent de sourire d'amusement à ses paroles.

Kolin Harel était une femme plutôt petite de taille, les cheveux châtains courts, des iris noisettes et un petit nez arrondi. Elle était vigoureuse, se tenait toujours droite : une Cheffe des Gardiens parfaite.

C'était le seul poste où il n'y avait nul besoin de porter le tatouage car tout le monde connaissait, ou devait connaître, le Chef des Gardiens.

La troupe de Relan fit irruption dans la salle. Avec impudence, la famille Dois s'approcha de Kolin. C'était l'inconvénient avec les Silarens, contrairement aux personnes sans pouvoirs, ils ne portaient ni armes, ni armures. Leurs attaques n'étaient pas visibles au premier abord.

« Que nous vaut cette visite ? demanda-t-elle, perplexe.

— Votre Majesté, Cheffe, je souhaite m'entretenir avec vous à propos d'une affaire très délicate » déclara le trésorier.

Litar lui sourit poliment, elle tenta d'utiliser la Transmission afin de savoir ce qu'il se tramait. Mais à peine eut-elle le temps d'y songer que le jeune homme l'empoigna par Mobilité à la gorge.

Geldir se leva d'indignation et d'étonnement, ses hommes se mirent en garde mais les alliés de Dois avaient un temps d'avance sur eux, la charge était lancée.

Pour Kolin, la douleur était si intense qu'elle n'arrivait plus à se concentrer pour utiliser ses pouvoirs : elle sentait sa nuque se broyer entre les forces de Litar. De ses mains, elle tentait par tous les moyens de desserrer l'emprise du jeune homme, pourtant rien n'y faisait. Elle s'efforçait de le repousser par Mobilité mais il employait toute sa force afin de se maintenir au sol.

Relan sortit une dague d'argent et transperça Geldir : n'ayant jamais combattu, il n'avait aucune chance, aucun réflexe de défense. Il tomba à genoux les yeux écarquillés devant Relan, triomphant. Il enleva aussitôt la couronne de la tête du roi tombant, et s'en coiffa le sourire aux lèvres.

Ses hommes avaient mis à terre toute la Garde. Kolin sentait sa vie s'échapper, elle eut le temps de penser à Selna, à son époux, puis la douleur s'arrêta. Il était trop tard.

Relan s'assit sur le trône et donna un violent coup de pied pour éloigner le corps de Geldir, celui-ci dévala les marches du trône.

« Nettoyez-moi cette pièce ! » proclama le nouveau roi.

CHAPITRE 3 : Souvenirs

Dans la tente de Cyr, celui-ci proposa à Selna de s'installer dans la chambre de sa défunte fille. La jeune femme n'avait aucun bagage, elle n'avait qu'à s'asseoir sur le lit. Elle contempla la pièce, les quelques meubles et objets qui s'y trouvaient. Son attention s'arrêta sur un petit coffre carré sur lequel étaient disposés une lampe à huile en fer forgé, une coiffe d'enfant et un peigne à cheveux en frêne.

Grâce à son pouvoir d'Exploration, elle pouvait ressentir tout ce qui s'y était déroulé en se concentrant, les yeux clos. Les images du passé défilèrent : Cyr, son épouse Riga, et Myni, leur fille, heureux ; les parents qui tentaient de faire le lit et Myni qui sautait dessus en riant à gorge déployée alors qu'ils étendaient la couverture en chanvre ; puis quelques lunaisons plus tard, une autre image de Riga coiffant les longs cheveux de sa fille. Enfin, Myni en train de pleurer sur son lit, et son père de la consoler :

« Je vengerai maman ! Je les tuerai un par un ! avait-elle tempêté à celui-ci.

Il était resté interdit un instant, estomaqué par ces mots sortant de la bouche d'une petite fille - de sa fille.

— La vengeance n'est pas une solution » avait-il répondu.

Et enfin, le néant. Une chambre restée vide pour un long moment, à part les quelques venues de Cyr pour épousseter et consulter les objets avec mélancolie.

Cela faisait longtemps que Selna n'avait pas connu le confort et la chaleur d'un vrai foyer. Quelle étrange sensation de se trouver au centre de la capitale, d'être si proche du château, de là où elle avait vécu lorsqu'elle était enfant.

Cependant, elle ne souhaitait pas retourner auprès de là où elle avait grandi, que la tente y soit toujours présente ou non. Si on l'apercevait, il y aurait immédiatement un doute autour d'elle. Elle devait rester prudente.

Cyr était allongé dans son lit, pensif. Tout cela semblait si soudain. Bien sûr, Kaaz, lui et bien d'autres en avaient rêvé de cet instant : organiser un plan d'attaque du château et prévoir une offensive concrète. Mais ces douze années d'attente avaient lourdement altéré cet espoir, le faisant plutôt passer pour un idéal inaccessible. Un rêve qui n'était peut-être pas sensé se réaliser. Désormais, il était bien palpable.

Il songeait à toutes ces années passées dans l'incertitude, toute cette partie de sa vie qui semblait s'être arrêtée provisoirement sans savoir si un jour le cours de celle-ci reprendrait comme avant.

Lui qui, il fut un temps, aurait pu être nommé Utelyn puisqu'il en avait développé toutes les connaissances. Lors du règne de Geldir, il était encore en apprentissage : il avait d'ores et déjà acquis les savoirs de la médecine, des plantes, de la lecture, de l'écriture et de la langue ancienne. Il ne lui restait plus qu'à apprendre la magie, un dessein qu'il avait entrepris clandestinement durant ces dernières années.

Depuis la prise du pouvoir par Relan, il ne pouvait plus être reconnu en tant que tel. Les Dois avaient leurs Utelyns attitrés et ne formaient plus de novices. Ils ne souhaitaient pas non plus que le peuple soit éduqué. Seuls les hauts placés pouvaient détenir la connaissance. Relan ne voulait qu'un peuple qui se sente inférieur, qui se laisse gouverner, et surtout, qui ne se rebelle point.

Kaaz disposait d'une chambre depuis longtemps, la plus petite, qui lui suffisait. Il se déshabilla : ôtant ses bottes en feutre d'étoupes, dont la teinture sombre en écorce de noyer commençait à déteindre, et à la semelle en bois, délaça ses chausses, puis quitta son surcot anthracite, ne gardant que ses vêtements blancs de dessous. Il noua ses cheveux comme il le faisait chaque nuit pour dormir.

Le petit garçon avait bien grandi Il avait hérité de la carrure de son père mais aussi de la minceur de sa mère. Il n'était pas pudique qu'au niveau de ses sentiments. Sa carnation apparaissait blême tant les rayons du soleil, aussi peu nombreux fussent-ils, atteignaient rarement sa peau.

Il se dirigea vers la fenêtre pour observer les étoiles, dénoua les fils qui maintenaient la tenture et l'écarta. La fraîche brise nocturne caressa son visage. L'heure de l'affrontement approchait, tous les harcilans avaient escompté ce jour.

Cependant, il s'agissait là d'une circonstance risquée. Et s'ils ne réussissaient pas ? Tous seraient morts en vain. Pouvaient-ils reprendre ce qui leur avait été enlevé ? Leur liberté, leurs droits, leur identité ?

Le ciel était dégagé, quel amer constat : les journées sans cesse assombries par les nuages cédaient leur place aux nuits, qui elles, se révélaient toujours lumineuses, pensa Kaaz.

La voûte céleste semblait tellement vaste. Autour de la lune gibbeuse décroissante, parmi ces milliards d'étoiles qui observaient leur monde, n'y avait-t-il donc rien, ni personne, qui pourrait les aider ? Ces innombrables scintillements merveilleux, d'une précieuse aide pour retrouver sa route, n'avaient-t-ils aucune autre fonction ? Des profondes teintes zinzolines jusqu'aux tons smalts nébuleux, tout ceci relevait du plus grand mystère.

Toutes les constellations étaient visibles. Cyr savait les consulter, il les lui avait apprises. Le jeune homme aux prunelles d'acier se remémora sa première rencontre avec son père adoptif.

CHAPITRE 4 : Les enfants

Le lendemain de la prise de pouvoir, les corps sortis du château gisaient alignés dans les allées centrales. Dans celle menant à la porte sud, le corps de Riga reposait sous un linceul.

Alerté par un ami, Cyr vint pour la reconnaissance. Il y avait peu de chances qu'il s'agît d'une erreur. À son passage, les autres habitants sanglotaient tandis que d'autres hurlaient à la découverte des corps de leurs proches.

Cyr, lui, semblait rester de marbre. Non parce qu'il ne ressentait rien, il pouvait sentir son cœur se briser littéralement à chaque pas qui le rapprochait du corps. Enfin, il s'agenouilla auprès d'elle.

Un Utelyn se chargeait de répertorier le nom des morts sur son registre. Il souleva l'étoffe, le visage de Riga apparut. Cyr ne réagit pas. Son visage se figea. Mais la lueur dans son regard, ses pensées, son cœur, tout son intérieur se décomposa.

L'Utelyn voulut le réconforter, mais il refusa.

« Voulez-vous en discuter ?

Il fallut un long moment à l'homme à la peau d'ébène avant de pouvoir répondre.

— D'autres en ont plus besoin que moi » avait-il finalement murmuré.

Cyr étreignit la main froide de Riga.

Les nouvelles lois instauraient l'interdiction de sortir de la ville, or le cimetière se trouvait en dehors de l'enceinte. Plus personne ne pourrait enterrer ses proches pour se recueillir car tous les corps seraient enfouis dans une fosse commune.

Il étreignit la main de sa femme une dernière fois, déposa un baiser sur son front, puis s'en retourna à la tente.

Un peu plus tard dans la journée, Cyr reçut la visite de deux Gardiens. Kedar Tolen, une jeune recrue possédant la Glaciation, à un niveau encore faible, et Terla Pesor, le doyen des Gardiens, un homme grand et chauve possédant une Mobilité très puissante.

« Nos sincères condoléances pour votre femme.

— Vraiment, Terla ? Vous avez tous trahi notre royaume, vous avez tué les vôtres au nom de Relan, et vous nous dédiez des condoléances ?

Cyr les observait tour à tour.

— Aucun de nous deux n'avons assassiné votre femme, Cyr. J'appréciais énormément Riga, et bien d'autres Gardiens tombés.

— Si vous vous étiez retrouvé en face d'elle vous l'auriez tuée. Vous n'auriez pas eu le choix, le fustigea Cyr, acerbe.

Les deux Gardiens, gênés, détournèrent le regard.

— Écoutez, ce n'est pas de cela qu'il est question. Le roi a donné pour ordre de rencontrer tous les enfants des Gardiens. Le Chef des Gardiens ... il s'interrompit, puis se pencha vers Kedar. Quel est son nom déjà ? chuchota-il.

— Litar, c'est Litar, répondit le jeune homme.

Cyr les observait avec dédain.

— Oui Litar Dois, un jeune homme fort discret n'est-ce pas ! Il exercera son pouvoir d'Exploration sur eux afin d'évaluer leurs capacités.

— Et cela dans quel but ? questionna Cyr.

— Tout simplement pour connaître les différents pouvoirs de la génération à venir.

— Et donc, pour quelle raison venez-vous me voir ?

— Nous savons que Riga et vous avez une petite fille du nom de Myni. Pourrions-nous la voir ?

Cyr leur adressa un regard des plus réprobateurs.

— N'êtes-vous pas au courant ? Elle est décédée.

— Pardon ? s'étonna Terla.

— Pendant que je travaillais, et que sa mère se faisait tuer, ma fille a été écrasée sous des débris.

Les Gardiens restèrent muets un instant.

— Je suis vraiment navré, encore une fois. Mais il ne me semble pas que cela soit inscrit sur le registre ?

— En effet. J'ai découvert son corps durant l'attaque quand vous étiez tous en train de piller la ville et le château. À ce moment-là personne ne gardait les portes, j'ai pu aller l'inhumer dans notre charmant cimetière séculaire avant de savoir que le roi Relan nous ferait l'honneur d'enterrer nos morts dans la fosse commune. Dois-je vous conduire là-bas ?

Terla caressa le bout de sa barbe pointue, méditatif.

— Sans façon, nous n'allons point vous causer davantage de peine.

Terla jeta un regard à son compère, indécis.

— Non, répondit Kedar.

— Merci pour votre coopération, Cyr. Bonne soirée. »

Les deux intrus sortirent en silence.

Cyr sentit une migraine poindre, il s'assit et se ceignit la tête entre les mains.

Lors d'une nuit, plus chaude que les autres, les fumées persistantes parsemaient le ciel. Elles provenaient de quartiers entiers, calcinés, alors que d'autres s'échappaient du château.

Les harcilans profitaient de cette douce température et discutaient dans les allées, surveillés de près par les nouveaux Gardiens. On se réjouissait de cette rare nuit où l'on n'avait pas à allumer de feu ou se couvrir de multiples couvertures. La lune arborait un grand croissant illuminé d'une telle intensité qu'on pouvait en distinguer les plus profonds cratères.

Cyr était attablé, songeur. Il discernait vaguement le son des discussions qui se tenaient à l'extérieur de la tente. Il n'avait pas le cœur à les rejoindre. À cette époque, ses cheveux étaient encore bruns, ainsi que sa barbe.

La cloche à l'entrée retentit. Il se leva lentement, toujours accablé par les épreuves récemment traversées, puis il ouvrit le lourd rideau : une grande femme potelée aux cheveux blonds rehaussés d'une coiffe se tenait là.

Elle s'avança :

« Bonsoir maître, j'ignore si vous vous souvenez de moi ...

— Bien sûr Leena, vous êtes la sœur de Brim. Entrez.

— Oui maître, c'est bien aimable mais je ne vais pas rester longtemps, répondit-elle de sa voix rauque. J'ai appris pour votre femme et votre fille, toutes mes condoléances, dit-elle attristée.

— Merci Leena. Je vous soumets mes condoléances pour votre frère et son épouse également. Kern était une amie très proche de ma femme.

— Oui, ils parlaient de vous deux très souvent. C'est pour cela, vous voyez, que je vous rends visite. La vie ne doit pas vous paraître morne, ni à vous, ni à d'innocents enfants.

Elle semblait embarrassée et insistante à la fois, froissant le tissu azurin de sa robe entre ses deux mains.

Cyr n'avait pas la moindre idée d'où elle voulait en venir.

— Voyez-vous, j'ai déjà neuf progénitures qu'il m'est difficile de nourrir et de m'occuper. J'ai naturellement recueilli les enfants de mon frère, mais onze marmots c'est beaucoup trop pour mon pauvre mari et moi. Nous pensions, sans vouloir vous causer plus d'ennuis bien entendu, peut-être que cela comblerait-il votre vie, tout comme les leurs, si vous les accueilliez chez vous ?

Elle attendait la réponse de Cyr, mais celui-ci demeurait perdu dans ses pensées. Elle lui proposa autre chose :

— Ou si vous pouviez les garder quelque temps en attendant que nos derniers grandissent un peu, et ensuite nous les reprendrons ? »

Il ne s'attendait pas à une telle proposition. Il avait imaginé que sa vie n'aurait plus été que solitude jusqu'à la fin de ses jours et voilà qu'on lui proposait de devenir le père adoptif de deux enfants.

Leena les fit approcher, Cyr découvrit leurs visages. Tous deux les cheveux couleur de jais comme leur mère. Deux regards tristes et perdus. Cyr s'accroupit à leur hauteur.

« Comment vous appelez-vous ?

— Moi c'est Rimm, balbutia le cadet.

L'aîné ne semblait pas vouloir répondre.

— Et toi jeune homme ? insista Cyr, en

plongeant ses prunelles orangées dans les yeux bleu acier du garçon.

— Kaaz.

— Rimm, Kaaz, vos parents étaient des personnes très courageuses, vous pouvez être fiers d'eux.

Une larme coula sur la joue de Kaaz, Rimm quant à lui était trop jeune pour ressentir le poids de ces mots. Il ne comprenait pas encore tout à fait que ses parents ne reviendraient jamais.

— Vous devez résister pour eux en leur mémoire. Ne les oubliez jamais, aimez-les comme s'ils étaient toujours présents. »

Leena s'essuya pleinement les yeux avec sa manche. Elle se pencha et embrassa les enfants.

« Merci maître. Vous savez que vous devez rester discret avec eux ?

— Vous les avez cachés aussitôt que vous avez appris pour leurs parents ?

— Voilà, comme vous dites.

— Je serai discret, ne vous inquiétez pas. Si vous avez besoin d'aide pour votre famille venez me voir, je vous donnerai des vivres et tout ce dont vous aurez besoin.

— Merci bien. À très bientôt, tous les trois » dit-elle avec apaisement.

Elle patienta quelques minutes en les contemplant longuement, ne voulant pas les quitter. Mais elle n'avait pas le choix. Elle sortit en refermant le rideau derrière elle.

Ils restèrent tous trois silencieux, ne sachant

quoi dire. Cyr tenta de les faire se sentir chez eux :

« Il va falloir vous aménager des chambres, m'aiderez-vous ? leur sourit-il.

Rimm était plus enclin à se lier d'amitié avec son père d'adoption.

— Oui ! s'enthousiasma-t-il.

— Il y a une chambre d'ami et je crois bien qu'elle ne sera plus d'aucune utilité. On ne peut ni entrer ni sortir de la capitale sans autorisation particulière. Et l'autre est une pièce pour les linges mais ma chambre est assez grande, nous pouvons les y déplacer » leur dit-il en les accompagnant dans la pièce.

Cyr empila plusieurs vêtements et les tendit à Rimm.

« Tiens, prends-les et pose-les sur mon lit, c'est la pièce là-bas, lui montra-t-il du doigt.

— D'accord ! répondit-il en sortant aussitôt.

— Kaaz, peux-tu prendre ceux-là ? dit-il en lui tendant les vêtements de sa fille. Pose-les sur mon lit aussi, je les mettrai dans sa chambre après.

— Comment s'appelait-elle ? demanda l'enfant, timidement.

— Myni. Elle n'avait que deux ans de moins que toi. »

Kaaz opina de la tête et se dirigea vers la chambre parentale, tenant délicatement les vêtements de la petite fille.

Rimm revint dans la pièce en compagnie de Cyr.

« J'aime pas le nouveau roi ! pesta-t-il.

— Personne ne l'aime. À part lui-même, ironisa-t-il tout en se tournant vers le garçon.

Rimm ria tandis que Kaaz revint à son tour.

— Je leur ferai payer, balbutia ce dernier.

Cyr se retourna et s'approcha de lui. Il posa une main sur l'épaule du garçon.

— Kaaz, je comprends que tu sois en colère, nous le sommes tous. Mais tu ne dois pas laisser la haine t'envahir, ce serait plus malsain pour toi que pour eux. Cyr l'attrapa par les bras, tu m'entends ?

Il ne répondit pas.

— Kaaz, réponds-moi, ne te fais pas souffrir davantage. Ma fille et sa mère sont parties, et je ne cherche aucunement à me venger. Je veux seulement rétablir l'ordre dans notre royaume comme tous ceux qui en ont souffert.

— D'accord, dit-il sans en avoir l'air convaincu.

— D'accord, quoi ?

— Je ne penserai pas qu'à la vengeance.

— C'est bien, tu es un grand garçon, lui sourit-il.

— Kaaz, aide-nous à ranger notre chambre sinon nous allons dormir par terre ! lança Rimm.

— Aller, changeons-nous les idées avec un peu de labeur » leur dit-il en tapotant sur leurs épaules.

Cyr sourit à Kaaz, les garçons attrapèrent d'autres piles de vêtements et continuèrent leurs trajets.

Kaaz et Rimm jouaient derrière la tente dans un petit espace entouré par les autres logis. Ils construisaient une cabane miniature au moyen de bouts de bois et de ficelles. Kaaz faisait en réalité la plupart du travail alors que Rimm se contentait de lui trouver les matériaux et de l'observer donner forme à leur création.

Soudain, ils furent interrompu par l'arrivée d'un petit chien errant au poil fauve. Celui-ci s'était faufilé entre les tentes par un étroit passage. Il renifla l'œuvre fraîchement construite, puis les cheveux des deux frères. Ils s'esclaffèrent et caressèrent le chien sur le dos et la tête. C'était un chiot, il ne devait pas avoir plus d'un an. Il haletait de contentement, pensant avoir trouvé sa nouvelle famille.

Il n'en fallut pas plus aux garçons pour amener l'animal à l'intérieur, et le présenter à Cyr qui préparait des remèdes naturels. Pour payer les fortes taxes imposées par le royaume celui-ci vendait des mixtures soignantes et apaisantes.

« Cyr, pouvons-nous le garder ? demanda Kaaz, d'une voix innocente.

Il se tourna vers eux et découvrit la petite boule de poils qui le regardait avec insistance.

— Où l'avez-vous trouvé ?

— C'est lui qui est venu à nous, répondit Rimm en mâchouillant sa manche.

— Et si quelqu'un était à sa recherche ?

— Il est libre de partir, mais pour le moment il est ici, avec nous. Nous devons le nourrir, proposa Kaaz.

— Très bien, vous pouvez vous en occuper. »

Il se remit au travail alors que les enfants éclatèrent de joie, ils se mirent à courir dans la grande pièce suivis du chien.

« Il faut lui trouver un nom, affirma Kaaz à son frère.

— Je ne sais pas.

— Un nom de chien, mais nous n'en connaissons que très peu, rétorqua Kaaz, pensif.

— Jula ?

— Nous ne pouvons pas le nommer comme celui des voisins, répondit-il naturellement.

— Pilk ?

— Ils n'habitent pas assez loin de chez nous non plus. Pourquoi pas Kilo ? Comme l'énorme chien du potager ouest ? s'éclaira l'aîné.

— Oui, ils ont la même couleur ! Mais pas la même taille » s'interrogea le garçon de cinq ans.

Kilo avait été définitivement adopté et faisait le bonheur des enfants. Les rires se faisaient plus fréquents qu'à leur arrivée. Les garçons pouvaient rester vivre auprès de Cyr, c'était ce qu'avait convenu la nouvelle petite famille avec Leena.

* * *

Les lunaisons passèrent, le froid reprit sa place. Il y avait de moins en moins de bois disponible dans la capitale. Il y en avait indéfiniment en dehors des murailles mais peu de bûches étaient coupées et importées en ville.

Au château, tous savaient que le peuple manquait de quoi se chauffer. Ils ne prendraient aucune mesure pour améliorer le sort des harcilans. Ils devaient se contenter d'obéir, de survivre avec ce qu'ils avaient et le peu qu'on leur fournissait.

Un nouveau mal se répandait à Hierum. Cela commençait par une forte toux, suivie d'une fièvre accablante, puis dans leurs derniers jours, les malades crachaient du sang. Les conditions n'aidaient pas à se prémunir, ni à se rétablir. Beaucoup d'enfants en étaient touchés ce qui faisait le malheur des parents. Les personnes âgées succombaient pareillement.

Une bonne partie d'entre elles y trouvaient un certain soulagement. S'ils avaient perdu leur descendance, quitter ce royaume déclinant n'était qu'une libération. Si le roi Geldir eut été en fonction, ils auraient lutté de toutes leurs forces pour vaincre ce mal. Mais en ce jour, ils pensaient que cela n'en valait plus la peine.

Cyr s'inquiétait. Il travaillait deux fois plus, passait ses nuits à élaborer des onguents et autres médecines douces afin de gagner de quoi s'offrir davantage de bûches. Les enfants grelottaient. Même en réunissant toutes les couvertures, il faisait si froid qu'ils auraient cru dormir dehors. Les frères devaient donc dormir ensemble dans le même lit pour se tenir encore plus chaud. Cyr n'avait gardé que quelques draps pour lui. S'il avait pu, il les aurait tous donnés aux garçons. Toutefois, il ne devait pas tomber malade non plus, car que deviendraient-ils sans lui ? Qui les protégerait ?

Les tempêtes de neige glaçaient les toiles des tentes. Cyr pensa acheter du tissu et l'ajouter aux parois afin de retenir l'humidité et le froid. Cela paraissait être une bonne idée, seulement il en aurait fallu une quantité impossible à acheter pour le moment pour que ce soit réellement efficace.

Du bois, des étoffes et de la nourriture : telles étaient devenues leurs priorités. De plus, comme les garçons ne pouvaient travailler sous peine d'être identifiés, ils devaient rester cachés. D'un autre côté, cela permettait de les préserver du temps et de la maladie ce dont beaucoup d'autres enfants ne pouvaient pas bénéficier.

Un jour de grand vent, Cyr sortit vendre ses potions. Des pieds à la tête, il avait revêtu le plus grand nombre de vêtements possible. La neige le recouvrait entièrement, adhérant à sa silhouette. Le froid le paralysait mais il s'efforçait de marcher sans relâche. Il tombait fréquemment à genoux, au bord de l'évanouissement, pourtant il devait résister et se relever. Le froid le mordait de tous côtés. Son visage, ses lèvres gercées, ses doigts l'endolorissaient. Mais il fallait à tout prix vendre ces remèdes à ceux qui en avaient besoin, ainsi qu'améliorer leur propre confort.

Un de ses clients, un riche homme, lui donna même une rétribution supplémentaire pour faire face à ces temps difficiles. Il montra à Cyr la blessure qu'il s'était faite en préparant le feu, il s'agissait d'une profonde brûlure au poignet.

Le maître lui expliqua comment appliquer l'huile de millepertuis, puis le remercia chaleureusement avant de s'en retourner.

Arrivé à la tente, les garçons se trouvaient assis près du brasier. Cyr ôta ses vêtements humides et enneigés.

« Soyez prudents, vous êtes un peu trop près, leur conseilla-t-il.

Rimm se mit à tousser.

— Oui, mais Rimm a une toux, répondit Kaaz.

Cyr se tourna brusquement et se dirigea vers le cadet. Il n'avait pas l'air mal en point.

— Suis-moi, je vais t'ausculter.

Rimm et Kaaz se levèrent et suivirent leur père adoptif.

— Non Kaaz, reste ici. »

Kaaz obéit et retourna s'asseoir près du feu, l'air rechigné, en croisant les bras.

Cyr examinait Rimm. L'homme de savoir suspendait une bougie dans une main et maintenait la mâchoire du garçon grande ouverte de l'autre. Il était difficile de voir quoique ce soit. Il faisait si sombre, et diriger la bougie dans ces conditions n'aidait pas à la tâche. Il alla chercher dans ses potions, puis revint.

« Tu vas boire ceci.

Il lui tendit un petit bocal rempli d'un liquide verdâtre. Le garçon le prit et en but une gorgée, puis grimaça.

— Jusqu'au bout, lui dit Cyr.

Rimm s'exécuta puis posa le bocal près des autres mixtures.

— Qu'est-ce ? demanda l'enfant.

— Il vaut mieux que tu ne le saches pas,

répondit le maître.

— De la bave de serpent ? l'interrogea-t-il.

— Non, je ne suis pas aussi cruel » plaisanta-t-il.

Il attrapa le garçon sous les bras et le fit descendre de la table. Ils retournèrent à la pièce à vivre.

« Vous allez retourner chacun dans votre lit à présent.

— Pourquoi ? demanda Kaaz.

— Vous êtes assez grands, vous n'avez plus besoin de dormir ensemble, invoqua-t-il. Allons chercher les couvertures dans la chambre de Kaaz. »

Les jours passèrent, le climat se montrait toujours aussi rude. Cyr avait pu se procurer de nouvelles couvertures et les enfants souffraient un peu moins du froid. Mais la toux de Rimm persistait. Le sirop qu'il lui avait administré ne semblait avoir aucun effet. Il lui fit ingurgiter une autre décoction à base de pulmonaire et de menthe pour voir s'il y aurait un changement.

« C'est meilleur que la bave de serpent, répliqua Rimm.

— Pourtant c'est de la bave de dragon, badina Cyr, suivi d'un sourire narquois.

— L'as-tu prélevée toi-même ? s'étonna le garçon, les yeux grand ouverts.

— Je te le dirai à la fin de la semaine, quand nous connaîtrons ses effets » répondit-il, irrésolu.

Cependant, en fin de semaine, non seulement

la nouvelle médecine n'avait pas eu d'effet, mais en plus la toux de Rimm s'était accentuée.

Cyr décida de lui donner une préparation supplémentaire.

Kaaz devait à présent se tenir à distance de son frère. Il restait dans sa chambre la plupart du temps. Il comprit qu'il s'agissait de cette terrible maladie. Mais contrairement à d'autres, les symptômes avaient l'air de se propager lentement. Peut-être y avait-il une chance qu il s'en sorte ? De plus, Cyr possédait de nombreux remèdes.

Kilo sauta sur son lit et lui lécha la main, le chien se sentait quelque peu délaissé ces derniers temps. Kaaz s'en rendit compte et le caressa sur le dos. Le chien s'allongea, heureux que son maître ne l'ait pas oublié.

L'état de santé de Rimm s'aggrava soudainement. Cyr fouilla dans toutes ses potions mais il ne voyait rien qui puisse agir efficacement. À bout, il jeta un récipient empli de menthe poivrée à terre, le verre se brisa en mille morceaux tandis que les feuilles dentelées s'éparpillèrent au sol.

Les larmes sortirent toutes seules. Il ne pouvait plus rien faire. Il allait encore perdre quelqu'un qu'il aimait. Et comment le dire à Kaaz, lui qui avait déjà tant souffert ? C'était si cruel d'affliger tant de peine à un enfant. Il devait le préparer à cette épreuve, sans quoi, il ne pourrait le supporter.

Un soir, alors que Rimm dormait paisiblement, Cyr rejoignit Kaaz dans sa chambre. Assis sur son lit, il observait les étoiles à travers un coin de la fenêtre. La neige avait cessé de tomber bien que la température demeurait encore très basse.

Cyr s'assit à côté de lui. Il passa son bras autour des épaules du garçon qui gardait les bras croisés.

« Le ciel est dégagé, entama Cyr.

— Pour une fois, oui.

— Il paraît que la chaleur va revenir bientôt.

— C'est trop tard. Elle aurait dû revenir avant, dit-il avant que sa voix ne s'étouffât.

Cyr posa sa main sur la tête du garçon et la guida sur son épaule.

— La vie peut être très difficile parfois.

— Elle ne l'était pas avant. Tout allait bien quand ils n'étaient pas là.

— C'est vrai ... mais les maux, le temps, ce ne sont pas ces choses qu'ils peuvent dominer, répondit calmement Cyr.

— Pourquoi ce n'est pas moi qui meurs ? Pourquoi n'est-ce jamais mon tour ? demanda sèchement Kaaz.

— Il doit y avoir une raison, tu as toute la vie devant toi. Des jours meilleurs t'attendent. Peut-être pourras-tu fonder une belle famille, peut-être pourras-tu la protéger ? Si ta vie ne s'est pas montrée clémente, elle peut le devenir. Tu dois tenir le coup. La douleur dure un temps, mais il faut laisser la place au bonheur quand tu le retrouves.

— Je crois ... que je n'aimerais plus perdre personne à l'avenir, répondit-il lentement, comme s'il prenait conscience de ses paroles au même instant.

— Tu as encore le temps d'en décider. Occupons-nous de lui le mieux possible. Il va rejoindre vos parents, il sera en sécurité pour toujours » murmura Cyr.

Kaaz entendit. Pour une fois, il serait moins borné. Il devait montrer à son frère que tout irait bien. Il vint le voir un court instant dans sa chambre pour lui apporter sa soupe de courge.

« Voilà Rimm, bon appétit.

— Merci Kaaz, dit-il en prenant le bol.

Il le but à moitié. Son visage était encore plus blême que d'ordinaire, et ses yeux cernés par la fièvre éreintante.

— Lorsque les beaux jours reviendront nous irons jouer au potager ouest. Nous nous déguiserons et personne ne nous remarquera, conta Kaaz.

— En es-tu sûr ? Ne serait-ce pas trop risqué ? répondit Rimm, songeur.

— Tant pis, nous prendrons le risque mais nous courrons dans la terre, nous nous cacherons derrière les artichauts, nous ferons enfin ce que tous les enfants peuvent faire ! feignait-il.

— Bien, si tu en es sûr. Je suis très fatigué, je crois que je vais dormir, dit-il en s'allongeant.

Kaaz saisit la couverture et la remonta pour le couvrir.

— Rimm ? chuchota l'aîné.

— Oui Kaaz ? marmonna-t-il.

— Non, rien. Bonne nuit.

— Bonne nuit à toi aussi. »

Rimm s'endormit aussitôt. Kaaz sortit de la

chambre et rejoignit la sienne, le cœur gros.

Un matin, Rimm ne se réveilla pas. Cyr avait veillé près de lui tout ce temps. Il n osait pas l'apprendre à Kaaz.

Celui-ci vint de lui-même sur le pas de la chambre.

« Cyr, puis-je entrer ?

— Je ne pense pas ce soit une bonne idée, répondit-il avec précaution.

— Alors non, je ne veux pas entrer » dit-il en courant, puis il s'allongea sur son lit.

Il fondit en pleurs.

Kilo entra en trottinant. Ayant entendu les plaintes, il avait relevé les oreilles et rejoint son nouvel ami dont les larmes ne pouvaient plus s'arrêter. Il avait compris que quelque chose n'allait pas. Il sauta sur le lit et scruta Kaaz.

À l'aide de son museau, il entreprit de soulever le bras du garçon pour se faufiler dessous, mais l'enfant demeurait recroquevillé sur lui-même. Le chien ne pouvant se frayer un chemin sous son bras se blottit contre lui en gémissant doucement. C'était comme s'ils pleuraient en chœur. Il souffrait de voir l'enfant si triste.

Kaaz tendit son bras pour caresser Kilo. Les larmes avaient humidifié son oreiller. Le chien s'arrêta de geindre : si son humain le considérait, cela signifiait qu'il se sentait un peu mieux.

Comme l'avait dit Cyr, il ne fallait pas se laisser accabler. Il tâcha d'être plus fort qu à la mort de ses parents. Il fallait se remémorer les siens comme s'ils étaient toujours présents. Sa colère augmentait aussi davantage contre la famille Dois. Son frère devait être diminué par la perte de leurs parents. Les temps étaient devenus plus rudes, le bois difficile à trouver, tout comme la nourriture. Mais il savait qu'à son âge il ne pouvait rien faire contre eux. Plus tard, leur tour viendrait.

Cyr le rejoignit, il l'avait laissé seul assez longtemps. Il ne dit mot et se contenta de s'asseoir à ses côtés. C'était comme si le temps s'était arrêté pour un court moment. Après, leurs vies continueraient, mais ils avaient droit à cet instant de recueillement.

CHAPITRE 5 : Le potager

Le lendemain, Selna s'éveilla. Quelques rayons de soleil s'échappaient des coins inférieurs de la fenêtre. Les rais laissaient apparaître une couleur plus chaleureuse que les jours précédents. Le printemps ne tarderait pas à se montrer.

Sur sa chemise de dessous en fils d'ortie, elle passa une autre chemise à manches longues d'un gris verdâtre. Elle enfila une tunique mordorée par dessus puis passa ses chausses noires, ainsi que ses bottes en futaine. Elle s'enveloppa de sa longue cape noire pour recouvrir le tout. Il était temps de préparer leur tactique.

Kaaz et Cyr, attablés dans la grande pièce, dégustaient une sorte de brioche ronde. À l'arrivée de Selna, ils se levèrent :

« Bonjour Selna, lui souhaita Cyr avec un sourire sincère.

— Bonjour » fit Kaaz du bout des lèvres.

Ils s'assirent derechef, elle se joignit à eux.

Kaaz inspectait ses chausses. C'était plutôt rare pour une femme, seules les Gardiennes en portaient. Bien qu'elle était la fille de l'ancienne Cheffe, elle n'avait jamais été reconnue en tant que telle. Et de plus, elle n'arborait pas le marquage officiel.

« Où as-tu trouvé ces chausses ? demanda-t-il, la curiosité étant plus forte que lui.

— Je les ai confectionnées moi-même. C'est plus commode pour se déplacer. Et je n'ai que faire de l'avis d'autrui » énonça-t-elle naturellement.

Cyr esquissa un sourire, il n'avait que très peu discuté avec Kolin mais il était évident que mère et fille avaient beaucoup en commun : à commencer par leur caractère. Et il savait que Kaaz avait un tempérament bien trempé également.

Celui-ci ne répondit pas. Il comprenait le point de vue de Selna bien qu'il n'était pas encore prêt à lui accorder sa pleine confiance.

« Cette brioche est délicieuse, à la cannelle et aux raisins secs si je ne me méprends pas ?

— Exactement, je l'ai préparée. C'était la recette préférée de ma femme » répondit Cyr.

Le petit-déjeuner, comme la plupart des repas, n'était pas très copieux. Tout coûtait cher en ville.

À part la brioche, deux poignées de myrtilles séchées et de la tisane de verveine occupaient la table. Ils avaient dû dépenser maintes pièces pour une si petite quantité, pensa-t-elle, alors que dans la forêt la nourriture y était abondante. Elle irait en chercher en usant de son Invisibilité, plus tard dans la journée.

« Combien vous ont coûté ces myrtilles ?

— Trois pièces de cuivre, répondit Cyr.

— Il est vrai que c'est un fruit riche en vertus pour la santé. Cependant, il ne vaut pas ce prix, ajouta la jeune femme.

— Et il est aisé à trouver. Si nous pouvions sortir de la capitale nous pourrions en cueillir nous-mêmes, ajouta Kaaz. Mais nous sommes forcés de vivre ici, confinés, à dépenser toutes nos economies pour des valeurs inappropriées, et tributaires de ce que l'on veut bien nous mettre à disposition. Et ironie du sort, il s'agissait de nouvelles pièces frappées du chêne sur l'avers.

— Je me suis toujours demandé ce que l'on pouvait éprouver en vivant à proximité du château, de voir ces traîtres en face de soi. Il était sûrement préférable que je sois loin, leur avoua-t-elle, avant d'engloutir une bouchée de brioche.

— Oui, ce fut terriblement difficile de les voir parader devant soi les jours suivants, répondit Kaaz, maussade.

— Il fallait avoir une grande maîtrise de soi. Celle-ci a pu être malsaine pour certains, les Dois ne devront pas s'étonner s'ils périssent dans d'atroces souffrances. Bien que je ne cautionne aucun châtiment de cet acabit, confessa Cyr.

— Et ils périront » proclama Kaaz d'un ton résolu.

Cyr et Selna s'échangèrent un regard

interrogatif, puis ils finirent leur repas en hâte.

Tous trois se trouvaient désormais dans la pièce de travail de Cyr. Il ôta toutes les potions des étagères pour les disposer sur son bureau. Une fois la tablette vide, il fit glisser la planche du fond et la retira à son tour. Le double-fond n'était pas bien large mais il avait réussi à y cacher quelques documents. Il en sortit une carte pliée en quatre.

« J'ai tout réécrit après qu'ils eurent brûlé les archives et les illustrations.

— Heureusement que vous vous souveniez de tant de choses, dit-elle pour le rassurer.

— Oui. Mais à mon grand désarroi, je ne me souvenais pas de tout » répondit-il.

Cyr déploya la carte du château et de ses alentours puis l'étendit sur la table. Il pointa son doigt, au hasard, sur l'une des portes.

« Que devons-nous faire ? demanda-t-il.

Selna passa sa main sur la carte tout en la contemplant. L'agencement était classique, s'y retrouver ne serait pas ardu.

— Il nous faudra les surprendre. Si nous arrivons face aux portes ils réussiront à tuer la plupart d'entre vous, enfin … d'entre nous. Mais s'ils sont déconcertés nos pertes seront moindre. Il va falloir détruire tous les oracles aussi, afin d'éviter que quiconque n'avise les Utelyns de Litar.

— Pourrait-il être averti par un pouvoir, ou par la magie ? questionna Kaaz.

— Par un pouvoir je l'entendrai. Mais pour les oracles et la magie je ne peux pas. Si nous sommes suffisamment rapides nous pouvons détruire les oracles à temps, il ne restera donc que des sorts qui pourraient lui parvenir. Il faudra entrer dans le château très vite. Nous verrons cela en détails. Notre tâche va être de rassembler toutes les personnes susceptibles de se joindre à nous afin que je les explore.

— Explore ? demanda Cyr, attentif.

— Du pouvoir d'Exploration, lire à travers les gens. Ainsi je peux connaître leurs pouvoirs

— Et vous voulez amener tout le monde ici ? C'est dangereux, nous ne faisons venir qu'une vingtaine de citoyens à la fois par lunaison, tout au plus. Si nous devions inviter tous nos alliés, nous nous ferions repérer en un éclair, affirma Kaaz.

— Pas nécessairement ici, je peux aller à leur rencontre. C'est très important, je vais voir s'ils ont décelé tous leurs pouvoirs ou non. Peut-être aurons-nous de bonnes surprises, répondit-elle.

— Très bien, nous allons nous charger de cela. Avons-nous besoin de matériel ? s'interrogea Cyr.

— Des armes. Des arcs, des épées, pour les Iesilarens. Eux aussi peuvent apporter leur aide.

— Mais s'ils ne savent pas s'en servir ? demanda Kaaz.

— Nous allons leur apprendre » répondit-elle en souriant.

Kaaz ne rétorqua point. Cyr sourit dans sa barbe.

Le dîner passé, Cyr sollicita Selna afin qu'elle

l'explore. Cet homme de savoir avait peu de chances d'être passé à côté de pouvoirs éventuels, cependant il valait mieux s'en assurer. La curiosité faisait également partie de sa requête.

Kaaz demeurait dans un coin de la pièce à observer de loin ce qui lui semblait être une mascarade.

Cyr et Selna s'assirent face à face. Elle posa ses mains sur celles de l'homme âgé, et la transmission magique put commencer. L'esprit de Selna se projeta dans le corps de Cyr, parcourant les membres supérieurs, puis s'achemina vers les organes vitaux à la recherche de pouvoirs.

Au niveau du crâne, rien à signaler. Au niveau du cœur, non plus. Il y avait donc bel et bien peu probable qu'il en possède. Elle vérifia à nouveau afin d'en être sûre. Mais le résultat fut irrémédiable.

« Navrée Cyr, je n'ai rien trouvé.

— Ce n'est rien. En réalité cela me rassure, quelle sorte d'Utelyn aurais-je fait si je n'avais pas été capable de trouver mes pouvoirs moi-même, ria-t-il, de sa bonne humeur habituelle.

— C'est vrai, répondit Selna.

— À ton tour, Kaaz, suggéra Cyr en se tournant vers le jeune homme.

— Non, ce n'est pas nécessaire, répondit-il d'un air grave.

— As-tu quelque chose à cacher ? demanda Selna, soupçonneuse.

— Non, absolument rien ! Je ne souhaite pas être dévisagé de l'intérieur, je connais mes capacités.

Je travaille mes deux pouvoirs depuis bien longtemps, si j'en étais pourvu d'autres je les aurais trouvés, protesta-t-il en quittant la tente.

— Ne nous soucions pas de cette histoire, nous avons plus important à faire pour le moment » s'exclama Cyr.

* * *

Chellis se rendit au potager sud. Elle portait une coiffe blanche et un collet écru sur les épaules. Elle avait croisé la route de quelques Gardiens - bien plus nombreux qu'à leur habitude - près de la porte sud. Étonnement, ils n'avaient pas l'air de partir en inspection dans les quartiers. Ils demeuraient tournés vers l'extérieur.

Un vieil homme binait la terre plutôt par dépit. Depuis quelques années, les légumes poussaient laborieusement. Le froid persistait et les rayons du soleil perçaient trop rarement la nuée pour stimuler la germination. Seules les variétés les plus résistantes subsistaient comme les navets, topinambours et poireaux.

Soudain, Ty apparut. Il entrevit Chellis et la rejoignit. Pour être méconnaissables, ils avaient décidé de se vêtir différemment en ressortant de vieux habits : d'où sa coiffe, sa pèlerine et sa tunique déteinte. Quant à Ty, il avait opté pour un vieux chapeau de paille et des vêtements encore plus usés et troués que ceux qu'il portait habituellement.

« Comment fais-tu ? lui demanda-t-il.

— Bien et toi ? répondit-elle en souriant avec les yeux.

— Je suis exténué, et je suis censé aller acheter de la farine.

— Très bien, nous ferons vite. Nous ne devons pas nous faire remarquer. »

Loya entra dans le jardinet également, suivie de Cil. Ils s'assirent tous en cercle derrière une rangée de hautes fleurs d'aulx fanées, sous les yeux intrigués de l'homme âgé qui continuait à biner.

C'était le lieu idéal pour se cacher. Les feuilles mortes des plantations suspendues en faisaient l'un des seuls endroits de la ville où l'on ne voyait pas distinctement ce qu'il s'y passait. En outre, comme plus rien ne croissait, peu d'habitants venaient y perdre leur temps.

« Avez-vous déjà entendu parler de la Cheffe des Gardiens ? demanda Cil.

— Oui, j'aurais tellement souhaité vivre à cette époque lors de la souveraineté du roi Geldir, confessa Chellis.

— Sans Gardiens pour nous épier à chacun de nos gestes, lança Loya.

— Pouvoir sortir de la ville comme bon nous semble, découvrir le continent, ajouta Chellis.

— Ne pas travailler aussi dur, ni aussi tôt » soupira Ty.

Les leçons de Cyr lui permettaient d'avoir un peu de répit, en secret. Car il travaillait tous les jours au réfectoire des Gardiens. Il devait préparer les chaudrons de soupe, ou encore veiller près du feux alors que ses yeux lui piquaient et brûlaient. Il prétendait aller chercher des ingrédients dans la ville qu'il achetait bien mais en prenant son temps, puis revenait allégé pour tenir le reste de sa journée.

« J'ai tout essayé : penser au feu, tenter de faire bouger des objets, faire mouvoir l'eau ... rien n'y fait, exposa Ty.

— Il paraît qu'il y a plusieurs façons d'utiliser les pouvoirs. Certaines personnes possédant l'Inflammation vont penser au feu et à sa source là où d'autres vont penser aux flammes crépitantes, précisa Loya.

— Il faut parfois écouter son corps et son cœur » dit Chellis en fermant les paupières pour se concentrer.

Les autres firent de même sans vraiment savoir ce qu'ils devaient entreprendre, ni à quoi penser.

Cil joignit ses mains en espérant y sentir une énergie mais rien ne vint. Tout en gardant les yeux fermés, il aplatit ses paumes sur le sol pour sonder la terre.

Tout à coup, il sentit une force vibrer autour de ses mains. Il fronça les sourcils. L'énergie semblait se rapprocher mais il n'avait aucune idée de ce que cela pourrait produire.

Il releva les bras aussitôt :

« J'ai senti quelque chose !

— Chut ! lui fit Chellis, tu vas nous faire remarquer.

— Désolé, j'ai eu peur. J'ai senti quelque chose

mais je ne sais pas ce que ça aurait provoqué, dit-il, agité.

— Qu'as-tu ressenti exactement ? l'interrogea Ty.

— Une énergie dans la terre qui entourait mes mains, mais je ne sais pas dans quel but, ni comment la manier.

— Nous allons nous éloigner, et tu peux, par exemple, penser à l'éjecter. Peut-être que tu as le pouvoir de contrôler la terre ? exposa Chellis en regardant les autres.

— Oui, ça me paraît une bonne idée, tu vas rester ici tout seul et tenter de diriger cette force. Mais fais attention, tâche de garder la maîtrise de tes émotions et tes gestes, compléta Ty.

— Ça pourrait être dangereux, ajouta Loya.

— Non, restez ici, je vais m'éloigner » dit-il en se levant.

Il alla s'asseoir à quelques mesures plus loin dans la terre, sa tunique grise en serait salie. Les autres restèrent à leurs places et l'observaient, prêts à s'abriter en cas de danger.

Cil se concentra à nouveau. Il posa ses mains paume contre terre. La force se remit à vibrer dans le sol. Il faisait le vide dans son esprit pour tenter de canaliser cette énergie, de voir son étendue et de comprendre son utilité.

La force s'intensifiait, la terre vibrait même sous son poids, ceci dit il ne se laissa pas impressionné. Il prolongea la contiguïté avec cette puissance latente. Il esquissa un mouvement vers les profondeurs du sol mais rien ne survint. Puis il entreprit un geste vers la surface, et là, la terre jusque sous Chellis, Ty et Loya trembla légèrement.

« Que se passe-t-il ?! s'exclama Loya.

Ils commencèrent à se lever.

— Je n'en ai aucune idée, nous devrions peut-être nous éloigner ! s'égosilla Chellis.

— Cil, que se passe-t-il ? » demanda Ty.

Soudain, sur toute la surface autour de Cil jusqu'aux pieds de ses amis jaillirent de l'herbe et des pousses. Le sol nu et gris était à présent recouvert de germes jaunes et verdoyants. Il avait fait accélérer et bonifier la pousse de toutes les graines contenues dans la terre.

Le vieil homme s'approcha pour constater le miracle.

« C'est ton pouvoir, petit ? demanda-t-il.

— Je crois, répondit Cil en revenant vers ses amis.

— C'est incroyable, tu peux faire pousser les plantes ! s'enthousiasma Chellis.

— Tu peux revenir ici quand tu le souhaites ! dit le vieil homme.

Un sourire se dégagea d'entre ses joues flétries, et ses yeux, enfouis sous ses paupières plissées et tombantes pétillaient de malice Il cligna des yeux de gratitude, agitant ses épais sourcils broussailleux avant de repartir chez lui d'une mine réjouie.

— Ce n'est pas le pouvoir dont je rêvais ... confessa Cil.

— Idiot, c'est un très bon pouvoir ! Grâce à toi nous allons pouvoir mieux nous nourrir ! le sermonna Loya.

— Oui, mais il ne faut en parler à personne pour l'instant, ça pourrait être dangereux pour toi Cil, conseilla Chellis.

— D'accord. Je vais en parler à maître Cyr.

— Oui, nous verrons cela avec lui. Bon, je pense que nous devrions repartir, nous risquons de nous faire remarquer. C'en est assez pour aujourd'hui » rétorqua Ty.

Ils repartirent tous dans des directions opposées. Chellis jeta un dernier regard au parterre recouvert d'herbe fraîche et de plantules. Un sourire discret s'afficha sur son visage, puis elle tourna les talons.

Ty s'en retourna au réfectoire après avoir acheté la farine demandée. Son chef était un homme plutôt petit de taille, dégarni, bourru et nauséabond. Cela ne venait pas uniquement de la sudation, bien que cette odeur en faisait également partie, mais il ne devait pas se baigner plus d'une fois par lunaison.

Ty se tenait éloigné de lui le plus possible pour ne pas avoir de hauts-le-cœur. Heureusement, comme il travaillait en cuisine, les effluves des plats lui paraissaient bien plus délectables. En remuant la soupe il souriait grandement. Il se remémorait la petite escapade avec ses amis, le pouvoir que Cil avait découvert qui pourrait être utile à tous les harcilans, et bien sûr, Chellis.

Son maître, Lepan, l'aperçut et vint à lui.

« Qu'est-ce qui te fait rire comme ça, garçon ? grogna-t-il.

— Oh rien, je pensais à quelque chose, répondit timidement Ty.

— Qu'est-ce qui te fait rire, garçon ? insista Lepan, comme pour lui faire comprendre qu'il n'était pas de bonne humeur et qu'il avait tout intérêt à expliquer la raison de son sourire.

— J'ai croisé la fille de mes rêves en allant acheter la farine, répondit-il.

— La fille de tes rêves ? Balivernes, aucune femme ne mérite que l'on rêve d'elle » rétorqua l'homme malodorant. Il repartit houspiller un autre commis de cuisine.

Ty pensa qu'il n'était pas étonnant que Lepan n'attire aucune femme. Et qu'en effet, quand on ne prend pas la peine de s'occuper de son hygiène, femme ou homme, cela n'est plaisant pour personne.

CHAPITRE 6 : Les débris

Dans le quartier ouest, une des grandes tentes abritait la famille Harel. Ils vivaient dans la capitale depuis de nombreuses générations. Les ancêtres du père, Pars, furent en majorité des Iesilarens tout comme lui. Au contraire, la famille de Kolin avait compté de nombreux pouvoirs.

Son arrière-grand-père fut Chef des Gardiens, ses grands-parents maternels, sa grand-mère paternelle et ses parents Gardiens, et enfin, elle, était à nouveau l'un des êtres les plus puissants de sa lignée et du royaume. Pars et Kolin s'étaient connus en allant étudier, ils avaient quinze ans, et ne s'étaient jamais quittés depuis.

Ils attendirent d'être confortablement installés avant d'avoir leur premier enfant, Selna. Par la suite, ils n'eurent pu engendrer d'autres descendants.

Selna s'était montrée très active dès son plus

jeune âge. Elle sut parler bien avant les autres enfants, sut marcher quelques mois plus tôt que l'âge moyen également et sut lire dès l'âge de quatre ans. Tout semblait aisé à lui apprendre. Il lui suffisait de consulter un livre une fois pour en retenir la quasi-totalité. De plus, elle connaissait déjà davantage la langue ancienne que ses parents.

Cela étonnait joyeusement Kolin, car elle-même n'était pas aussi éveillée à cet âge-là. Pars se montrait plus inquiet, ne voyant pas jusqu'où cela pourrait mener.

Un jour, Kolin décida d'explorer les pouvoirs de Selna. C'était peut-être encore trop tôt mais il valait mieux s'y reprendre à plusieurs fois plutôt que de patienter dans le doute.

La mère et la fille s'assirent dans leur pièce à vivre, le père à leurs côtés. Kolin serra les mains de la fillette et lança son pouvoir d'Exploration. Elle put y voir de nombreuses facultés, toutes celles qu'elle-même possédait et bien d'autres issues de l'héritage familial. Vu la durée que l'Exploration prenait à sa femme, Pars entendit à quel point Selna avait été dotée. Elle serait sûrement la prochaine Cheffe des Gardiens, dès ses seize ans, l'âge minimum requis pour prétendre à ce poste.

L'Exploration terminée, Selna ne put s'empêcher de poser la question :

« Quels sont mes pouvoirs, mère ?

— Tu en as beaucoup, mais nous en discuterons plus tard, répondit Kolin.

Selna approuva et rejoignit sa chambre pour continuer à lire. Kolin se tourna vers son époux.

— Elle a des pouvoirs que je ne possède pas, en plus des miens. Elle a celui de ton père, l'Invisibilité.

— Un très bon pouvoir, dit-il en souriant.

— C'est vrai, un des meilleurs. Qui, je l'espère, la protégera. »

Sur ces mots, Pars enlaça son épouse. Un unique enfant exerçant le rôle de Chef des Gardiens suscitait un grand tourment. Bien que le royaume avait vécu plutôt paisiblement durant deux siècles, il ne fallait pas tenir la tranquillité pour acquise.

Quelques années plus tard, la fillette avait découvert plusieurs de ses pouvoirs. Ceux-ci n'étaient pas encore complètement assimilés, mais elle en savait déjà beaucoup. Heureusement, elle savait se tenir, et ne les utilisaient jamais à mauvais escient. Ses parents s'étaient toujours montrés intransigeants sur ce point.

Un soir, alors qu'ils dînaient, Selna et son père furent avertis par un Gardien envoyé prévenir les habitants. Le roi, Kolin et la plupart des Gardiens étaient tombés. Ils devaient s'enfuir au plus vite avant d'être découverts et tués à leur tour.

Ils eurent à peine le temps de réaliser ce dont il s'agissait que Pars prit la main de sa fille et se mit à courir à travers la ville, laissant leur tente et tous leurs biens sur place. Une épaisse fumée noire s'était formée et survolait les habitations. Les feux provenaient principalement du château. Pars et Selna couraient droit vers le sud, la porte la plus proche.

Pars savait qu'à ce moment-là, il ne fallait plus penser à rien. L'unique chose à faire était de cavaler, s'éloigner, sauver sa fille. Il la tenait fermement par la main et ne regarderait plus en arrière. Selna, quant à elle, se laissait emmener par son père.

Elle observait tout ce qui l'entourait : des villageois couraient dans la même direction qu'eux ; d'autres se ruaient vers le château une arme à la main ; d'autres restaient sur place, terrifiés. Les cris, les pleurs, les cendres, la fumée étouffante, elle n'avait jamais vu sa ville dans cet état. Les animaux couraient dans tous les sens également.

Elle pensa à sa mère, à ce que le Gardien leur avait annoncé : qu'elle était tombée. Elle avait compris qu'il s'agissait d'une atténuation de ses propos, or la soudaineté des événements ne lui avait pas fait prendre conscience du vrai sens de ce mot. La petite fille appréhenda enfin que sa mère était morte, qu'elle avait été tuée par celui qui voulait être le nouveau roi et son fils. Elle ne savait pas si elle devait y croire, elle ne le voulait pas.

Comment sa mère, l'être le plus puissant du royaume, aurait pu être dépassée ? Avaient-ils plus de pouvoirs qu'elle ? Avaient-ils échafaudé un plan si maléfique qu'elle n'avait rien vu venir ? Comment l'avaient-ils tuée ? Elle se sentie horrifiée.

Des corps jonchaient le sol, des humains, des chiens, des poules : les nouveaux Gardiens de Relan étaient passés par-là. Comment pouvaient-ils massacrer autant de vies ? Si celles-ci n'avaient aucune valeur à leurs yeux, qu'est-ce qui en avait ?

L'enfant pensa qu'elle ne pourrait jamais vivre sans sa mère, les larmes inondèrent ses joues. Elle voulut mourir, elle voulut rester là, non loin d'où elle avait succombé. Qu'allaient-ils devenir sans elle ? Elle ne marchait plus vraiment, elle se laissait trimbalée par son père qui ne lâcherait prise en aucun cas et ne ralentirait pour rien au monde. Tout s'écroulait, la barbarie était devenue omniprésente.

Des débris bloquaient le passage. Pars ralentit et attrapa Selna par la taille, il la fit monter sur les planches. Il la suivit, puis ils redescendirent tous deux de l'autre côté. Il reprit fermement la main de sa fille et se remit à courir. Une personne coincée en dessous se mit à hurler.

Selna se retourna et n'aperçut que la main ensanglantée qui en sortait. Elle interpella son père :

« Père, il y a quelqu'un sous les décombres, nous devons l'aider !

— Je le sais, mais nous ne pouvons pas. C'est trop risqué ! » répondit-il, essoufflé.

Selna ne comprit pas. Ses parents ne lui avaient jamais enseigné cela. Ils lui avaient toujours inculqué qu'il fallait aider son prochain, et en ce jour, son père souhaitait laisser une personne agoniser délibérément.

Elle voulait s'arrêter. Elle s'efforça de dégager sa main de celle de son père mais il l'enserra de plus belle. La fillette n'insista pas. Elle se rendit compte que la fumée les oppressait, leur picotant les narines et la trachée. Cependant, elle ne pouvait s'empêcher de penser à cette personne, elle ne savait même pas s'il s'agissait d'un homme ou d'une femme. Et si sa mère avait été dans la même condition ? Si personne ne lui était venu en aide ?

Ses réflexions furent interrompues par son père :

« Tu comprends ? Peut-être que grâce à toi, nous pourrons sauver le royaume. Ils ne doivent pas nous attraper ! » ajouta-t-il à bout de souffle.

Tout était soudainement confus dans son esprit. Ne jamais revoir sa mère, toutes ces atrocités. Comment une vie merveilleuse avait-elle pu basculer si précipitamment. Il n'y avait que deux issues possibles : se laisser mourir de chagrin ou se battre contre ce préjudice. Et il n'était pas question de se laisser abattre. Ni pour sa mère, ni pour son père, ni pour le peuple, ni pour elle-même.

En repensant aux mots de son père, elle crut en comprendre l'objet bien qu'il lui faudrait du temps pour le saisir dans sa totalité. Ils avaient réussi par leur mesquinerie. Mais ils n'avaient pas définitivement gagné.

Elle n'avait jamais vraiment ressenti cela auparavant, mais ce sentiment grandit en elle. Celui qui lui permettrait d'être forte, de ne pas craindre ses ennemis : la colère. Mais pas n'importe laquelle, celle de l'injustice. Celle qu'elle avait le droit d'éprouver.

Soudain, sur leur passage, Selna entrevit les corps d'un père et sa fille. Elle utilisa, faiblement, son pouvoir d'Inflammation pour que son père lâche prise.

Il sentit la chaleur s'accentuer dangereusement au creux de sa paume puis desserra la main de Selna. Il se retourna en frottant la légère brûlure qui lui avait causé plus de peur que de mal, et vit sa fille s'approcher des corps :

« Que fais-tu ? Suis-moi, vite !

— J'ai une idée » répondit-elle calmement.

Elle s'accroupit. L'homme devait avoir à peu près le même âge que son père et la petite fille le même qu'elle. Elle passa sa main au dessus du visage de l'enfant. Celle-ci était blonde, le visage plus rond, mais Selna transforma son visage.

Peu à peu la blondeur de ses cheveux s'assombrit pour devenir châtain, son visage devint plus carré et son nez plus arrondi. Son visage se mouva en celui de Selna. Pars observait la scène, décontenancé.

« Ce n'est peut-être pas bien de faire cela à ces défunts, dit-il tout en scrutant les environs aux aguets.

— C'est vrai, ceci dit leurs corps ne seront pas plus respectés. Ils ne les enterreront pas, ils les brûleront. Autant leur faire croire qu'ils n'ont plus à sillonner le royaume pour retrouver qui que ce soit » répondit-elle avec assurance.

Pars pensait que sa fille était peut-être trop précoce pour son âge. Son sang-froid le mettait mal à l'aise. Il ne savait plus quoi penser, et ce n'était pas le bon moment pour s'attarder. Il la laissa accomplir ce qu'elle pensait juste puis ils partiraient aussitôt.

Selna finit de transformer le visage du père, c'était parfaitement ressemblant. Mais il restait une dernière chose à faire au cas où la nouvelle Garde souhaiterait en avoir le cœur net.

« Papa, donne-moi ta main.

Il lui tendit. Elle apposa le bout de son doigt sur celui de son père, celui-ci ressentit comme une piqûre. Il écarta vivement sa main.

— Aïe ! Qu'as-tu fait ?

— Je t'ai pris une goutte de sang.

Elle déposa la goutte sur le front du père, puis avec ses deux mains la fit pénétrer sous la peau du mort.

— Qu'es-tu en train de faire ? demanda-t-il, de plus en plus impatient.

— Je transforme leur sang en le nôtre.

À ces mots, elle se piqua le doigt à son tour, sans sourciller, et déposa la goutte sur le front de la fillette. Selna unifia leurs sangs.

— Nous pouvons continuer » affirma-t-elle en se relevant.

Tous deux se remirent à courir en direction de la porte sud qui n'était plus très loin.

Chapitre 7 : Les mercenaires

Les conditions pour devenir Gardien étaient plutôt simples : il fallait être Silaren, c'est-à-dire posséder au moins un pouvoir magique, et n'avoir jamais commis de mauvaises actions. Autant dire que certains Silarens n'avaient pu obtenir le titre de Gardien et c'est vers ceux-ci que Relan s'était tourné, en partie, pour mettre son plan en œuvre.

Meurtriers, violeurs, agresseurs, voleurs : tous ceux ayant perpétré des actes criminels, fraîchement sortis de geôle ou non, qui vivaient reclus en dehors de la ville. Rejetés de tous, ils n'attendaient plus rien de ce royaume. Le prochain crime les condamnerait à la peine de mort.

Relan était alors venu leur proposer une offre alléchante. Il y avait trois camps de ces forçats aux alentours de la capitale. Relan se rendit au plus proche d'entre eux, celui qui se trouvait à l'ouest de

Hierum. Il y entra, sous les regards curieux et menaçants de ses occupants.

Un grand feu s'embrasait au centre du campement, autour duquel la plupart des hommes se trouvaient assis. Il les rejoignit sans mot dire. Tous se turent et observèrent ce noble pénétrer dans leurs quartiers. Ils le virent à son regard, ce membre de la cour n'était pas bien plus honnête qu'eux. Sa présence n'avait sûrement rien d'une quelconque intention de leur faire la morale.

Telan, un des bandits assis près du feu, mangeait son pain sale bruyamment tout en toisant Relan. Celui-ci se réchauffait les mains près des flammes alors que les hommes se regroupèrent peu à peu autour de lui.

« Qu'est-ce qui nous vaut vot' visite ? questionna l'homme au visage couvert de cicatrices entre deux bouchées de pain.

Ses mains étaient aussi crasseuses que son repas.

— Je souhaitais juste faire votre connaissance. Je suis à la recherche de main-d'œuvre, répondit Relan tout en tournant ses mains face au feu.

— Vous n'avez pas peur pour un Iesilaren. Venir ici, seul ? questionna un grand homme borgne.

— Non, je n'ai pas peur. J'ai une offre qui vous intéressera, répondit-il en souriant alors qu'il se retournait vers l'attroupement. Soyez mes hommes et vous aurez votre place au château. »

L'homme au bout de pain jeta un regard à ses confrères qui le lui retournèrent.

Le borgne reprit la parole :

« Vous avez raison, ça nous plaît.

— Je dois encore rallier quelques personnes à notre cause. Je vous ramènerai ce que je vous ai promis bientôt. Du moins ... une première partie. Le reste viendra quand nous aurons réussi, dit-il en leur faisant face à nouveau.

Il avait clairement fini de se réchauffer les mains.

— Nous attendrons votre retour, répondit le borgne.

— À très bientôt, messieurs. »

La conversation achevée, Relan sortit du camp. Les hommes lui ménagèrent un passage déférent. On ne vit plus que sa longue cape bleu cobalt traînant au sol s'éloigner dans les ténèbres.

Les brigands avaient accepté, contre rémunération, une vengeance et une place au sein de la capitale. Un statut admiré et envié de tous.

* * *

Seulement, pour mener à bien son projet, Relan devait aussi trouver des appuis internes au château. Sans quoi, la partie serait perdue. Il savait d'avance lesquels ne céderaient jamais à sa proposition : la Cheffe, trop loyale ; le couple Kelan, trop naïf, trop campagnard pensait-il. Mais une Gardienne lui paraissait plutôt ambiguë : Riga Belgran.

Alors qu'il parcourait les couloirs, il l'aperçut

perdue dans ses pensées. Depuis un certain moment, cette grande blonde aux cheveux bouclés et au nez retroussé avait l'air tourmentée. Relan, qui n'était pas insensible à son charme, s'avança lentement vers elle :

« Riga, est-ce bien votre nom ?

— Oui, monsieur le Trésorier, dit-elle en hochant la tête.

— Appréciez-vous votre poste au château ?

— Bien sûr, je suis honorée de veiller sur notre roi et notre royaume, répondit-elle en forçant un sourire.

— Y a-t-il quelque chose qui vous perturbe ?

— Non monsieur, rien du tout, rétorqua la jeune femme en écarquillant les yeux.

— Vous ne semblez pas être dans votre assiette. Quelque chose vous chagrine-t-il ? Ne vous sentez-vous pas à votre place ici ?

— Non, ce n'est rien, je vous assure répondit-elle d'une voix tremblante.

— Vous faites preuve d'un comportement bien étrange depuis un certain temps. Beaucoup de personnes en discutent. Laissez-moi vous venir en aide, susurra-t-il en s'approchant davantage.

— Vraiment ? Qui en parle ? Que disent-ils ? s'inquiéta Riga.

— Je peux faire taire ces rumeurs bien plus efficacement. Dites-moi juste ce qu'il se passe, ma chère.

— Et bien, oui ... Puisque vous avez des doutes, quelque chose me peine ardemment, murmura-t-elle péniblement.

— Oh, ainsi est-ce la raison de votre étrange comportement.

— Oui, je suis navrée. Je n'osais en parler à personne. J'ai pris un remède ... abortif il n'y a pas si longtemps. Je n'en ai parlé ni à mon mari, ni à qui que ce soit. Seulement à une amie.

— Continuez, ou je ne pourrais vous aider.

— Je ne souhaitais pas enfanter à nouveau. La première fois fut un effroyable supplice. J'ai failli mourir de fièvre et de tremblements. Je suis heureuse d'avoir eu ma fille, que j'aime, mais je ne veux plus revivre cela, souffla-t-elle, les yeux humides.

— Bien sûr, vous seule êtes maître de votre corps, répondit Relan avec douceur.

— Merci. Je m'en veux de cacher cela à mon entourage. Mais je ne voulais pas que l'on me dissuade. Je sais que Cyr, mon mari, aurait aimé avoir d'autres enfants. Comment aurais-je pu lui dire que je ne voulais pas le garder ? Il est médecin qui plus est.

— Je comprends tout à fait. Êtes-vous sûre de toujours éprouver des sentiments pour lui ? demanda Relan.

— Oui, bien sûr ! Je souhaite seulement que notre famille reste ainsi, je ne peux pas revivre une telle chose, répondit-elle en baissant le regard.

— Je vois. N'en parlez pas, ce n'est pas nécessaire. Et ne vous blâmez plus, tout ceci fait partie du passé. Enterrez ce souvenir et continuez votre chemin, chère Riga, dit-il en passant ses doigts autour d'une mèche de ses cheveux à la clarté stellaire.

Il tentait de voir si elle fléchirait à ses avances, or elle ne parut en aucun cas réceptive.

— Merci de votre écoute, monsieur » répondit-elle, gênée par son comportement.

Elle le voyait se rapprocher d'elle doucement, mais fort judicieusement il s'éloigna à temps.

Riga demeura immobile, troublée par ce qu'il s'était passé. Elle n'aurait jamais imaginé un instant que le trésorier lui eût fait de telles faveurs. Pensant que ceci ne se reproduirait plus, elle décida de chasser ce moment précis de son esprit.

Relan continua son chemin dans les couloirs. Il remarqua un jeune homme blond, aux cheveux très courts. C'était la plus jeune recrue, il était âgé de seize ans. Dans son regard aussi on pouvait discerner une certaine sournoiserie. Le trésorier s'approcha de lui :

« Votre garde se passe-t-elle pour le mieux ?

— Tout a fait, monsieur, répondit fierement le jeune homme de sa voix juvénile.

— Souhaiteriez-vous un meilleur poste ?

— Bien sûr, de quoi est-il question ?

— J'aurais une offre à vous faire. Je me doutais bien que vous vous ennuyiez ici, sourit le père de famille.

— Ce n'est pas tant du poste dont je suis lassé, mais plutôt, vous savez, du régime en place. Surveiller un château qui ne risque nulle attaque, et dont la dernière guerre remonte à deux siècles. Autant dire que nous faisons figure de mannequins.

— J'apprécie ta façon de penser petit, ria-t-il.

Si seulement mon fils pouvait être comme toi. Quel est ton nom déjà ?

— Polt Melran, je possède l'Inflammation.

— Très bien. Je repasserai te voir. Si tu entends des choses intéressantes d'ici là, fais-m'en part, et je saurai te rétribuer.

— Entendu monsieur, merci pour votre considération » répondit-il en hochant la tête.

Relan poursuivit son tour, il avait d'autres Gardiens à corrompre.

Sur les cent Gardiens qui préservaient la forteresse vingt-huit acceptèrent cette proposition. Parmi ceux-là, Kerol Garn, une femme âgée d'une quarantaine d'années, était aussi parvenue à persuader son mari Telos. Il faisait partie des Guerriers, et lui-même convainquit certains de ses collègues.

Les Guerriers n'intervenaient qu'en cas de guerre. Cette armée était constituée, s'entraînait régulièrement mais ne protégeait pas le château le reste du temps, ni la ville. Ils étaient des civiles comme les autres.

Seuls les Gardiens avaient l'obligation de défendre quotidiennement la capitale. Pourtant, certains d'entre eux, en plus de Guerriers, s'apprêtaient à briser cette règle pour soutenir un usurpateur à renverser leur roi, du jamais vu depuis des siècles. Et l'enrôlement ces conscrits ne s'arrêterait pas là.

CHAPITRE 8 : Les arcs

Quelques jours plus tard, Ty et Chellis retournèrent à la tente. La jeune fille tira sur la cordelette accrochée au battant, la petite cloche en laiton retentit.

Kaaz sortit et les fit entrer dans la tente. Une marchande ambulante passa dans l'allée et jeta un regard dans leur direction, Kaaz lui sourit poliment. Elle poursuivit son chemin sans présumer quoi que ce soit. Les deux jeunes gens avaient aussi croisé quelques Gardiens sur leur route, mais ceux-ci ne virent rien d'anormal à ce couple de Iesilarens.

Ils rejoignirent Selna dans la grande pièce, celle-ci se trouvait déjà attablée. Le blondin fit signe à Chellis de s'asseoir la première. Selna posa ses mains sur la table, la jeune fille fit de même : l'Exploration pouvait commencer.

Selna se projeta dans le corps de Chellis.

Prestement, elle vit quelque chose dans sa mémoire ce qui la fit sourciller. Puis elle continua son rituel. Cyr jeta un regard à Kaaz et Ty, mais aucun d'eux ne réagit. Le contact fut bref, Selna ôta ses mains.

« Désolée, tu n'as aucun pouvoir Chellis. Celle-ci regardait la jeune femme qui la fixait des yeux, ne sachant quelle en était la raison.

— Y a-t-il autre chose ? demanda Chellis, ingénue.

— Nous verrons plus tard, répondit Selna. À ton tour Ty, assieds-toi. »

Chellis se leva, soucieuse, et laissa sa place au garçon. Il s'installa en posant directement ses mains sur la table comme il avait pu l'observer. Il semblait impatient.

Selna lui saisit les mains et l'explora à son tour. Elle se dirigea vers son cerveau mais n'y trouva nulle trace de pouvoir, donc elle descendit au niveau du cœur.

Un sourcillement s'afficha à nouveau sur son visage. Cyr, intrigué, se tourna une fois de plus vers Kaaz qui demeurait incrédule tout en ne ratant aucune miette de ce qui se déroulait sous ses yeux.

Selna semblait s'attarder à un endroit précis. Elle remuait la tête comme si la tâche était plus difficile que les précédentes. Puis elle relâcha ses mains, et enfin ouvrit les paupières.

« Alors ? répliqua Ty, empressé.

— Navrée, je n'ai rien vu non plus, répondit-elle.

— Oh, j'aurais dû m'en douter, souffla Ty.

— Venez vous entraîner au tir à l'arc demain » leur sourit Selna.

Les jeunes gens consentirent et repartirent aussitôt en prenant bien soin de vérifier que la voie soit libre.

Cyr s'assit face à Selna et l'interrogea :

« As-tu vu quelque chose ? Tu semblais préoccupée, demanda Cyr.

— Rien de très important. Chellis s'implique énormément dans cette préparation, et pour Ty j'ai eu un doute. Il m'a semblé voir un pouvoir mais ce n'était pas le cas. Certainement une dégénérescence.

— C'est bien dommage, répondit Cyr.

— Avons-nous d'autres personnes à visiter ?

— Oui, je t'y conduirai demain pendant que Kaaz surveillera les entraînements au tir à l'arc. »

À l'aide de bûches et bâtons, ils confectionnèrent des cibles. Certes, elles ne faisaient pas montre d'une qualité irréprochable mais pouvaient bien faire office de supports d'entraînement. Quelques arcs avaient été achetés sous le manteau, d'autres avaient été confectionnés avec le peu de moyens trouvés.

La mise en place se fit la nuit, ainsi au lever du jour tout serait prêt. Kaaz n'aurait plus qu'à attendre les archers à former dans la journée. Il rangeait table et escabelles dans la pièce de travail pendant que Selna et Cyr mettaient en place les cibles. Entre deux aller-retours, il s'arrêta et observa la fille Harel.

Elle disposait des cibles à hauteurs différentes,

pour petits et grands. Elle souriait en pensant aux enfants qui viendraient demain. Puis, en détournant le regard, ses yeux rencontrèrent ceux de Kaaz.

Il se tourna aussitôt, gêné, et continua son rangement. Celle-ci le lorgna de haut en bas, intriguée par son comportement, avant de se remettre au travail à son tour.

Quelques heures plus tard, Selna et Cyr se préparèrent à sortir. Le maître revêtit sa cape fauve et boulochée.

* * *

Deux lunaisons plus tôt, Pelon était encore le père d'un garçon qui assistait aux enseignements de Cyr. Le père était venu annoncer la triste nouvelle à son maître et ses camarades. Il avait déjà perdu sa femme des années auparavant, d'une maladie, puis son fils périt de la même manière.

Une fois dans la tente, Selna interrompit son Invisibilité. Le guerrier sursauta à leur apparition.

« Qu'est-ce donc là ? grogna-t-il.

— Navré pour cette émotion, nous devions passer inaperçu, répondit Cyr. Je vous présente Selna Harel.

— Pardon ? beugla Pelon.

— Oui, nous vous expliquerons plus tard, répondit-elle.

— Quel est l'objet de votre visite ?

— Nous allons attaquer le château, et pour cela nous avons besoin d'aide » ajouta Cyr.

Les yeux de Pelon se mirent à briller. Attaquer le château, voilà une idée qui l'avait hanté depuis bien longtemps et qui semblait s'éterniser. Les hommes et les femmes, ils les avaient. Ses amis de beuverie, ses amis tout court, il savait qu'ils seraient tout aussi impétueux que lui.

Le matériel, il l'avait également. Forgeron de son métier, il avait dissimulé sous le plancher de la cabane de ses voisins, à leur insu, toutes sortes d'armes qu'il avait confectionnées durant toutes ces années.

« Asseyez-vous. Laissez-moi vous examiner » dit celle qui ressemblait trait pour trait à l'ancienne Cheffe des Gardiens.

Il obéit. Cette montagne s'assit sur la petite chaise en hêtre, ses centaines de longues tresses auburn suivirent le mouvement dans son dos et sa longue barbe hirsute lui tomba sur les genoux. Ses bras devaient faire la taille d'un petit baril. Il posa d'abord un bras sur la table pour mimer Selna, puis l'autre sur son énorme ventre.

— Il me faut vos deux mains, Pelon.

Il posa son autre main géante sur la table, Selna les lui saisit et ferma les yeux.

— Il y a fort longtemps que je n'avais senti des mains aussi douces, faites-vous d'autres prestations ? » badina-t-il.

Selna lui lança un regard noir, il s'arrêta de rire aussitôt.

— Mettez fin à vos pensées libidineuses sur-le-champ ou je vous brûle vif » intima-t-elle.

Il avait beau faire deux fois sa taille, il ne pourrait rien faire contre des flammes magiques beaucoup plus abrasives et persistantes que des flammes naturelles.

En s'insinuant à travers son corps, elle pouvait discerner ses idées déplacées. Elle s'efforçait de ne pas se laisser distraire et d'en finir au plus vite, bien que l'envie de retourner un coup à cet être obscène ne lui manquait point. Promptement, elle mit fin à l'échange aucun pouvoir n'ayant été décelé.

« Pelon, nous devons nous revoir pour discuter de tout cela. Vous serez notre Chef des Guerriers, comme à l'époque.

— Bien entendu Cyr, je viendrai vous visiter. Ravi de savoir que cette offensive aura bien lieu de notre vivant.

— Oui, c'est une opportunité inespérée » rétorqua Cyr.

* * *

Opil Nery était un marchand d'armes, ami de longue date de Cyr. Un homme de taille moyenne, frêle. Le haut de son crâne était largement dégarni et ses cheveux restants, châtain foncé, lui tombaient sur les épaules. Cependant, depuis que Relan régnait, comme tous les marchands d'armes il avait pour interdiction d'en vendre au peuple.

Il ne devait en procurer qu'à la Garde ou à toute personne ayant une autorisation particulière du roi. Autant dire très peu de monde puisque les

Gardiens se préoccupaient plus de leurs pouvoirs que de se fournir en équipement. D'ordinaire, les harcilans en possédaient pour se défendre en cas de guerre. Désormais, ils ne pouvaient plus en acquérir.

Opil avait du reconvertir une partie de sa boutique afin de vivre. À présent, il vendait aussi des bûches de chauffage : on lui avait tout de même accordé d'en vendre un certain nombre pour compenser les pertes. Mais il ne devait pas en fournir de trop grandes quantités aux habitants pour éviter qu'ils fassent des réserves, ceux-ci devaient rester dépendants du pouvoir en place.

Ce que beaucoup ignoraient, c'est qu'il faisait partie de ceux qui étaient parvenus à garder quelques armes cachées. Lorsque son ami Cyr lui fit part de leur projet il accepta de leur venir en aide et de leur fournir du matériel sur-le-champ. Opil avait alors placé trois grands arcs sous sa cape et s'apprêtait à les apporter à la tente de son ami de longue date.

Toutefois, Opil était un homme de nature anxieuse. Et rien que de marcher dans les allées de la capitale, sachant qu'il agissait de manière illégale, il en avait des sueurs froides. Sur son chemin, il croisa Polt Melran qui patrouillait dans les voies centrales accompagné d'un Gardien d'une quarantaine d'années.

Polt n'avait pas beaucoup changé, il semblait toujours avoir le même âge avec son visage enfantin. D'un coup d'œil, il suspecta quelque chose Aussitôt, il interpella Opil :

« Hé, toi là ! Arrête-toi !

— Oui, cher Gardien, tout de suite ! répondit

Opil, fébrile, en se retournant.

— Que t'arrive-t-il ? demanda le jeune homme aux cheveux blonds.

— Rien, juste de la fatigue, dit-il en forçant un sourire.

Polt le scruta de la tête aux pieds.

— Défais ta cape, marchand.

— Pourquoi donc ? J'ai déjà très froid, s'il vous plaît, cher Gardien, implora Opil.

— Dénoue cette cape avant que je ne m'en charge moi-même, insista-t-il.

— Très bien ... » rétorqua le marchand qui dut se résigner.

Il tira sur le nœud de sa cape. Celle-ci tomba au sol, laissant découvrir les trois grands arcs attachés à sa ceinture de chanvre.

Les quelques passants qui s'étaient arrêtés pour observer la scène lâchèrent un soupir d'étonnement.

« Malade, disais-tu ? Menteur !

— Pardonnez-moi, je vous en prie ! tenta Opil.

— À qui allais-tu apporter ces arcs ?

— Je ne puis vous le dire ! s'écria-t-il, sachant qu'il était perdu.

— Préfères-tu mourir ? Ou bien la torture pourrait te faire parler ?

— Tuez-moi je vous en prie, je ne parlerai pas ! Jamais !

Polt lui arracha les arcs de sa ceinture et les jeta au sol. Il les piétina pour les détruire, sous les yeux affligés des passants, puis y mit le feu d'un geste vif. Il s'adressa à l'autre Gardien :

— Emmenons-le au château, nous verrons si la torture ne pourra le faire parler. »

L'autre Gardien utilisa son pouvoir de Force. Il agrippa Opil par le col et lui retourna un violent coup de poing. Le marchand sombra inconscient. Ils l'entraînèrent au château en le traînant par le bras.

Peu de temps après, l'on apprenait qu'Opil avait succombé à ses supplices. Mais il avait tenu sa promesse : il n'avait nullement dénoncé le plan qui se tramait, et par la même occasion, protégé ceux qui allaient tout faire pour libérer le royaume.

La mère d'un des enfants vint annoncer la pénible nouvelle à Cyr, au seuil de la tente.

Le maître en était sous le choc :

« Navrée de vous apprendre une si mauvaise nouvelle, dit la femme aux cheveux châtains.

— Ne le soyez pas. Je préfère être au courant. Opil est mort en exemple. Il a protégé les siens et tout un royaume.

— Oui, son nom ne sera jamais oublié » répondit-elle en souriant faiblement.

Cyr la remercia, l'air déconfit, et retourna aux entraînements alors qu'elle refermait la portière.

* * *

Les cibles se comptaient au nombre de quatre.

La première se trouvait dans le sens de la largeur, à l'emplacement de la grande table - la place de Cyr - et les plus jeunes s'y entraînaient : Loya, Cil et un autre garçon.

Kaaz leur montrait comment identifier leur œil directeur, maintenir leur arc, positionner leurs pieds ou encore quels doigts utiliser pour tirer la corde. Dans l'ensemble, ils atteignaient les extrémités de la cible ce qui se révélait bien mieux que les quelques flèches ayant transpercé les parois intérieures de la tente.

Le deuxième point de mire se trouvait pareillement en travers de la pièce, là où les enfants avaient l'habitude de s'asseoir en tailleur durant les leçons. Trois jeunes gens de treize ans, ayant déjà manipulé au moins une fois un arc dans leur vie, se trouvaient là. Ils ne rataient pas la cible mais leurs flèches n'approchaient pas encore assez le milieu.

La troisième se trouvait parallèlement à la précédente, à la place des chaises. Quatre parents qui avaient également eu quelques expériences de tir à l'arc tentaient de se remémorer les bases.

Enfin, la dernière était disposée dans un coin de la pièce à côté de l'entrée. Ty et Chellis s'y entraînaient. Lui n'avait aucune connaissance, toutefois il était le plus âgé et le plus volontaire de ceux qui souhaitaient se perfectionner.

Au contraire, Chellis avait beaucoup pratiqué le tir à l'arc lorsqu'elle était enfant. Sa mère souhaitait plus exactement l'amuser plutôt que de la former. Néanmoins, Chellis avait pris ces leçons très au sérieux. Elle avait un excellent niveau et manquait rarement le centre de la cible.

Elle préparait l'arc et la flèche de Ty.

« Tiens, sais-tu comment faire ?

— Pas du tout, j'oublie à chaque fois. Je suis sans espoir, répondit-il.

Elle se maintint derrière lui et lui prit les mains pour lui montrer les gestes à faire. Il se sentit embarrassé et le plus heureux du monde à la fois.

— Tu dois tenir ton arc bien droit sous la flèche. Ensuite, avec ton autre main, tu viens placer l'encoche sur la corde. »

Il se sentait rougir, la chaleur lui montait au visage.

Loya poussa un soupir d'agacement en les voyant, puis alla chercher de nouvelles flèches.

Ty tira sa flèche qui, par chance, atterrit presque au centre de la cible.

« Excellent ! » s'écria Chellis.

Tout le monde se tourna vers elle et lui fit signe de baisser d'un ton. Elle porta ses mains à sa bouche comme pour se museler. Ty la regarda en riant subrepticement. Elle feint une moue boudeuse. Il revint près d'elle :

« Je ne suis pas sûr de pouvoir faire le même exploit à chaque fois, plaisanta-t-il.

— Et moi, je ne suis pas certaine de pouvoir tirer sur des êtres vivants. Viser des cibles est aisé, cependant je n'ai jamais atteint qui que ce soit. Ne serais-je pas trop bouleversée dans une telle situation ? Aurai-je suffisamment de fermeté ?

— Je pense qu'aucun de nous n'a vraiment envie de faire une telle chose, or nous n'avons pas le choix. Le clan de Relan n'hésiterait pas à nous réduire en miettes. Nous devons nous battre contre des adversaires sans merci, auxquels nous ne pouvons accorder aucune confiance. »

Chellis opina de la tête, acquiesçant. Ty posa sa main sur son épaule pour la rassurer. Il eut crainte de trop s'attarder et l'enleva aussitôt. Chellis ne s'en rendit pas compte, elle était perdue dans ses pensées, tracassée.

CHAPITRE 9 : Le réfectoire

Selna se rendit chez Teli Sogel accompagnée de Cyr et Kaaz. Il n'était pas nécessaire d'utiliser l'Invisibilité cette fois-ci. Leurs capes et grandes capuches feraient l'affaire. L'ancienne Guerrière vivait dans le coin le plus quiet de la capitale où la plupart des personnes âgées et mourantes se réfugiaient pour fuir l'agitation des Gardiens et du peuple. Entre les sorties nord et ouest, là où le mur bâti se trouvait être le plus long. Les Gardiens y passaient rarement, ils n'avaient jamais eu à intervenir pour quoi que ce soit.

Arrivés à la tente, ils aperçurent Teli au dehors. Elle recousait justement une partie du tissu qui s'était déchiré à la base.

« Teli, c'est Cyr Belgran.

Elle releva la tête et reconnut cet homme qu'elle n'avait pas vu depuis plusieurs années.

— Ah oui, je me souviens de vous ! »

Elle se releva et serra la main de chacun d'entre eux de sa main droite. En effet, son avant-bras gauche lui manquait. C'était une grande femme robuste, les cheveux blond cendré noués en deux tresses. Elle avait des traits marqués : de grandes pattes-d'oie ainsi que des sillons autour de la bouche profondément creusés, d'épais sourcils et un sourire agréable, sympathique, malgré ses dents jaunâtres et tordues.

« Entrez donc jeunes gens ! » dit-elle de sa voix portante.

L'intérieur était totalement différent de l'apparence extérieure. Qui aurait cru que cette tente grisâtre, triste et ennuyeuse renfermait autant de couleurs et de bonne humeur ?

Il y avait des tapisseries accrochées à toutes les parois, elles n'avaient aucune valeur si ce n'est le mérite de décorer la pièce. On y trouvait aussi des bouquets de fleurs sculptées en bois peint : des roses, des tulipes ou encore des jonquilles, ainsi que trois chats de couleurs différentes ronronnant et se frottant aux jambes des invités et qui apportaient davantage de vie à ce foyer.

« Le roux c'est Kuta, le blanc Malo et le noir Paae.

— Je suis curieuse de savoir d'où viennent toutes ces tapisseries, demanda Selna.

— Ma mère les a confectionnées, elle était lissière. Pour moi, il était hors de question de les vendre, je préfère amplement les garder en souvenir.

Les fleurs sculptées c'est moi qui les aie faites, dit-elle en souriant.

— C'est magnifique, répondit Selna.

— Merci jeune fille. C'est difficile de sculpter d'une seule main, fort heureusement je n'ai pas perdu celle dont je me servais.

— Comment est-ce arrivé ?

— Toujours de la même manière, commenta Kaaz. Toujours les mêmes fautifs.

— Lors de la prise du pouvoir de Relan, je faisais partie des Guerriers. Litar m'a éjectée par dessus les remparts et je suis retombée sur le coude. J'ai eu la chance de survivre, ce n'est que mon avant-bras qui a pris. »

Sa joie s'effaça légèrement, elle s'agenouilla pour caresser ses chats qui lui apportèrent un peu de réconfort. Selna s'agenouilla à ses côtés :

« Nous sommes venus pour vous parler d'un plan d'attaque, exposa Selna.

— Une attaque ?

— Oui, nous avons assemblé une troupe de Silarens et le Chef des Guerriers est prêt à reprendre du service.

— Oh, je ne pensais pas qu'on y retournerait un de ces jours. Comptez-moi dans vos rangs, bien sûr.

— Avant je dois faire une Exploration sur vous.

— Une Exploration ? Qu'est-ce ? questionna Teli, surprise.

— Je vais tenter de déceler vos pouvoirs pour

vous.

— Très bien, je n'ai jamais trouvé quoique ce soit de toute manière. »

Toutes deux s'assirent autour de la table alors que Cyr saisit le vase au bouquet de fleurs sculptées qui se trouvait au milieu et le posa à terre.

Selna prit des deux mains celle de Teli. Elle ferma les paupières. Elle se dirigea vers son crâne et trouva d'emblée le pouvoir d'Inflammation. En effet, Teli ne l'avait jamais découvert. Après quelques minutes, force était de constater qu'il n'y en avait aucun autre. Elle cessa l'Exploration.

« J'ai une bonne nouvelle. Vous avez le pouvoir d'Inflammation.

— Quoi ? Moi ? Je possède un pouvoir ?

— Oui, dit-elle en se levant et se dirigeant vers le brasier. Approchez-vous.

Teli exécuta la demande de Selna, elle s'approcha du feu, confuse.

— Regardez les flammes crépiter. Sentez leur chaleur, leur mouvement, elles semblent danser dans l'air. Fermez les yeux, au début on se concentre mieux en fermant les yeux.

Teli écoutait attentivement. Cyr et Kaaz observaient, stupéfaits.

— Vous voyez cette image, dans votre esprit ?

— Oui, répondit Teli, plus sûre d'elle.

— Bien. Maintenant, tendez votre main. Imaginez que vous voulez projeter les flammes que vous voyez.

Teli grimaçait, les yeux clos. Elle agitait sa

main mais rien ne se produisit.

— Je n'y arrive point.

— À présent, imaginez Relan en train d'embrocher Geldir, sa dague perçant son flanc, le meurtrir, et ôtant toute vie à cet homme digne et honorable. »

Teli sentit la colère monter en elle, elle sentit une chaleur parcourir son corps jusque dans sa main. Comme si cette frénésie renaissante devait absolument s'évacuer. Elle tendit sa main de toutes ses forces, ses muscles se crispèrent. Enfin, des flammes sortirent de sa main et vinrent s'ajouter au feu qui doubla de volume et de luminosité.

Les chats décampèrent promptement, l'un sous la couche et les deux autres derrière des caisses en bois. Cyr et Kaaz reculèrent légèrement tant l'ardeur se propagea dans la pièce.

Teli entrouvrit les paupières. Les flammes magiques se révélaient beaucoup plus brillantes que les flammes naturelles, et plus denses. Ceci dit, elle avait encore besoin de pratique. Elle examina la paume de sa main intacte. À présent, elle savait comment utiliser ce pouvoir.

« Félicitations, répondit Cyr le sourire aux lèvres.

— Et dire qu'il a toujours été là. J'ai été incapable de le trouver et de m'en servir.

— Vous allez en avoir l'occasion très prochainement, badina Selna.

— Et vous, Cyr avez-vous un pouvoir ?

— Non, aucun. Mais je pratique la magie c'est

en soit une bonne chose.

— Et vous jeune homme ? Avez-vous découvert des pouvoirs suite à cette, comment cela s'appelle-t-il ? Exploration ?

— Non, je connais d'ores et déjà mes capacités, la Foudre et la Dissimulation, répondit-il.

— Il ne veut pas que je m'insinue en lui, il ne m'accorde pas sa confiance, répondit froidement Selna.

— Pourquoi donc ? demanda Teli, cette jeune fille est tout à fait charmante.

— Ce n'est pas ça. Je connais mon esprit, je sais que je n'ai pas d'autres pouvoirs. Nous n'avons pas de temps à perdre, répondit Kaaz, déconcerté.

— Mais je suppose qu'il est tout de même préférable de s'en assurer ? questionna Teli.

— Oui, bien sûr, c'est bref et ne coûte rien. Mais Kaaz ne le souhaite pas, même si c'est pour le bien de tous. Il ne souhaite pas vérifier qu'il ne possède aucun autre pouvoir, exposa Selna.

— Nous verrons plus tard, peut-être. Nous devons y aller. Je repasserai vous voir accompagné de Pelon, cela vous convient-il ? demanda Cyr.

— Tout à fait, la dernière fois que j'ai vu ce vieil imbécile remonte à loin. Je me demande ce qu'il devient.

— Bien, à très bientôt » répondit Cyr.

Tous trois sortirent, satisfaits.

Teli s'assit à nouveau. Ses trois chats grimpèrent sur la table et vinrent chacun leur tour se frotter la tête contre son épaule. Un léger sourire s'afficha sur ses lèvres. Peut-être allaient-ils réussir à reprendre le royaume cette fois-ci ?

* * *

Ty servait le repas dans les écuelles. Les morceaux de morilles flottaient à la surface de la soupe parmi les échalotes émincées et la ciboulette ciselée.

À côté de lui se trouvait un autre commis. Celui-ci affichait un large coquart.

Ty savait qui le lui avait fait. Ce n'était pas le résultat d'une rixe qui aurait eu lieu la veille au soir après quelques chopes dans une taverne. C'était le genre de sévices qui arrivaient à l'arrière des cuisines. La moindre petite erreur d'ingrédient, vaisselle cassée, ou autre désagrément, Lepan levait la main sur le coupable. Ty s'était déjà pris quelques coups. Des gifles cinglantes, des coups de poing, mais il n'avait pas à se plaindre. Certains avaient connu pire.

Alors qu'il versait vivement la soupe dans les récipients les uns après les autres, Lepan discutait avec un Gardien non loin derrière. Le jeune homme parvenait à entendre quelques bribes de leur conversation :

« Invisible ? s'étonna Lepan.

— Oui, c'est ce qu'ils ont dit. Il y a de ça plusieurs jours. Nous avons cherché partout dans le bois, aux alentours. Nous gardons un œil ouvert dans la capitale. Mais nous n'avons rien entendu depuis, répondit l'homme chauve.

— Il s'est volatilisé ?

— Aucune idée. De plus, il possède assurément la Dissimulation car Valni ne l'a pas senti arriver.

— Je n'en reviens pas qu'elle ait péri, elle faisait partie des plus puissants, confessa Lepan.

— Cette chute lui a été fatale. Heureusement, son collègue a survécu et a pu nous témoigner ce qu'il a vu. »

Les Gardiens passaient chacun leur tour devant Ty, celui-ci avait du mal à suivre la cadence tout en écoutant attentivement.

« Garçon ? Tu as oublié mon bout de pain, pesta une Gardienne.

— Oh pardonnez-moi, le voici ! »

Cet incident interpella Lepan qui se tourna vers lui, le regard cruel. Ty lui sourit pour lui faire comprendre que les choses étaient rentrées dans l'ordre.

La Gardienne s'éloigna avec son repas, et le Gardien qui se tenait devant lui attendait toujours sa soupe. Le garçon à la chevelure flavescente se remit à la tâche.

« Les marmots de cet acabit m'exaspèrent, ils vous font des révérences obséquieuses en pensant qu'on leur pardonnera tout, murmura Lepan au Gardien chauve.

Pourtant, Ty eut l'oreille assez fine pour l'entendre.

— Gardez un œil sur eux, ils sont dans une position délicate. Proches des Gardiens, ils peuvent ouïr des informations et les livrer.

— Ne vous inquiétez pas. Je fais tout pour les maintenir à l'ordre » répondit Lepan.

Les deux hommes mirent fin à leur entretien. Lepan s'en retourna en cuisine.

Ty remit toute son écoute et sa concentration sur sa lourde corvée.

CHAPITRE 10 : Kelumistaa

Quelques semaines après le renversement de Geldir, Selna et son père s'installèrent dans la forêt de Kelumistaa à l'est. Il s'agissait de l'une des plus vastes du royaume et l'une des plus vallonnées également. C'était le lieu idéal pour échapper à la Garde.

Afin de devenir méconnaissable, Pars s'était laissé poussé la barbe et les cheveux. Les deux étaient devenus hirsutes et parsemés de blanc ce qui ne se voyait pas tout à fait lorsque sa pilosité était encore courte. Il ne changeait plus de vêtements : ils étaient tâchés et déchirés par les travaux du quotidien comme la coupe de bois, et leurs couleurs ternies. Lui qui était de nature plutôt potelée s'était déjà clairement aminci.

Selna, quant à elle, portait une coiffe et les cheveux longs noués en tresse. Elle revêtait des habits et des chaussures de moindre qualité également.

Le père et la fille établirent une tente à l'aide d'étoffes et de planches en bois de pin que celui-ci avait acheté au cœur d'un village. La couleur se voyait sur son visage, elle l'avait fait vieillir soudainement. Il était encore plus difficile de le reconnaître.

Selna, elle, paraissait plus triste qu'à son habitude tout en parvenant à supporter leur sort. Elle faisait tout pour surmonter cette affliction, car elle voyait comme son père avait beaucoup de mal à supporter la mort de Kolin.

Qu'allaient-ils devenir ? Comment allaient-ils s'en sortir ? Comment serait leur vie sans sa mère ? Elle songeait à toutes ces questions et s'efforçait de les chasser le plus vite possible de ses pensées. Si elle se hasardait à y penser, alors elle ne pourrait plus s'arrêter. Cela l'entraînerait dans une spirale infernale.

Elle choisit de garder à l'esprit que sa mère n'était peut-être pas vraiment partie Qu'elle reviendrait un jour, après tout, elle n'était pas sur place au moment des faits. On lui avait seulement conté que la Cheffe des Gardiens avait été vaincue.

Cela lui permettrait de garder espoir, de préserver ses forces afin de s'occuper de son père et de lui remonter le moral. Elle ne voulait pas perdre ses deux parents. Elle le voyait assis là, le regard vide. Il ne mangeait presque rien. L'enfant devait le forcer à avaler ses potages. Désormais, ses seules préoccupations étaient de prendre soin de son père et de développer ses pouvoirs : ils pourraient être utiles pour leur avenir.

Afin de lui faire penser à autre chose, elle expérimentait ses capacités devant lui. Alors qu'ils se trouvaient dans la tente elle occupait le milieu de la pièce :

« Me vois-tu ? lui demanda-t-elle.

— Oui, je te vois, soupira-t-il.

La petite fille se demandait à quoi pouvait-elle penser pour devenir invisible. Elle songeait à son corps qui se mouvait sans être vu. Elle tentait d'y penser de manière élémentaire, puis de manière plus élaborée : elle discernait chaque partie de son corps, tentant de ressentir quelque chose.

— Quand je songe à être invisible rien ne se produit, répondit l'enfant, déçue.

— Ce doit être autre chose. Comme le vent ou l'air ?

Cette idée ne lui avait pas encore parcouru l'esprit. Cette fois-ci, elle s'imagina légère comme le vent, que tout pouvait la traverser, puis agita les bras.

— Et là, me vois-tu ? l'interrogea-t-elle.

— Oui » répondit-il laconiquement.

Que fallait-il bien faire ?

Elle se tourna, puis scruta ce qui se trouvait derrière : la toile de la tente, des bûches entassées et des réserves de légumes.

Elle se tourna de nouveau face à son père qui avait l'air toujours absent, puis ferma les yeux. Dans son esprit, elle se remémora les images de ce qu'elle avait vu derrière elle.

L'enfant devint soudainement invisible. Pars en resta bouche bée.

« Et maintenant, me vois-tu papa ?

— Non ! Tu es enfin invisible ! s'exclama-t-il.

— C'est vrai ?

Elle réapparut et abaissa le regard vers ses pieds.

— Mais moi je me vois, répondit l'enfant.

— À présent oui, mais tu as été invisible un instant. Par quoi as-tu été inspirée ?

— Je pensais au décor tel de la peinture me recouvrant de haut en bas. J'imaginais les formes et les couleurs sur moi, comme si j'en faisais partie !

— C'est cela alors. Veux-tu essayer une fois de plus ?

— Oui ! Je dois m'entraîner pour le maîtriser ! » s'engoua-t-elle.

Les paupières closes, elle disparut à nouveau.

Les jours s'écoulèrent, ils savaient qu'ils devraient quitter la forêt un jour ou l'autre pour s'engager davantage vers l'est. Les sbires de Relan devaient s'être approprié le château et la capitale. Ils ne tarderaient pas à accaparer les terres avoisinantes.

Ils avaient déjà prévu la suite de leur itinéraire, par quels villages ils passeraient et dans quels lieux ils s'établiraient avant de dévier vers le sud.

Advint le jour de leur départ. Alors que père et fille écossaient des petits pois secs pour les semer à la saison prochaine, Selna sentit des Silarens approcher. Elle utilisa son pouvoir d'Ouïe et perçut leur conversation :

« ... ces villages ? demanda la jeune recrue Kedar Tolen.

— Non, nous ne les pillerons pas. Nous allons seulement nous assurer qu'ils sont au courant des changements survenus à Hierum. Les informer sur les nouvelles lois, et les nouvelles taxes, répondit sèchement une Gardienne d'âge mûr à la voix caverneuse.

Ils marchaient à travers la forêt écrasant des branches et des fougères. Selna pouvait le distinguer.

— Maître Valni, j'ai entendu dire que des Gardiens avaient pillé les villages de l'ouest, comment en ont-ils obtenu l'agrément ?

— Cela ne faisait en aucun cas partie de leur mission. J'espère que Relan les sanctionnera. Ce sont ces mercenaires, ils s'octroient tous les droits. Halte ! lâcha-t-elle soudainement.

— Qu'y a-t-il ? chuchota la jeune recrue.

— Je sens une présence Silaren, à l'autre bout de la forêt » déclara Valni.

Selna cessa d'écouter leur conversation et se tourna vers son père :

« Ils m'ont senti, ils vont venir par ici ! J'ai entendu le nom d'une certaine Valni.

— Oui, elle a le pouvoir d'Exploration, elle est la seule parmi les Gardiens à le posséder. De plus, elle est assez puissante, répondit-il, inquiet.

— Nous devons y aller alors. »

Pars saisit un sac où leurs affaires les plus affectionnées étaient déjà prêtes à être emportées. Ils sortirent de la tente en abandonnant leurs cosses de petits pois et quelques autres objets dont ils avaient ornementé leur foyer éphémère.

D'un revers de la main, Selna utilisa sa Désintégration et réduisit la tente et tout ce qui se trouvait à l'intérieur en poussière. Elle les éparpilla en les éjectant dans les buissons les plus proches, d'autres particules s'envolèrent au vent.

Cependant, à voir l'état du sol, il était évident que l'on avait séjourné à cet emplacement durant de nombreux jours : entre l'herbe écrasée et l'herbe séchée, un campement avait indubitablement recouvert la surface.

Elle utilisa son pouvoir de Transformation sur un arbrisseau aux fleurs blanches qui se trouvait non loin de là, puis le déplaça à travers la terre jusqu'à l'endroit où se trouvait la tente. Sous les yeux écarquillés de Pars, la petite fille faisait preuve d'autant d'agilité et d'intelligence qu'un Silaren d'âge mûr. L'arbrisseau en place, elle se dirigea vers un parterre de primevères roses et blanches et les fit mouvoir également. Les fleurs serpentaient vivement au milieu de l'herbe : celui ou celle qui serait passé par ici et qui aurait été témoin d'un tel phénomène se serait cru fou à lier.

Cela paraissait quelque peu étrange pourquoi aux pieds de ces plantes l'herbe était-elle en si mauvais état ? Mais il fallait probablement avoir vu la scène pour y songer.

Ils n'avaient pas le temps de parfaire leur création, Selna et son père déguerpirent aussitôt. Les deux Gardiens arriveraient d'ici une heure.

Comme prévu, ils entamèrent leur route vers l'est. En chemin, Pars lui conta une histoire dont elle n'avait peut-être pas encore entendu parler :

« Sais-tu d'où vient la lettre K ?

— Comment ça ? N'existait-elle pas auparavant ? demanda l'enfant, curieuse.

— Mille ans plus tôt, non. Elle n'existait que dans le patois de l'est. Pour égaler l'unité du royaume de Taliani, où une langue officielle reliait toutes les régions du pays, les Utelyns associèrent les langues parlées dans les différentes régions d'Harcilor. Elle fut désignée le Tystena. Ils se rendirent compte que de nouveaux mots devaient être constituer et avec tous ceux existant ils ne virent pas comment en former d'autres. Ils l'enrichirent en ajoutant la lettre K qui avait été laissée de côté. Elle fut ainsi découverte à travers le reste du territoire. Les harcilans durent apprendre à la prononcer puisque cette sonorité n'existait nulle part ailleurs.

— Intéressant, répondit-elle, pensive.

— Elle servit à créer de nouveaux noms de lieux, de personnes, ou encore de familles. Une consonance supplémentaire fut la bienvenue. Ainsi, il s'agit de la lettre la plus jeune, sourit-il à Selna.

— Comme le prénom de maman, et les deux plus grandes forêts Kelumistaa et Kimoistaa.

— Tout à fait. Tu aurais dû voir cela avec les Utelyns l'année prochaine il me semble.

— Et je sais que la terminaison « *istaa* », quant à elle, signifie « *forêt* ». Le double « a » désigne tout ce qui fait partie des végétaux, répondit-elle, fière d'elle.

— Oui, c'est cela » ria-t-il.

Ils continuèrent leur marche et sortirent de la forêt. Ils traversèrent le village de Farensal dont les habitants ignoraient l'arrivée des Gardiens qui leur apporteraient les sombres nouvelles. Ils savaient que le roi avait été renversé mais ne connaissaient pas encore les changements souhaités par son usurpateur.

Le soleil s'abaissait dans le ciel, la fin d'après-midi approchait. Les rayons dégageaient encore assez de chaleur. D'avoir passé tant de temps sous les feuillages, Selna et Pars eurent l'impression de passer d'une saison à une autre en un instant.

Ils atteignirent une place où dominait une somptueuse fontaine en pierre blanche. Des oiseaux s'y baignaient à chaque étage. Père et fille s'assirent sur la margelle pour se reposer quelques instants.

« Peux-tu écouter où en sont nos chers Gardiens ?

— Oui ! » répondit-elle enjouée.

Elle se concentra sur la puissante énergie Silaren, tous les bruits du village qui l'entouraient s'assourdirent. À présent, elle ne distinguait plus que l'environnement sonore qui enveloppait les deux Gardiens :

« Nous y sommes presque ! s'écria Valni, en courant dans la forêt.

Ils avançaient à toute vitesse pour gagner les lieux.

— C'était quelque part par ici !

— Le Silaren est peut-être parti ?

— Oui, triple idiot, bien sûr qu'il s'est absenté ! Je voulais voir s'il y avait un campement. Apparemment non, il erre. Nous devons continuer vers les villages. »

Ils reprirent leur marche, essoufflés.

Selna se tourna vers son père :

« C'est bon, ils n'ont rien vu. Toutefois, ils persévèrent dans notre direction.

— D'accord, partons. Une fois à l'abri, nous tâcherons de travailler ta Dissimulation. »

CHAPITRE 11 : L'Exploration

Cyr avait un secret. Il l'avait bien gardé durant toutes ces années. Personne ne le savait à part lui, et c'est pourquoi ce fut certainement l'un des secrets les mieux préservés du royaume. Ce n'était pas qu'il n'accordait aucune confiance à son entourage, il aurait pu le confier à Kaaz, ou plus récemment à Selna.

Mais c'était le plus sûr. Une oreille baladeuse et fort discrète aurait pu se trouver non loin, ou bien la vérité aurait pu être exhortée à celui détenant son existence. Tout pouvait se savoir dans ce monde. Pour qu'un secret ne soit jamais ébruité, il valait mieux l'enfouir dans les confins de son entendement. Ainsi, c'était exactement comme s'il n'existait pas.

Cependant, Cyr y réfléchissait depuis un moment. Il était venu le temps de se tourner à nouveau vers le passé, de déployer cet atout et d'en révéler son existence à ses amis.

Avant de leur avouer quoique ce soit, à l'aube, alors que toute la capitale dormait, il siffla un pigeon. L'oiseau se posa sur son avant-bras, Cyr l'emmena dans la tente. Il s'assit à son bureau et y déposa des grains de blé pour le volatile. Le maître avait l'habitude de le nourrir ainsi il n'était plus farouche. Le pigeon picorait joyeusement sa nourriture. Ses plumes vertes irisées luisaient sous la lumière de la lanterne.

Cyr sortit un petit bout de papier et trempa le bout de son calame dans l'encre. Il écrivit ces quelques mots :

Ma Chère, si tu le souhaites, il est temps que tu nous rejoignes. Je comprendrais ton refus. Cyr

Il enroula le papier qu'il glissa à la patte du columbidé, puis noua une ficelle autour. Ensuite, il sortit une fiole et trempa son doigt dans le liquide bleuté. Le magicien traça un trait sur la surface plane, sous les yeux du pigeon, tout en récitant une incantation en langage ancien :

« *Ukani tarn det ir pelom.* »

Il posa son doigt sur la tête de l'animal pour le marquer du liquide magique. Ainsi, le pigeon savait où il devait se rendre sans y avoir jamais été. Grâce à ce sort, il pouvait retrouver Myni dont un des cheveux avait été la base de la potion. La magie faisant le reste. Cyr fit monter l'animal sur son bras, sortit de la tente et l'envoya au loin en direction du sud.

Il retourna s'asseoir à son bureau pour ranger ses affaires. Les souvenirs s'emparèrent de son esprit quelques instants.

Les corps sortis du château gisaient alignés dans les allées centrales. Celui de Riga reposait, sous un linceul. Son cœur se fendait de plus en plus à chaque pas qui le rapprochait du corps.

Il s'agenouilla, puis souleva le suaire qui révéla le visage de Riga. L'Utelyn voulut le réconforter :

« Souhaitez-vous en discuter ?

— D'autres en ont plus besoin que moi, avait répondu le maître.

Il étreignit la main froide de sa femme.

— Où est votre fille ? demanda l'Utelyn.

— À la maison. Je ne voulais pas qu'elle voit sa mère dans cet état, répondit-il.

L'Utelyn observa les alentours.

— Vous recevrez la visite de deux Gardiens, tout comme les autres. Cachez-la, murmura-t-il.

— Très bien, répondit Cyr avec un regard plein de reconnaissance. Merci à vous. »

Il serra la main de sa femme, une dernière fois, l'embrassa, puis s'en retourna à la tente

Au petit matin, Cyr se trouvait d'ores et déjà attablé en train de manger. Il avait tout préparé. Selna et Kaaz se joignirent à lui. Du pain, des amandes et une tisane d'aubépine les attendaient.

« Nous irons chez les premiers enfants aujourd'hui. Je lirai en eux, exposa Selna.

— Très bien, mais ne vous faites pas remarquer en vous querellant dans les allées, leur conseilla Cyr.

Selna ne se sentit pas réellement visée tandis que Kaaz fit profil bas.

— Il y a une chose dont je dois vous parler, continua Cyr. J'ai fait appel à du renfort.

— Qui donc ? l'interrogea Kaaz.

— C'est une bien longue histoire. Kaaz, je veux que tu saches ... si je ne t'en ai jamais fait part ce n'était pas contre toi. Je préférais garder le silence, dans ce monde il n'y a pas meilleur moyen pour préserver un secret.

— Tu ne me dois rien, répondit honnêtement Kaaz.

— Voilà. Je n'ai pas perdu toute ma famille. J'ai perdu ma femme Riga, mais pour protéger ma fille j'ai raconté qu'elle était morte sous des débris.

Selna et Kaaz restèrent ébahis. Ils savaient que Cyr était un homme réservé mais ils n'auraient jamais imaginé qu'il puisse garder un si lourd secret.

— Je l'ai envoyée dans le sud, accompagnée d'une voisine seule et âgée. Elles sont parties près des plaines désertiques prêtes à franchir les volcans de Granica. Fort heureusement, le désert n'a jamais eu aucun intérêt pour les Dois.

— Je suis heureuse d'apprendre que votre fille se porte bien, dit Selna avec douceur.

— Merci. Je lui ai fait parvenir un message pour qu'elle se joigne à nous. Elle me reprochait de l'avoir envoyée si loin. Ce n'est pas sûr qu'elle accepte, dit-il avec remords.

Selna se pencha pour lui prendre la main :

— Vous avez pris la bonne décision. C'est à elle de faire son choix.

— Je pense qu'elle viendra, elle sait que tu as fait ça pour son bien, dit Kaaz pour le rassurer.

— Merci à vous deux, je vous dirai ce qu'il en est » leur répondit Cyr avec sa quiétude habituelle.

Ils poursuivirent leur repas et se mirent d'accord sur les enfants et jeunes adultes à visiter dans la journée.

Selna et Kaaz se tenaient prêts à partir lorsqu'elle lui proposa quelque chose :

« Si tu souhaites que nous passions vraiment inaperçu nous pouvons utiliser nos pouvoirs. Il y a eu trop de mouvements ces temps-ci.

— C'est-à-dire ?

— Ta Dissimulation et mon Invisibilité. Ainsi, je perdrai moins d'énergie en n'utilisant qu'un seul pouvoir. De plus, je dois l'utiliser pour deux.

— Très bien, répondit-il plus enclin qu'à son habitude.

Elle lui étreignit la main, mais il recula.

— Qu'est-ce ?

— Pour que tu deviennes également invisible nous devons être en contact, lui répondit-elle, diplomate.

Il était gêné, il n'avait jamais tenu la main d'une jeune femme auparavant. Les seuls élans d'amour qu'il avait éprouvés ne furent que des regards lointains dont les jeunes filles n'avaient eu aucune connaissance.

— S'il en est ainsi ... » répondit-il, en tentant de cacher son embarras.

Selna lui reprit la main puis émit son Invisibilité. Il sentit de légers fourmillements dans tout le corps et sut qu'il s'agissait du pouvoir. À son tour, il lança son pouvoir de Dissimulation qui créa une aura imperceptible autour d'eux.

Ils quittèrent la tente et parcoururent une bonne partie de la ville. Quelle étrange situation pour Kaaz de croiser plusieurs connaissances sans qu'ils ne le voient. Selna et lui pouvaient même passer à travers eux, cependant il valait mieux se garder de ce genre d'expérience avec les Silarens. Ceux-ci auraient pu ressentir quelque chose.

Ils ne devaient pas parler, alors Kaaz pensa qu'il en ferait part à Selna une fois à l'abri. Puis, il réalisa qu'elle pouvait tout entendre aussitôt.

Ils arrivèrent enfin devant une tente anthracite et entrèrent à travers la portière. Selna les rendirent visibles à nouveau. Elle relâcha sa main puis souleva le second rideau. Kaaz regretta presque qu'elle lui eût lâché la main.

À l'intérieur se trouvait Loya toute souriante de les voir arriver. Elle se précipita pour les accueillir, étreignit Selna, puis Kaaz.

Sa mère, Roma, et son père parurent dans la pièce à vivre. Ses parents avaient tous les deux la peau cuivrée. Sa mère arborait une longue chevelure châtaine ondulée et des yeux noirs, son père lui avait les prunelles d'un vert émeraude et les cheveux courts roux foncé.

Roma était très connue dans la ville pour son élégance. Couturière, elle se confectionnait de somptueuses robes tout comme celle qu'elle portait à l'instant même : un bliaud en velours vert mélèze et aux galons à motifs floraux mordorés, une chemise en lin blanchie, ainsi que des bijoux en bronze : un fermail à six lobes pour retenir son col et une bague sertie d'une topaze bleu pâle. Par la même occasion, Loya portait de jolies tenues dont ses amies ne pouvaient être qu'admiratives.

Ironiquement, Loya quant à elle, ne s'intéressait absolument pas aux vêtements ni aux autres inanités : c'était sa mère qui l'habillait. La plus grande partie de ses longues tuniques étaient dans des tons violacés, sa couleur préférée, sur laquelle elle avait au moins son mot à dire.

Mais ce qu'elle aurait aimé par dessus tout c'était de porter des chausses ! Cette envie irrépressible la tracassait si souvent. Elle rêvait de déchirer le bas évasé de ses robes ou de le coudre en son milieu, peu importe. Pourvu que le vent ne soulève plus l'étoffe, pourvu que l'air glacial ne circule plus entre ses jambes, et pourvu que les garçons cessent d'essayer d'y voir un semblant de peau. Mais elle était encore jeune, personne ne la laisserait faire bien qu'elle avait un avis fort tranché sur la question.

« Bonjour, jeune femme. Bonjour Kaaz, leur souhaita Roma en hochant la tête.

— Selna, madame. Ravie de vous rencontrer, lui dit-elle en lui serrant la main, puis celle de son mari.

— Asseyez-vous ici » dit Roma en leur indiquant la table à manger.

Selna s'assit la première, suivie de Loya, face à elle.

« Pour déceler vos pouvoirs j'ai besoin d'entrer en contact avec chacun d'entre vous. Il s'agit du pouvoir d'Exploration, très rare. Litar le possède également. En vous tenant les mains, je peux me projeter dans votre corps et votre esprit. Ne vous inquiétez pas, je n'ai aucune raison de me servir de vos pensées contre vous. Seulement, les pouvoirs peuvent être difficiles à trouver. En général, ils se situent au niveau du crâne près des souvenirs. Ou parfois, ils peuvent se trouver près du cœur, ou à d'autres endroits inattendus. C'est pour cela que les plus faciles à découvrir sont ceux qui se situent au niveau de la tête, c'est le premier endroit où nous les cherchons.

— Je l'ignorais, dit Loya.

— Presque personne ne le sait, répondit Selna en lui adressant un clin d'œil. Je commence donc par toi, pose tes mains face au ciel. N'aie pas peur, il n'y a aucune douleur. »

La petite fille s'exécuta et Selna posa ses mains sur les siennes. L'enfant ferma les yeux pour se concentrer alors qu'elle n'en avait nul besoin. La seule personne qui le devait était Selna.

Elle se projeta à travers les mains de Loya et

commença à l'examiner. Au niveau du cerveau, il n'y avait pas de traces de pouvoirs magiques, au niveau du cœur non plus. Elle se dirigea vers d'autres organes mais n'y trouva rien.

« Navrée de te l'apprendre, mais tu es Iesilaren, lui indiqua Selna.

Loya eut un air déçu. Elle qui avait tant rêvé de posséder des pouvoirs.

— Mais tu peux apprendre la magie et le tir à l'arc, lui dit Kaaz afin de lui remonter le moral.

— Oui, enfin j'aurais souhaité avoir au moins un pouvoir.

— Il y a toujours une raison. Peut-être que tu deviendras une très grande magicienne, la meilleure que le royaume ait connu ? lui dit Roma en lui caressant la joue.

La petite fille se leva et laissa la place à sa mère.

— Je ne me connais qu'un seul pouvoir, l'Inflammation.

— Très bien, voyons voir cela. »

Selna employa le même procédé. En se dirigeant vers le cerveau, elle vit à l'instant même le pouvoir en question. Elle ne l'avait pas encore exploité à son maximum. Apparemment, elle s'en servait surtout pour allumer le bois et chauffer les lits, et non pour lancer des flammes ou boules de feu.

Selna continua son exploration. Cependant, Roma n'était pas loin de la vérité : elle ne possédait qu'un unique pouvoir. La jeune femme mit fin à ses recherches et relâcha ses mains.

« Navrée Roma.

— Cela ne m'étonne guère, bien que j'aurais souhaité en avoir d'autres très puissants et bien cachés, dit-elle en riant.

Son mari, lui aussi, prit place à table.

— Je n'ai sûrement aucun pouvoir non plus, dit-il sous sa moustache touffue.

— Nous allons vérifier. »

En effet, après quelques minutes de recherche, il en sortit le même constat : Ogel n'avait aucun pouvoir.

« Que pensez-vous du tir à l'arc ? » plaisanta Kaaz.

Il rirent tous, ils allaient avoir du travail et de l'apprentissage à faire. Kaaz et Selna partirent.

Loya releva la tête vers sa mère :

« Maman, penses-tu que nous réussirons ?

— Je n'en ai aucune idée. Si les circonstances se révèlent dangereuses, rentrez ici et mettez vous à l'abri sous la table » dit-elle incertaine.

Ils se blottirent tous les trois en tâchant de rester optimistes.

* * *

Ty sortit de la tente de Cyr. Il n'y avait personne en vue. Il se dirigeait vers le réfectoire, arpentant les allées. C'était un jour de marché : la foule grouillait à pas lents, les commerçants s'époumonaient, les étals exposaient leurs plus beaux produits : tissus aux couleurs rares et diverses, épices des trois continents, friandises de toutes les régions d'Harcilor, outils et vaisselle du quotidien. À part les marchands de Hierum, seuls quelques-uns venant des autres contrées avaient eu droit à une autorisation spéciale pour aller et venir dans la cité.

Le jeune garçon ne s'aperçut pas qu'un œil le guettait. En effet, il flânait au milieu du marché alors qu'il aurait dû être au travail depuis une bonne demi-heure. Il répondait avec enjouement et plaisanterie aux marchands, piochait dans les paniers de dégustation, dansait tandis que des musiciens jouaient de leurs instruments rapiécés. La vie sembla belle et simple durant quelques instants.

Cependant, le passage de Garciens aux regards scrutateurs créa un malaise : les gens cessèrent de danser, les vendeurs et boutiquiers baissèrent d'un ton, et les harcilans mirent moins de temps pour faire leurs emplettes. Ty fit de même et accéléra le pas vers le réfectoire.

Arrivé devant la façade, le ton était donné : trois commis se tenaient courbés, le visage tuméfié. Ty eut un sentiment d'angoisse, Lepan ne devait pas être dans un de ses bons jours.

Il inspira un grand coup. Il jouerait de ses sourires aimables et naïfs pour lui montrer qu'il était un apprenti dévoué et amène. Comme la plupart du temps, cela devrait jouer en sa faveur. Il reprit son chemin puis entra dans la cuisine. Lepan remontait des caves et croisa le regard de Ty. Il s'arrêta net :

« Ah tu es là, toi ! Suis-moi.

— Oui, chef » répondit Ty, penaud.

Le blondin emboîta le pas de son supérieur. Ils entrèrent dans une pièce à l'arrière de la cuisine - une réserve.

Une chaise s'y trouvait, ainsi que deux Gardiens qui attendaient patiemment. L'un d'eux ferma l'épaisse porte en bois derrière eux. Le bruit des gamelles et des ustensiles cessa soudainement pour ne devenir qu'un son sourd et lointain. La pièce sentait le moisi à plein nez.

« Assieds-toi.

Ty s'exécuta. Il sentit quelque chose de visqueux sur le rebord de la chaise, en regardant ses doigts il vit du sang. Certainement celui d'un des apprentis qui avaient pris des coups, pensa-t-il.

— Alors comme ça on prend du bon temps ? s'enquit Lepan.

— Oh, aujourd'hui vous voulez dire ? Oui c'est vrai, je me suis attardé au marché car il était sur mon chemin. Je vous promets de revenir plus tôt à l'avenir, répondit-il de son sourire avenant.

— Sale petit flagorneur ! Depuis tout ce temps crois-tu vraiment que tu peux m'amadouer tout sourire ? lui vociféra Lepan en plein visage.

Il s'était dangereusement rapproché de lui. Ty ne put que déglutir, il ne lui avait jamais parlé avec tant de violence. Cela ne laissait rien présager de bon.

— Depuis le début, à chaque fois que je vois tes airs de blondin propret, je n'ai qu'une seule envie : c'est de te mettre un bon coup dans la trogne !

Lepan faisait les cent pas autour de Ty. Plus il

s'éloignait de lui, plus le jeune homme se sentait soulagé. Mais Lepan n'avait pas l'intention de le laisser s'en tirer comme ça.

— Que t'imagines-tu ? Tu te crois tout permis, grâce à ton minois ? Penses-tu que tout te sera toujours pardonné sous prétexte que tu nous sers tes airs hypocrites ?

Lepan lui faisait face à nouveau, le visage très près du sien. Son haleine fétide lui donnait des nausées. Ty devait cesser de respirer pour éviter de régurgiter son petit-déjeuner sur les bottes de son maître. La sanction n'en aurait été qu'amplifiée.

— On ne te parle pas d'aujourd'hui ! Cesse de nous prendre pour des sots. Tu as été vu plusieurs fois à musarder dans les rues ! Qu'est-ce que tu manigances ? Cela a-t-il un lien avec l'Invisible ?

— Je suis vraiment navré ! Toutes les fois où j'ai pu être aperçu je suis bel et bien allé acheter les ingrédients demandés, vous pouvez vérifier ! implora Ty.

— Tu as tardé, tu as pris sur ton temps de travail et tu as osé me mentir en disant qu'il y avait du monde ou que le blatier s'attardait !

— Oui, je l'avoue. Je vous ai menti. Mon comportement n'a pas été exemplaire. Je souhaitais prendre un peu l'air car nous avons peu de repos, et nous sommes enfermés à longueur de journée …

Il fut coupé par Lepan qui lui flanqua un coup de poing. Ty en tomba de la chaise.

— Et tu espères plus de repos ? Vous en avez déjà trop !

— Ce n'est pas ce que je voulais dire, je voulais … tentait-il d'expliquer en se relevant difficilement, la main portée à sa mâchoire.

Mais Lepan lui asséna un deuxième coup de l'autre côté du visage. Ty s'écroula sous la douleur.

— Attrapez-le ! » ordonna Lepan.

Les deux Gardiens présents le soulevèrent par les bras et l'emmenèrent dans une pièce plus étroite, très sombre tant il n'y avait aucune bougie. La seule source de lumière entrait par la porte ouverte.

Un grand bac d'eau se trouvait là. Ils forcèrent le jeune homme à s'agenouiller devant le récipient.

Lepan l'empoigna par les cheveux et lui plongea la tête dans l'eau. Il sortit une lame de sa poche et commença à raser les cheveux du garçon en commençant par le haut du crâne.

« Je l'ai toujours dit, mieux vaut avoir les cheveux courts pour faire la cuisine ! Combien se sont plaint de trouver des poils dans leurs plats ! »

Il lui plongea à nouveau la tête et continua de le raser sur les côtés.

L'eau était glacée, Ty se contentait de respirer quand il le pouvait. Aigrement, la température de l'eau apaisait les coups qu'il s'était pris au visage. Il ne ressentait plus le feu de son œil, ni de sa joue pour le moment.

Ses mèches blondes tombaient par poignées et s'éparpillaient dans l'eau sale et sur le sol. Il ne tenait pas tant que ça à ses cheveux, c'était plutôt sa mère qui aimait le voir avec. Son époux s'était dégarni dès ses vingt ans, elle était heureuse de voir ses fils arborer une belle chevelure.

Il pensait surtout à la peine qu'elle ressentirait quand il rentrerait : son fils n'ayant plus un poil sur le caillou, des hématomes plein la figure. Elle allait encore se ronger les sangs mais il ne pouvait rien y faire cette fois-ci.

Chellis était en chemin. Ils avaient prévu de se retrouver devant le réfectoire pour se rendre au potager dès la fin de journée. Elle avait revêtu sa robe préférée en velours blanc cassé et aux bordures pourpres. Elle se sentait légère à l'idée de partager du temps avec le garçon qu'elle appréciait le plus.

Elle se faufila dans le réfectoire par l'entrée nord, et promena son regard au travers de la pièce à la recherche de Ty. Une vingtaine de Gardiens attablés dégustaient leurs repas. Une dizaine d'autres se déplaçaient autour de la pièce sombre, éclairée par quelques bougies suspendues.

Les apprentis présents ne lui étaient pas familiers. Il devait s'agir de remplaçants, pensa-t-elle.

Soudain, elle aperçut Lepan à moitié trempé, sa tunique pleine de taches aux couleurs répugnantes. Elle n'avait franchement aucune envie de s'approcher de cet homme immonde mais comme elle savait qu'il était le patron des lieux il devait pouvoir indiquer où trouver Ty. Elle trottina vers lui :

« Bonjour monsieur, je cherche Ty, est-il encore là ?

Lepan la lorgna de haut en bas, en s'attardant sur son généreux décolleté. Un air vicieux s'afficha sur sa face.

— Il est dehors, près du tas de bûches.

— Merci » répondit-elle souriante.

Elle n'avait pas vraiment prêté attention au regard licencieux de son interlocuteur.

La jeune fille sortit et fit le tour de la bâtisse. Là, elle distingua un petit attroupement. En effet, devant la remise pleine de bûches se tenaient une bonne partie des commis. Certains assis à terre, le visage tuméfié, d'autres aidaient leurs camarades à panser leurs blessures.

En approchant de quelques pas, elle reconnut difficilement Ty grâce à ses vêtements. S'agissait-il bien de lui ? Dans sa main entrouverte, il tenait une dent.

Un garçon au teint pâle et aux cheveux châtains l'aidait à se tenir sur sa chaise alors qu'une jeune fille brune à la peau ambrée lui passait un linge humide sur le cuir chevelu.

« Ty ? soupira Chellis, sous le choc.

Les deux apprentis se tournèrent vers cette fille qu'ils n'avaient jamais vue, du moins pas encore.

Ty releva doucement le regard, l'œil droit gonflé et violet, sa lèvre inférieure ouverte à vif et du sang coagulé submergeant les commissures de sa bouche. La douleur était trop intense pour qu'il puisse parler.

— Oui c'est lui, répondit la jeune fille à sa place.

— Mais … Mais que s'est-il passé ? demanda Chellis en s'agenouillant devant lui.

Sa voix s'étrangla. Elle lui saisit la main posée sur son genou pour le réconforter.

— Nous nous sommes fait admonester à cause d'une histoire de trahison, répondit le jeune homme. Tout le monde a pris puisqu'ils ignorent qui sont les coupables.

Chellis regardait Ty intensément, les larmes lui montèrent aux yeux. Son cœur en était serré et son estomac noué.

Ty n'essayait même plus de bouger, ni de parler ni de penser. Il profitait de son répit tout en sachant que cela ne durerait pas.

« Nous devrions le ramener chez lui, je le remplacerai, dit Sonun, la jeune fille.

— Je te suis, ajouta le jeune homme aux cheveux châtains.

— Viens-tu avec nous ? demanda Sonun à Chellis.

— Je viendrai te voir demain Ty. Je vais rentrer, j'ai quelque chose à faire » répondit cette dernière la voix tremblante.

Elle se releva, titubante, et caressa la main de Ty une dernière fois avant de partir. Ses collègues l'aidèrent à se lever et le menèrent jusqu'à chez lui.

Chellis entra dans la cabane familiale, le visage rougi et couvert de pleurs.

Sa mère, une femme plantureuse aux cheveux courts et blonds, préparait le repas. Au bruit de la porte, elle se tourna vers sa fille qui faisait profil bas.

Elle l'interpella :

« Chellis? Qu'y a-t-il ?

— Ce n'est rien, mère. Merci » répondit-elle en évitant son regard pour dissimuler ses larmes.

Sa mère resta perplexe mais pensa qu'elle devait avoir une petite peine de cœur, chose fréquente à son âge. Elles en discuteraient un peu plus tard.

La jeune fille entra dans sa chambre et s'assit sur son lit. Ses jambes tremblaient, ses genoux s'entrechoquaient. Déjà de nature très sensible, elle ne pouvait supporter cette souffrance. Elle se rendit compte que ses sentiments envers Ty avaient grandement évolués.

Ces images envahissaient ses pensées : l'œil balafré de Ty, l'ecchymose le long de sa mâchoire - qu'il se maintenait douloureusement - sa dent cassée, et le sang qui coulait le long de ses lèvres.

Tout ce qu'il avait subi, elle le ressentait au plus profond d'elle-même comme si elle l'avait vécu. Elle s'allongea et pleura longuement sur son lit en se pressant le ventre : l'atroce vision du garçon qu'elle aimait lui avait retournée les tripes. Son cœur lui pesait à nouveau, la tête lui tournait.

Au bout d'un long moment, elle s'apaisa, puis reprit ses esprits. Elle essuya ses larmes avec le dos de son pouce. Une idée bien précise en tête, elle se leva et changea de tenue. Elle ôta sa robe favorite afin de passer une tunique en lin quelconque. Puis, elle enfila son mantelet.

La bonne humeur habituelle de Chellis ne rayonnait plus sur son visage. On ne l'avait jamais vue l'air aussi grave. Son sourire authentique et son regard habituellement doux avaient disparu. Ses pupilles pétillantes semblaient soudainement si sombres. Elle sortit de sa chambre, puis de la cabane.

Sa mère n'osa guère lui demander une seconde fois quelle était la raison de son état tant elle semblait furieuse à présent. Elles en discuteraient plus tard se dit-elle à nouveau.

* * *

Selna contemplait les cartes du château reconstituées par Cyr. Alors que le maître préparait le dîner, elle songeait au calme à ce plan qu'ils avaient échafaudé.

Kaaz entra dans la pièce, attrapa un tabouret et s'assit face à elle.

« As-tu besoin d'aide ? demanda-t-il.

— Je ne sais pas, je repasse tout en mémoire. Afin d'être sûre que nous n'ayons rien oublié.

— Je souhaiterais te parler de ce qu'il s'est passé l'autre jour.

— C'est-à-dire ? demanda-t-elle, intriguée.

— Je te demande pardon. Parfois, c'est vrai, je peux être entêté.

— Parfois ? ajouta-t-elle narquoisement.

— Assez souvent, tempéra-t-il. Je ne pense pas que tu découvriras d'autres pouvoirs en moi. Or, puisque tout le monde a dû y passer, une personne de plus ne fera pas de grande différence.

Elle patienta quelques instants, venait-il de lui faire une proposition ?

— En effet, ce sera très court » répondit-elle étonnée.

Kaaz étendit ses bras sur la table, hésitant. Elle approcha les siennes, mais au moment de les toucher il les retira nerveusement.

Selna leva le regard vers lui avec agacement.

« Pardon » dit-t-il, troublé.

Il posa à nouveau ses mains face au ciel et Selna glissa les siennes sur ses paumes.

Au comble de l'embarras, Kaaz sursauta sur sa chaise tout en s'efforçant de maintenir ses mains sur la table. Une pensée lui échappa :

« *Elle me plaît tellement. Elle va se douter de quelque chose.* »

À ces mots, il leva le regard vers Selna qui le dévisagea en retour, les yeux écarquillés.

« Tu as entendu ? rétorqua-t-il en enlevant brusquement ses mains.

Selna ne savait plus quoi dire.

— Non, dit-elle, non convaincante.

— Bien sûr que si tu as entendu, tu voulais connaître mes pensées ? dit-il outré.

— Non, je n'ai pas utilisé la Transmission volontairement, quand j'entre en contact ça se produit tout seul. Je ressens, j'entends et je vois tout comme si je faisais partie de chaque personne.

— Alors tu sais vraiment ce que chacun pense ? répondit-t-il amèrement.

— Plus ou moins, mais ce n'est pas important je n'en dirai rien. Je ne veux pas le savoir mais je n'en ai pas le contrôle. Je ne peux pas l'en empêcher. »

Ils laissèrent s'installer un silence.

Kaaz frappa du poing sur la table, en colère et embarrassé contre lui-même, la table s'ébranla.

Selna ne réagit pas, elle comprenait ce qu'il ressentait et ne voulait pas qu'il se sente davantage honteux. Il se reprit :

« Finissons-en avec cette Exploration. »

Il remit ses mains sur la table mais ne jeta aucun autre regard à Selna.

Elle posa à nouveaux ses mains sur les siennes, calmement.

« Tu sais … » lui dit-elle en se rapprochant de lui.

Elle le fixa du regard jusqu'à ce qu'il daigne enfin lever les yeux en retour. Son regard était doux et complice. Voyant qu'il ne se manifesterait pas, elle continua sa phrase par Transmission :

« Tu me plais beaucoup aussi. »

Il sourit à demi et détourna le regard aussitôt.

« Que peux-tu voir exactement ? l'interrogea-t-il.

— Lorsque je touche une personne, j'ai accès à ses pensées et à sa mémoire. Tout comme à distance, mais de façon bien plus rapide et précise. Je peux voir chacun de ses souvenirs, même ceux oubliés. Si le contact dure quelques secondes, je vois les plus importants, ceux qui sont remémorés le plus souvent ou ceux qui ont marqué l'esprit. Et plus le contact dure longtemps plus je peux voir de choses.

Kaaz regarda le sol, préoccupé.

— Cela te fait-il peur ? demanda-t-elle.

— Non. Je n'ai rien d'autre à cacher. Tu sais tout ce qu'il y a à savoir maintenant. Ce doit être triste de voir ce dont nous-mêmes ne nous souvenons plus. Nous devons te paraître tous idiots, ponctuait-il en souriant.

Elle sourit en retour.

— Tu as raison, c'est triste d'oublier tant de choses. Certains oublient de très beaux souvenirs, comme les moments passés avec leurs proches. Tout ça pour aujourd'hui ne penser qu'à l'or, ou comment manipuler les autres.

— Ce n'est pas ce que tu verras en moi, dit-il tout bas.

— Je me doute bien » répondit-elle de la même manière.

Elle lui serra davantage les mains, il gesticula de nouveau sur sa chaise. Puis elle ferma les yeux, il en fit autant.

L'énergie magique pénétra le corps de Kaaz, en passant par ses mains, ses bras, ses épaules puis sa tête. Il pouvait sentir cette énergie passer à travers lui, une sensation étrange et agréable, comme de légers chatouillements.

Selna parcourut son cerveau. Elle vit ses deux pouvoirs : Foudre et Dissimulation, elle chercha encore aux alentours. Elle aperçut quelques souvenirs : le jour où Kern lui avait appris la ruse avec la flaque d'eau ; un jour de grand soleil où il jouait avec Brim et son petit frère au tir à l'arc, une légère brise déviait les flèches de leurs trajectoires ce qui rendait les enfants hilares ; au jour où il avait rencontré Cyr ; et plus récemment, un soir où il avait aidé son père adoptif à se soigner d'une forte fièvre.

Elle s'orienta dans les autres parties de son corps en descendant par son buste. Kaaz commença à ressentir des frissons plaisants.

Au niveau du cœur rien à signaler, elle dut descendre davantage : Kaaz en tressaillit à nouveau sur son escabelle.

Selna lui maintint les mains fermement sur la table. Il devait prendre son mal en patience. Il semblait bien qu'aucun autre pouvoir n'était présent.

L'énergie magique fit chemin arrière pour s'extraire petit à petit du corps du jeune homme. Selna lâcha ses mains et rouvrit les yeux.

« Navrée, il n'y a rien d'autre. Toutefois, tu es en bonne santé, lui sourit-elle.

Il resta immobile n'osant plus lever le regard.

— Merci. Quelle étrange expérience tout de même. »

Il se leva et sortit aussitôt de la pièce.

Selna demeura assise, cela ne lui avait pas déplu.

CHAPITRE 12 : La flèche

Chellis se rendit au pied des remparts pour examiner attentivement tout ce qui s'y trouvait. Elle errait en scrutant par terre telle une démente. Du lierre grimpait sur la muraille, elle en cueillit deux feuilles rigides qu'elle fourra dans sa besace. Sur le sol terreux gisaient des morceaux de bois et des bouts de cordes certainement tombés des charrettes des marchands ici et là.

Un couturier, dont les ventes rencontraient du succès, l'observait du coin de l'œil. Elle s'approcha de sa large et chatoyante échoppe, et distingua un petit morceau de métal pointu.

« Qu'as-tu trouvé là ? l'interrogea le couturier.

— Un bout de métal cassé. Ça ne peut pas être à vous, répondit-elle amèrement.

— Très bien. Tu peux le garder, mais éloigne-toi à présent. Tu vas faire fuir mes clients, dit-il d'un air dédaigneux.

— Je ne resterais ici pour rien au monde » marmonna-t-elle en le regardant d'un air accusateur.

Chellis tourna les talons. Le sang de l'artisan se glaça, cette jeune fille lui paraissait possédée. Il retourna à son ouvrage peu rassuré.

En s'isolant dans un coin, derrière ces tentes, elle rassembla ses trouvailles. Des bouts de bois semblaient correspondre, elle abandonna les autres à terre. Elle récupéra trois bâtons et cacha le tout sous sa longue tunique en nouant les ficelles et l'objet métallique.

Chellis rentra chez elle. Par chance, sa mère s'était absentée pensa-t-elle. Une fois dans sa chambre elle sortit toutes ses découvertes et les étala sur son lit. Elle retourna dans la pièce à vivre et ouvrit le grand coffre. La jeune fille en sortit un couteau et une pelote de fil de chanvre, puis prit soin de bien refermer le couvercle.

De retour dans sa chambre, elle disposa les nouvelles fournitures à côté de tout son materiel.

Il y avait un bout de bois sec non cassant, légèrement courbé. Elle le saisit en son milieu, puis à l'aide du couteau, tailla un peu dans l'épaisseur du bois autour de la poignée pour lui donner de la flexibilité.

Ensuite, elle l'incisa à chaque extrémité et y ajusta la corde en chanvre qu'elle avait trouvée dans les réserves familiales.

Il restait deux morceaux de bois bien droits et

rigides. Elle en prit un et l'émonda en longueur pour l'affiner, puis fit une entaille à l'une des extrémités. Enfin, elle n'avait plus qu'à lier solidement la pointe de fer en l'entortillant avec la ficelle trouvée à terre. Sur le côté opposé, elle y trancha une encoche dans la longueur du bâton puis y glissa les deux feuilles de lierre pour l'empennage.

La jeune fille expérimenta son œuvre en visant sa couche. Elle saisit son arc par la poignée, encocha sa flèche, la tendit puis lâcha la corde. Cependant, le fil n'était pas suffisamment tendu. La flèche tomba à plat. Chellis dénoua la corde et recommença.

Elle se remit en place et tenta de tirer sa flèche à nouveau : en fait, non, ce n'était pas la corde mais la forme de l'arc qui ne convenait pas. Elle déplaça la corde de quelques mesures en fonction de la courbure de la branche.

À nouveau, elle expérimenta sa création. Cette fois-ci, ce fut la bonne. Le tout enfoui sous son lit, elle se dirigea dans la pièce à vivre pour fouiller dans les réserves de plantes : de la menthe poivrée, des clous de girofle, de la verveine, non ce n'était pas ce qu'elle cherchait. Son père s'était procuré un flacon de poison très cher, qu'on surnommait le « malin », car jusqu'à aujourd'hui rien ne pouvait le guérir. Un mélange de champignons vénéneux et d'huiles essentielles, ainsi qu'un peu de magie utilisée à mauvais escient. Il était difficile de connaître tous les ingrédients. Rien que le contact avec la peau vous contaminait et faisait pourrir les chairs.

Une fois trouvé ce dont son père pensait se

servir en cas de quelconque menace, la jeune fille s'isola à nouveau dans sa chambre en prenant soin de bien refermer la porte. Elle trempa l'embout de la flèche dans le mélange caustique.

* * *

Dans la tente de Cyr, le groupe se tenait devant la carte du château.

« Des galeries souterraines se trouvent sous l'édifice, elles y ont été creusées il y a un siècle. J'ai tenté d'en retracer le plan, exposa Cyr.

— Une des sorties se trouve non loin de chez moi. C'est certainement le meilleur endroit de la ville pour creuser, le coin est très calme, ajouta Teli.

— En effet, grâce à mes pouvoirs, je pourrais leur rendre leur accès. Cette tâche serait accomplie plus prestement que si l'on agissait manuellement, répondit Selna.

— La veille, en pleine nuit, tu pourrais retirer les pavés aidé de quelqu'un qui les disposerait dans une grande brouette, puis ôter la terre, dit Cyr.

— Grâce au premier quartier de lune vous devriez avoir suffisamment de luminosité, ajouta Kaaz.

— Très bien, nous avons de nombreuses possibilités. Du moins, plus d'une en tout cas, sourit Selna à ses compagnons. Nous devrons également nous rendre à la grotte. Si juste une personne pouvait se joindre à moi cela suffirait.

— Je viendrai, répondit Kaaz, sans hésitation.

Cyr se tourna vers Teli, un petit sourire aux lèvres, elle opina du chef en levant les sourcils.

— D'accord, nous partirons demain » répondit Selna.

* * *

Chellis scruta calmement autour d'elle afin de s'assurer que personne ne la voie. Son capuchon dissimulait sa longue chevelure et la moitié de son visage. Elle s'engouffra dans une allée déserte constituée d'habitations vides : les propriétaires étant partis travailler. Les quelques passants flânant dans les allées parallèles ne pouvaient s'imaginer ce qu'elle s'apprêtait à faire.

Entre deux cabanes, elle observait sa cible à travers le passage étroit. Elle arma son arc, la flèche pointant entre les parois, et visant le mollet de Lepan alors que celui-ci brutalisait un commis devant le réfectoire.

Elle inspira profondément puis expira, pour ensuite retenir sa respiration durant quelques secondes. Elle lâcha sa flèche : le projectile s'élança avec légèreté entre les murs en planches - provoquant un infime échos sifflant - traversa l'allée à toute vitesse et vint se plonger dans la chair du chef cuisinier en perforant l'étoffe de lin de ses chausses.

Le temps de réaliser ce qui venait de lui arriver, Lepan se tourna puis regarda à ses pieds : la douleur s'empara de lui. Il s'agenouilla à terre en beuglant. L'apprenti, affolé, se mit à courir vers ses camarades pour réclamer de l'aide.

Chellis jubilait intérieurement, elle avait réussi.

« Finalement, oui. Je pourrais le faire » se murmura-t-elle.

Derechef, elle examina les alentours personne ne l'avait vue. Puis elle dissimula son arme sous sa tunique. La jeune fille partit simplement, l'extrémité de son mantelet virevoltant dans le vent.

Le lendemain, celle-ci se rendit chez Ty. Bien qu'elle ne l'avait raccompagné qu'une seule fois et qu'elle n'était jamais rentrée chez lui, elle se souvenait d'où il vivait. Dans un panier, elle avait apporté fruits et légumes, épices et herbes séchées.

Une petite cloche se trouvait à l'entrée de cette tente de taille moyenne au tissu couleur bistre. Elle tira sur la corde, un son cristallin tinta.

Une petite main sortit de derrière la tenture et la tira sur le côté : apparut une version miniature de Ty.

« Bonjour, je me prénomme Chellis. Puis-je visiter Ty ?

— Oui, je m'appelle Fyr. Enchanté, répondit le cadet des frères Peso.

Chellis lui sourit.

— Enchantée Fyr !

— Entrez, répondit le petit garçon en tentant une révérence.

— Quelle politesse !

Chellis s'avança et découvrit les deux autres

frères : Bren et Litel. C'était la première fois qu'elle les voyait tous ensemble bien qu'elle avait déjà vaguement aperçu Bren.

— Bonjour, puis-je voir Ty ?

— Bonjour à vous. Bien sûr il est ici » répondit Litel, le plus âgé après Ty.

Il désigna la pièce du fond. Cet endroit était bien trop exigu pour loger une famille de cinq personnes pensa-t-elle. Les quatre garçons et leur mère, Ceny.

Ty parlait plus souvent de sa mère que de sa fratrie, il était très proche d'elle. Il s'entendait plutôt bien avec ses frères, or comme ils avaient des personnalités très différentes cela menait tout de même à certains désaccords entre eux.

Arrivée derrière la portière de sa chambre, Chellis l'interpella :

« Ty, puis-je entrer ? demanda-t-elle timidement.

— Oui, venez donc, répondit Ceny.

Chellis souleva le tissu et entra. La mère se tenait à son chevet. Elle était assise sur un petit tabouret et se tournait vers elle.

— Bonjour madame, je m'appelle Chellis. Enchantée, sourit-elle.

— Bonjour jeune fille, Ty m'a beaucoup parlé de toi, répondit la mère d'une voix mélodieuse.

Ceny se leva et rejoignit Chellis, puis posa sa main sur son épaule. Elles étaient toutes deux de la même taille. Cependant, Ceny paraissait très amaigrie. Elle ressemblait beaucoup à Ty, son visage dégageait douceur et sincérité. Ses cheveux blonds et grisâtres étaient noués en une simple queue de cheval.

— Merci pour tout ce que vous avez fait pour mon fils, répondit-elle de sa voix chaleureuse.

— Pardon ? s'étonna Chellis.

« *Est-elle au courant pour la flèche ?* » se demanda-t-elle.

— Oui, Ty m'a raconté que vous aviez été très présente pour lui. J'étais tellement dévastée de le voir dans cet état quand il est rentré …

À ces mots, sa voix s'étrangla et les larmes commencèrent à humidifier ses yeux bleu clair. Chellis se sentit soulagée, personne n'avait découvert ce qu'elle avait perpétré.

— Je suis vraiment navrée pour votre peine, répondit Chellis en lui donnant l'accolade.

— Maman, je vais bien maintenant. Cesse de t'inquiéter, intervint Ty alors qu'il venait de s'éveiller après un énième assoupissement.

— Oui, pour le moment. Mais tant que tu travailleras là bas tu ne seras pas en sûreté, répondit-elle, sanglotante.

— Qui voudrait d'un apprenti cuisinier ayant fui son lieu de travail ?

— Essaye donc ! Demande à un charpentier ou un forgeron, dis-leur que tu penses être meilleur dans ces domaines, Ty ! l'implora-t-elle.

— C'est trop tard. Je suis trop âgé pour recommencer un apprentissage. Personne ne voudra de moi.

— Madame, vous feriez mieux d'aller vous

reposer. Je vais prendre le relais, proposa Chellis.

— Merci, jeune fille, répondit Ceny en lui adressant un regard de détresse.

L'adolescente s'assit sur l'escabelle et contempla Ty. Il était allongé sur sa couche, le visage davantage marqué et bleui par les coups.

— Tu ressembles à une vieille pomme pourrie, plaisanta Chellis.

Il lui rendit son regard et ébaucha un sourire que la douleur interrompit brutalement.

— Et dire … que je ne m'étais jamais battu de toute ma vie. Enfin, je ne sais pas si l'on peut appeler ça se battre puisque je n'ai même pas pu donner de beigne en retour, dit-il, pensif.

— Y retournes-tu demain ?

— Oui. J'ai peur. J'ai peur qu'il recommence, dit-il alors que sa voix s'étrangla.

— Il ne recommencera pas, répondit-elle, confiante.

— Comment peux-tu en être sûre ?

— J'ai un bon pressentiment.

— Si seulement l'attaque avait eu lieu plus tôt. Je crains de ne pas être en assez bonne condition pour le grand jour, ajouta-t-il, la voix toujours tremblante.

Chellis saisit le torchon étendu sur le petit coffre situé à côté du lit, se pencha vers la bassine d'eau encore tiède et le trempa dedans pour l'humidifier. Elle l'appliqua sur le visage de Ty.

— Il ne faut pas s'inquiéter. Encore quelques jours à patienter et nous récupérerons notre liberté. Ils vont voir de quoi nous sommes capables. Ils vont voir qu'ils ne sont pas les plus forts et rien que pour ça j'ai hâte que le combat commence. Je veux voir la stupeur sur leurs visages, qu'ils s'étonnent que nous n'ayons jamais baissé les bras. Je veux lire la crainte et le déshonneur dans leurs yeux. Je veux qu'ils ressentent ce que nous avons ressenti chaque jour de notre vie.

D'entendre Chellis parler ainsi, Ty en fut pantois. Elle semblait avoir gagné tant d'assurance.

— Eh bien, je vois que Selna a beaucoup déteint sur toi, badina-il.

— C'est la meilleure influence que je pouvais avoir, répondit-elle, souriante.

— Bien sûr, murmura-t-il.

Alors que le torchon passait lentement sur ses blessures, l'eau tiède et le millepertuis apaisaient la douleur. Pendant quelques instants, Ty se sentait presque en sécurité.

Chellis désirait embrasser ses lèvres, toutefois ce n'était probablement ni le lieu, ni le moment. Elle se contenta de lui caresser sobrement la joue.

Ty se demandait s'il était en train de rêver ou si tout cela était bien réel.

— Si seulement j'avais eu un pouvoir ... J'aurais pu me débrouiller moi-même et me défendre contre Lepan, se lamenta-t-il.

— Il y avait plusieurs Gardiens, tu n'aurais rien pu faire seul. Tu aurais été pris à partie, répondit Chellis, compatissante.

— Peut-être. Mais au moins, je lui aurais un peu fait goûter ce qu'il m'a fait subir. Je me sens si insignifiant, même pour la prise du château. En vérité, je ne sais pas viser décemment à l'arc. En quoi vais-je être utile ? Sans pouvoir, je ne suis rien.

Chellis bondit sur ses pieds.

— Donc, tu es en train de dire que tous les Iesilarens sont inutiles ? Ta famille est inutile, je suis inutile ? rétorqua Chellis, contrariée.

— Non, ce n'est pas ...

— Tu ne peux en aucun cas te sous-estimer à ce point ! Nous n'avons peut-être aucun pouvoir mais au moins nous soutenons ceux qui en ont. Nous avons beaucoup plus de mérite que les Silarens qui soutiennent l'oppression ! Nous sommes justes, nous avons bien plus de valeur parce que nous ne voulons être supérieurs à personne ! s'emporta-t-elle. Regarde ce que j'ai pu faire avec cet arc, il n'y a aucune magie mais il est tel mon pouvoir. Je l'ai pratiqué avec passion car je savais qu'il me serait d'une aide précieuse pour me défendre un jour. Toi aussi tu peux y arriver, tu peux trouver ta propre force ! Quelle sorte de personne souhaites-tu être ? De ceux qui agissent, qui essayent de toutes leurs forces, ou de ceux qui se laissent porter par le courant ?

Ty en resta bouche bée, il n'avait jamais vu les choses sous cet angle.

— C'est vrai, confessa-t-il.

Elle se rapprocha de lui et lui tint les mains.

— Nous avons tous un rôle à jouer. Cyr, Selna, Kaaz, ils nous permettent d'agir, peu importe notre situation, insista-t-elle, les yeux dans les yeux.

Ty en était abasourdi. Il ne pouvait vraiment dire ce qui le mettait dans cet état : les paroles sages de Chellis ou ses yeux. Certainement les deux.

— Je dois rentrer à présent. Retrouvons-nous au potager demain, après ta journée de travail ? proposa-t-elle.

— D'accord, répondit-il simplement, de peur de dire autre chose de travers.

— Sois prudent. Je souhaite que tout aille bien, or, tant que Relan régnera nous devrons toujours nous montrer prudent » lui dit-elle avant de partir.

CHAPITRE 13 : L'amarante

Lors d'une nuit de nouvelle lune, l'éclat des étoiles éclairait la ville faiblement. Bien que tacheté de ses milliers de diamants scintillants, le ciel nocturne n'en paraissait pas moins obscur sans son astre luisant. Ajouté à cela, un léger brouillard qui inondait la capitale d'un air frais et humide. L'odeur du foin, provenant de l'autre côté de l'enceinte, se répandait dans les allées.

Une longue cape, qui semblait rougeâtre, virevoltait entre les buissons tandis que les chouettes hululaient joyeusement. Les remparts de Hierum étaient en vue. Il s'agissait du mur ouest, le plus long et donc le plus aisé à franchir.

Pour les Gardiens de nuit, leurs flambeaux ne jouaient pas en leur faveur : une nuit sans lune était difficile à éclairer et la brume masquait le tout. Pourtant, la ville semblait si paisible ce soir-là.

Alors que les Gardiens de l'échauguette gauche se contaient des histoires facétieuses, et que ceux de droite buvaient allègrement, la cape pourpre se faufila au pied du mur. Elle n'émit aucun un bruit tant elle ne semblait pas marcher mais plutôt voler.

La jeune femme vêtue de rouge releva la tête pour estimer la hauteur de la construction. Dans un élan, elle sauta, mais fut comme transportée vers le ciel, semblant légère comme une plume. Aucun bruit ne retentit.

Arrivée en haut de la courtine elle s'accrocha à un merlon qui la dissimulait. Elle observa les Gardiens de nuit d'un bout à l'autre : ils n'avaient rien remarqué. Ils ne devaient pas être bien puissants, aucun d'entre eux ne sentit la présence de la jeune femme. Elle non plus ne sentait pas leurs énergies magiques. Les pouvoirs qu'elle possédait étaient l'Envol, tout comme sa mère, et la Glaciation d'un ancêtre plus lointain.

Les Gardiens de gauche pouffaient de rire, on ne les voyait presque plus tant ils étaient pliés en deux par leurs histoires grivoises tandis que les Gardiens de droite tournèrent le dos pour se resservir en boisson. Ce fut l'occasion de passer de l'autre côté du rempart à travers une embrasure, en utilisant une fois de plus son Envol. Comme un flocon de neige épouse le sol, elle retomba sur ses pieds avec délicatesse de l'autre côté du mur.

Même ses longs cheveux blonds et bouclés dont quelques mèches sortaient de son capuchon ne subirent aucune secousse.

La jeune femme se trouvait dans le quartier des mourants. Tout le monde semblait dormir à poings fermés. La cape pourpre se mut à travers les tentes et disparut aussitôt dans le paysage nébuleux.

L'aube se levait peu à peu en imprégnant l'horizon de ses teintes rougeoyantes. La jeune femme pénétra dans la tente de Cyr sans sonner la cloche.

Dans la pièce à vivre se trouvaient toujours les cibles recouvertes par des tentures. La grande carte du monde suspendue la fit frisonner. Un sentiment de rébellion émanait de la pièce et s'empara d'elle. Il n'y avait aucun doute sur ce qui se tramait ici.

Elle délaça sa cape amarante et la déposa sur un coffre. Alors qu'elle entendait parler dans la pièce du fond, elle alla voir si Cyr s'y trouvait.

Le vieil homme, en compagnie de Kaaz et Selna, réunissait toutes sortes de produits : des poudres, des épices, des racines, des pierres. Tout ce qui pourrait servir pour des sortilèges.

« Père ? »

Cyr n'en crut pas ses oreilles. Était-ce réel, ou des voix imaginaires ? Il se tourna et aperçut sa fille aussi grande que lui à présent, sa longue chevelure blonde et ondulée héritée de sa mère, les mêmes yeux rouille et la peau un peu plus claire que son père. Sa joie éphémère, et sa profonde colère.

« Myni. Tu es venue ?

— Nous allons faire quelques vérifications » prétexta Selna en entraînant Kaaz hors de la pièce.

Le père et la fille se jaugeaient. Cyr attendait

ce jour depuis si longtemps tout en sachant qu'elle ne se montrerait point clémente avec lui.

« Tu lui ressembles tellement, murmura-t-il.

— Merci. Tu sais, lorsque j'étais petite je ne voulais qu'une chose : c'était de revenir te voir. Je pleurais maman toutes les nuits, je pleurais en pensant que je ne te verrais probablement plus de toute ma vie tout comme je ne la verrais plus. Puis, en grandissant, je me suis rendue compte que je ne voulais plus jamais t'avoir en face de moi, admit-elle.

En passant le bout de ses doigts sur la table elle pouvait se rappeler chacune des stries du bois.

— Si je suis venue, c'est seulement pour libérer le royaume.

— Tu ne devrais pas m'en vouloir. Mais je comprends ton point de vue, répondit-il, peiné.

— Vraiment ? Tu m'as envoyée là-bas, seule, alors que mère venait de mourir. Et s'ils t'avaient tué aussi, je n'aurais pu dire au revoir ni à ma mère, ni à mon père.

— C'était pour te protéger. Je ne voulais pas m'éloigner de toi non plus. Nous n'avions pas le choix, ils t'auraient enlevée à moi et j'ignore ce qu'ils auraient pu te faire.

— Si j'avais dû mourir, j'aurais voulu que ce soit avec toi. Tu ne m'as même pas demandé mon avis. C'est comme si nous ne nous connaissions pas, j'ai passé la plus grande partie de ma vie ... sans toi.

Un silence pesant prit place. Tous deux regardèrent le sol.

— Nous devrions parler de cela plus tard, ne

nous décourageons pas. Ta chambre est toujours aménagée, tu devrais y prendre place.

— Merci. »

Elle se dirigea vers sa chambre, seule. Cyr souhaitait la suivre pour l'accompagner, mais il savait que leur querelle reprendrait de plus belle. Il valait mieux que Myni se repose et profite de son retour dans le foyer de son enfance.

Rien n'avait changé. Elle s'assit sur son lit. Aucune poussière, aucun objet déplacé. Le temps semblait s'être figé dans cette pièce. Les larmes lui montèrent aux yeux. Elle se pencha et attrapa la coiffe en lin que sa mère lui avait faite. Le tissu était toujours aussi blanc, et le contour orné d'un galon de petites fleurs rouges. Elle s'allongea en gardant la coiffe près d'elle, puis se remémora tous les souvenirs de sa mère.

CHAPITRE 14 : La grotte

Assis sur un tabouret, vêtu de ses chausses et de sa chemise de dessous, Kaaz nettoyait les radis prévus pour le repas du midi dans un seau d'eau qui se trouvait devant lui.

Deux petits êtres s'insinuèrent au bas de la tente sur le plancher, en poussant des chicotements aigus. Le jeune homme leur lança quelques radis dont elles se délectèrent calmement à demi cachées sous la toile. En entendant des pas approchés, les souris emmenèrent leur nourriture pour la déguster à l'air libre.

Selna entra dans la pièce et observa Kaaz quelques instants. Quand il ne la fustigeait pas il pouvait se montrer agréable.

Il leva les yeux vers elle :

« Je finirai ça plus tard. Allons-nous toujours à la grotte ?

— Oui, nous aurons moins de chances de croiser des marchands ambulants en milieu de matinée » répondit-elle.

Il lui sourit et déposa les légumes dans leur bannette. Puis, il se dirigea dans sa chambre pour s'habiller.

Une fois hors de la capitale, et hors de la vue de quiconque, Selna cessa son Invisibilité. C'était une journée couverte, d'un ciel laiteux.

Elle n'eut aucun mal à retrouver le cours d'eau où son père et elle s'étaient établis des années auparavant. Le tronc recouvert de mousse et de lichen se trouvait là, faisant toujours office de pont. De petits champignons s'étaient propagés dessus.

Un brame de présence retentit de sa bouche. Kaaz se tourna vers elle, surpris et amusé.

« Peux-tu parler aux animaux aussi ?

— Parler, pas tout à fait. C'est comme un sens supplémentaire. Je ressens leurs sentiments et ils ressentent les miens. Enfin, ils ne ressentent pas seulement les miens mais ceux de tous les êtres humains.

— En y pensant, j'ai eu un chien quand j'étais enfant. Il s'appelait Kilo. Dès que j'étais triste il venait se blottir contre moi, se remémora-t-il.

— Oui, c'est ça. Ils peuvent sentir les intentions sincères, répondit Selna en lui prenant la main.

Le cerf se montra. Il avait bien grandi, ses bois étaient gigantesques à présent.

— Je l'avais nommé Kypi, intérieurement,

exposa-t-elle.

— J'espère que c'est toujours Kypi ?

— Oui » répondit-elle en souriant tendrement à Kaaz.

Soudainement, elle se mit à courir en direction du cervidé. Enjoué, Kaaz leur emboîta le pas. Comme elle courait à vitesse humaine il pouvait la rattraper.

Une harde de chevreuils se dispersa en les voyant arriver tandis que les oiseaux s'envolèrent vers la cime des arbres.

Kaaz n'avait pas mis les pieds dans une forêt depuis plus de dix ans. De même, il n'avait jamais vu de blaireau, et celui qui passa devant eux était un spécimen de très grande taille. Le jeune homme ralentit à la vue de champignons très rares connus pour leurs multiples vertus.

Mais encore une fois, ce n'était pas le moment de s'attarder. S'ils réussissaient à libérer le royaume, enfin, ils pourraient profiter pleinement de leur droit de circuler sur les territoires ainsi que de la nature et de ses richesses.

Une fois devant la grotte, le groupe s'arrêta. Ils pénétrèrent dans le souterrain. Kaaz usa de son pouvoir Foudre pour éclairer, avant même que Selna n'utilise son Inflammation.

« J'allais justement nous fournir une source lumineuse, dit-elle en se tournant vers lui.

— J'ai été plus rapide sur ce coup » plaisanta-t-il.

Les étincelles crépitaient dans sa main, une lueur bleutée teintait l'espace autour d'eux.

Selna se positionna devant le rideau naturel et le souleva, Kaaz aperçut le passage au sol.

« Et nous allons devoir ramper là-dedans ? demanda-t-il.

— Oui, c'est le seul chemin.

— Ne pouvons-nous pas élargir le trou ?

— Non, ce passage doit rester secret.

— Et salissant » marmonna-t-il.

Selna s'accroupit, puis rampa au sol. Exaspéré, il fit finalement de même.

Arrivés de l'autre côté, Selna se rendit compte à quel point ses pouvoirs s'étaient développés depuis qu'elle était enfant. Elle n'avait même plus besoin de lumière pour se diriger vers les racines. Rien que de ressentir leur présence lui suffisait.

Cependant, Kaaz lança à nouveau sa Foudre, et cette fois-ci sous la forme d'un jet d'énergie qu'il envoya au dessus de la source souterraine. L'eau éclairée renvoyait des reflets opalins sur les parois de la grotte.

« C'est du plus bel effet, n'est-ce pas ? badina-t-il.

Cette force à l'agitation continuelle pouvait subsister ainsi de nombreuses minutes, tourbillonnant sur elle-même, puis se dissiperait.

— Oui, intéressant. Peux-tu en changer la couleur ?

— Ah, non. Je n'y ai jamais songé. Penses-tu que ce soit possible ?

— Cela dépend du pouvoir dont tu as hérité. Peut-être que c'est une de ses caractéristiques, ou non, le lutina-t-elle. À toi de t'y évertuer.

Sur ces mots, la jeune femme se dirigea vers l'emplacement qu'elle connaissait et s'y agenouilla. Elle plongea une main dans la terre et en sortit une racine, puis la trempa dans l'eau pour la laver.

En la tordant par les deux bouts, elle la coupa en deux et tendit l'un des morceaux à Kaaz :

« Manges-en.

— Qu'est-ce ? Je n'en ai jamais vu, dit-il tout en se saisissant de l'étrange plante.

— Une *barismaa*. Peu de personnes savent qu'elles existent. Elles sont extrêmement rares et peuvent mettre des siècles à apparaître. Elles ne poussent jamais au même endroit. J'ai lu ça dans un livre très ancien, un livre qui avait échappé à la purge du roi Cep Odale.

Il mordit dedans, la chair avait une texture plutôt ferme tel le panais. Le goût était différent, il avait quelque chose d'anisé.

— Comment les as-tu trouvées ?

— Je les ai senties en passant devant la grotte. Je n'avais jamais ressenti cela ailleurs. Comme si je devais venir voir ce qu'il y avait. C'est la seule plante vraiment magique au monde, elle produit les mêmes énergies que celles des êtres humains et opère sur nos capacités. Tu en ressentiras les effets dans quelques minutes.

— Décuple-t-elle les pouvoirs ?

— En quelque sorte, et plus tes pouvoirs sont puissants, plus la racine a d'effets.

— Est-ce pour cela que tu es aussi puissante ?

— Non, rit-elle, je n'en prends pas si souvent que ça. Trois fois en tout. La première fois lorsque je l'ai découverte, la deuxième fois pour en comprendre les bienfaits et la dernière lorsque je me suis dirigée vers la capitale, au cas où. Enfin, je vais les garder en réserve jusqu'à ce que Litar réapparaisse.

— Et qui a pu élaborer ce passage étroit ?

— Je l'ai vu, grâce à mon Exploration. Ce sont des créatures merveilleuses, très anciennes, des petits êtres qui ressemblent à des feux-follets ou farfadets. Ils l'ont construit pour accéder à la source d'eau et se réfugier à l'abri des humains. Et lorsque j'ai tenté de voir si d'autres personnes s'étaient aventurées auprès des barismaas, je n'ai rien pu distinguer. Comme si une force m'en empêchait. Je crois qu'il y a un rapport entre ces êtres et la plante mais je n'en suis pas sûre. Un véritable mystère entoure ces racines.

— Et bien, je ne suis pas celui qui pourra t'éclairer. D'ailleurs, je crois que je commence à sentir les effets. Mais cela n'agit pas seulement sur les pouvoirs.

— Ah oui, sur quoi d'autre ?

— Ou non, ce n'est peut-être pas la plante, répondit-il, embarrassé.

— C'est-à-dire ? insista-t-elle.

— Non, ce n'est rien. Cet endroit est magnifique.

— C'est vrai, malheureusement il doit demeurer inconnu de tous pour le moment. Nous ne devons laisser personne venir le piller. »

Il observa la main gauche de Selna sur

laquelle elle tenait appui, ensuite il observa la sienne. Il la posa à côté de celle de la jeune femme tant elle semblait presque deux fois plus grande.

« Comment d'aussi petites mains peuvent-elles être aussi puissantes ? badina-t-il.

— Tout comme d'aussi grandes mains peuvent appartenir à quelqu'un, d'au fond, si fragile, lui sourit-elle avec douceur.

Il garda le sourire mais abaissa le regard, gêné qu'elle en sache autant sur lui.

— Il faudrait qu'un jour tu m'en racontes plus sur toi et comment ce sont passées toutes ces années loin de Hierum.

— Bien sûr, dis-moi ce que tu souhaites savoir exactement. Si ça peut t'aider, j'étais chez moi avec mon père lorsque nous avons appris la mort de ma mère et l'attaque du château. Mon père m'a emmenée loin de la ville. Nous avons erré, et j'ai tout fait pour découvrir mes pouvoirs dans leur intégralité. Dès que j'ai su que j'étais prête, que je maîtrisais tous mes pouvoirs, je suis partie à la recherche de Cyr.

— Tu sais, mes parents aussi ont été tués ce jour-là. Et quelques temps après, j'ai perdu mon petit frère, Rimm.

— Ah oui, je me demandais ce qu'il était devenu, demanda-t-elle attristée.

— Une maladie l'a emporté. J'ai perdu ma famille. Cyr est le seul qui a toujours été là pour moi. Il est mon père adoptif.

Elle lui caressa la joue, il apposa sa main sur la sienne.

— Qu'est-ce qui leur a coûté la vie ? La soudaineté ? L'inconnu ? Ne tomberons-nous pas dans le même piège ? s'interrogea Kaaz.

— Certainement le manque de vigilance après tant d'années de paix. Ils se pensaient en sûreté, que le danger viendrait de l'extérieur comme une armée leur déclarant la guerre aux frontières du royaume ou comme un envahisseur assiégeant la ville. Mais ce ne fut rien de tel. Le danger est venu de l'intérieur. Je ne pense pas que nous en souffrirons, nous savons trop bien ce que ça peut nous coûter. Nous resterons sur nos gardes pour toujours. Ce sont les générations futures qui devront se montrer plus prudentes. »

* * *

La subalterne de Lepan, ainsi que quelques Gardiens, emmenèrent Ty et tous les autres apprentis dans la cuisine.

Terla exposa les attentes de la Garde en marchant tantôt devant eux, tantôt autour d'eux, les mains croisées dans le dos :

« Nous vous avons réunis ici afin de vous informer. Tout d'abord, vous devez avoir entendu dire que le chef Lepan va être amputé jusqu'au genou à cause d'une flèche empoisonnée. Il va de soit que le coupable sera sévèrement châtié une fois que nous l'aurons intercepté.

Les commis se regardèrent les uns les autres avec des airs terrifiés.

— D'autre part, nous savons qu'il se prépare

une immixtion à l'encontre du royaume. Nous soupçonnons ces deux affaires d'être liées. Dans tous les cas, pour l'atteinte à la personne de Lepan, si personne ne se dénonce d'ici trois jours nous vous couperons tous la langue.

Des murmures d'effroi parcoururent les jeunes gens. Certains furent au bord de la pâmoison.

— Et si l'un d'entre vous manque à l'appel nous irons chez vous, nous vous poursuivrons, nous retournerons toute la capitale s'il le faut. En aucun cas nous ne laisserons passer cette affaire. Et si vous parvenez à bien vous dérober, votre entourage en subira les conséquences » déclara-t-il, d'un calme malsain.

Ty se rendit au potager où il avait convenu de retrouver Chellis. Il s'assit sur le banc en pierre dont l'assise était largement fissurée.

Le jeune homme affichait un visage blême, l'anxiété étant à son comble. Que pouvait-il faire ? Il ignorait qui avait tiré cette flèche. Et si personne ne se dénonçait ? Il ne pouvait pas laisser les Gardiens leur couper la langue à tous, sans preuve évidente.

Soudain, il aperçut la belle Chellis, ses cheveux pris au vent. Son cœur s'apaisa lentement, pour la première fois depuis ce qui lui était arrivé. Il souhaitait se lever par politesse mais n'en avait pas la force. La marche à pied jusqu'au potager l'avait d'ores et déjà considérablement épuisé.

« Navré Chellis, je souhaiterais me lever …

— Ce n'est rien, je comprends. Reste assis, lui

répondit-elle en souriant.

— Te sens-tu mieux ?

— C'est plutôt à moi de te demander ça, dit-elle en badinant.

— Tu m'avais l'air très troublée par notre sort. C'est la première fois que ça va aussi loin depuis que j'y travaille. Certains s'étaient déjà vus recevoir des coups après avoir volé dans les réserves ou autre. Mais cette fois-ci, les choses se sont vraiment dégradées.

— Oui, ça a été beaucoup trop loin. Ils n'ont pas le droit de faire ça ! s'emporta-elle.

Elle contempla son crâne rasé et couvert de lésions. Lepan n'y avait pas été de main morte, de nombreuses coupures recouvraient le cuir chevelu de Ty. Cela la faisait bouillir intérieurement, et l'attristait à la fois. Elle ne voulait pas seulement tenir la main de Ty, elle voulait l'étreindre, l'embrasser, lui faire oublier la peine qu'il endurait.

— Mais ce n'est pas tout, les choses se sont aggravées. Quelqu'un a tiré une flèche empoisonnée sur Lepan, il va être amputé ... s'interrompit Ty.

Chellis sourit pleinement, fière d'elle, en regardant dans le vide.

— Que t'arrive-t-il ? demanda Ty, intrigué. Pourquoi un si grand sourire sur ton visage ?

— Aucune raison particulière. Je ne vais tout de même pas pleurer sur son sort, répondit-elle, pas assez convaincante.

— Serait-ce ... Non, ce n'est pas vrai ?

— Quoi donc ? demanda-t-elle platement.

— Est-ce toi ... qui lui as tiré dessus ? murmura-t-il estomaqué.

Chellis hésita un instant à lui répondre, pourtant elle ne souhaitait pas lui mentir. De plus, elle n'était pas mécontente de son acte.

— Oui, c'est moi. Et j'ai été gentille, j'aurais pu viser ailleurs, répondit-elle malicieusement.

— Quoi ? Pourquoi … pourquoi as-tu fais ça ? s'offusqua-t-il. Est-ce la raison pour laquelle tu m'as dit que tout irait bien ?

— Il le méritait.

— Mais tu aurais pu te faire attraper ! Qu'est-ce qui t'as pris ?

— J'ai fait bien attention, personne ne m'a vue.

— Comment vais-je faire pour garder la face devant eux, ils vont forcément voir mon malaise dans mes yeux … et maintenant nous sommes tous en danger, ils veulent nous couper la langue si le coupable ne se dénonce pas !

À ses mots, Chellis s'agenouilla face à lui et lui saisit les mains :

— N'y retourne pas ! Nous allons bientôt attaquer le château, il n'y a plus de raison de travailler. J'ai des vivres si ta famille en a besoin, l'implora-t-elle.

Ty en était déconcerté. Il n'aurait jamais pensé cela d'elle. Elle qui disait se sentir incapable de tirer sur un être vivant quelques jours plus tôt, et là, elle avait failli tuer son patron.

Il la regarda dans les yeux, ses grands yeux ronds vert clair, mais elle lui paraissait telle une étrangère à présent.

— C'est impossible, ils nous laissent trois jours pour avouer alors que l'attaque est prévue pour la fin de la semaine, murmura-t-il, furieux.

— Oh non … répondit-elle gravement en se levant.

Elle fit les cent pas devant Ty, l'air perdu, puis commença à se ronger les ongles.

— Qu'allons-nous faire ? demanda-t-elle.

— Eh bien, je n'en ai aucune idée. Tu aurais éventuellement pu y songer avant de tirer cette flèche ! Maintenant nous risquons tous un terrible châtiment.

— Nous pouvons peut-être demander … puis elle s'interrompit.

— Quoi encore ? lança Ty, acide.

— C'est la seule solution je crois. Nous devons leur demander d'avancer l'attaque, ajouta Chellis.

— Tu es folle ! lâcha Ty.

— Il n'y a pas d'autres possibilités. Enfin je ne crois pas, nous devons leur en parler.

— Je te suis. Vas donc leur annoncer ce que tu as fait ! s'enquit Ty, sardoniquement.

Il demeura pensif quelques instants. Chellis, quant à elle, continuait de chercher une solution tout en tournant en rond.

— Je suis vraiment navrée, je ne pensais pas que les choses se passeraient ainsi … après tout, n'importe qui pourrait en vouloir à ce monstre ! Mais ils sont tellement cruels qu'ils choisissent la voie de la facilité en s'en prenant aux innocents. Je les hais, tous autant qu'ils sont ! C'est pour cette raison que j'ai réagi impulsivement, ça ne peut plus durer !

Ty la jaugeait, partagé entre la Chellis qu'il pensait connaître et celle qu'il découvrait.

— Je n'arrive pas à y croire. Comment as-tu pu faire une telle chose ? En réalité, je ne sais rien de toi. Que font tes parents ? Qui sont-ils ?

— Ty, si j'ai agi ainsi, c'est parce que ce qu'il t'a fait subir ... ce qu'il vous a fait subir, relève de la pire injustice ! Et je ...

Elle abaissa le regard au sol, n'osant pas dévoiler ses sentiments. Puis, elle le regarda à nouveau droit dans les yeux :

— Je t'apprécie beaucoup. Je n'aime pas que l'on fasse du mal à mes amis.

— Tu as été trop loin. Ça aurait pu être dangereux pour toi, et nous sommes tous menacés désormais.

— Ne t'inquiète pas, ils sauront quoi faire » répondit Chellis en implorant Ty du regard.

Le jeune homme ne savait plus quoi penser. Tous ses sentiments s'entremêlaient, il avait vécu trop de bouleversements en si peu de temps. Ils ne pouvaient s'en remettre qu'à Cyr et ses amis, pensa-t-il.

CHAPITRE 15 : Kimoistaa

Après plusieurs lunaisons d'errance, à passer de villages en villages, ils établirent leur campement au beau milieu de Kimoistaa. Comme prévu, ils s'étaient davantage engagés vers l'est.

Kimoistaa était une vaste forêt plutôt agréable à vivre : peu humide, des arbres hauts, un sol rocheux. Il était plus simple d'y retrouver son chemin. De plus, de nombreux ruisseaux serpentaient entre les roches escarpées.

La tresse de Selna avait longuement crû, elle lui arrivait à la taille. Ce fut bien la première fois qu'elle eût les cheveux aussi longs. Elle grandissait bien, et ressemblait de plus en plus à sa mère.

Son père avait considérablement maigri. Il était quasiment impossible de reconnaître le Pars de Hierum - un brin replet, les cheveux et la barbe courts et bruns, des vêtements convenables - avec celui d'aujourd'hui : un homme chevelu et grisonnant, mal entretenu, la peau sur les os et portant des haillons tâchés. Son visage joufflu avait laissé place à une triste mine et des traits acérés. Ses rides s'étaient creusées. Il vieillissait plus vite que son âge.

D'un autre côté, ceci contribuait à leur couverture, il ressemblait plus à un proscrit qu'à un ancien proche du château. Il faisait tout pour garder le peu de monnaie qu'ils avaient, et préférait porter ses vieux vêtements sales et troués volontairement. Le plus important était d'être bien logé et de pouvoir se nourrir à leur faim.

Au moins, ils avaient trouvé la tranquillité. Les Gardiens patrouillaient rarement, cette région étant bien trop loin de la capitale. L'opulence leur était fournie par les marchands. Cependant, père et fille ne s'attardaient pas trop parmi les villageois. Il fallait éviter de se faire repérer.

Parfois, Selna observait le peuple de loin. Les jours de marché, par exemple, elle se rendait à Xykorosta, la ville la plus proche, et s'assoyait près du moulin à eau, sur la berge en contre-bas.

Elle contemplait cette eau pure et limpide qui ruisselait. La rivière passait sous le moulin et le pont en pierre, entraînant la roue. L'eau était si claire que l'on pouvait distinguer le fond : les galets et les algues, les poissons, petits et gros, ablettes et barbeaux qui allaient et venaient au gré du courant.

En haut du talus, les passants se précipitaient, fébriles, afin de découvrir les nouveautés apportées des régions avoisinantes et autres continents. C'était le lieu où bon nombre d'habitants venaient s'émerveiller devant les denrées, dont parfois, ils n'auraient jamais imaginé l'existence.

Cet endroit paraissait bien différent de la capitale. Très peu de personnes vivaient dans des tentes. Sans aucun rempart pour les protéger, ils devaient construire des maisons solides, car les grands vents soufflaient dans les plaines. Elle et son père étaient plus abrités dans la forêt.

Selna n'avait jamais vu de telles maisons, de telles hauteurs, de deux à trois étages de plus que les logis qui lui semblaient ordinaires. Par surcroît, celles-ci arboraient un étonnant aspect à colombages et aux poutrages décoratifs représentant tantôt des croix, tantôt des losanges. Les couleurs qui les ornaient étaient bien contraires à celles que l'on pouvait apercevoir à Hierum : entre les nuances de rouge, d'ocre jaune et d'indigo, ces teintes vives contrastaient avec les tons sobres et naturels de la cité. Autre particularité de la région, sur les moulures et les ornements des portes et des fenêtres figuraient des animaux sculptés, des fleurs, ou bien des farfadets.

On pouvait y apercevoir aussi des arbres majestueux, centenaires voire millénaires trônant dans les rues et aux abords de la ville : des tilleuls, des ifs ou encore des amandiers. Des feuilles et des troncs aux coloris variés.

Rien que la vue du feuillage doré d'un grand orme caressant le flanc d'une maison couleur garance et aux boiseries peintes en noir lui remémorait à quel point tout cela lui avait manqué : la beauté des paysages, des villes, tout ce qui avait été détruit près de la capitale.

Même avant la prise de pouvoir par Relan, pourquoi ne voyageaient-ils pas plus souvent ? Pourquoi les habitants de la capitale n'essayent-ils pas de connaître davantage les autres régions ? Et réciproquement ?

Peut-être que si les harcilans s'étaient montrés beaucoup plus solidaires par le passé, les choses auraient été différentes. Au lieu de vivre chacun dans sa contrée, il eut fallu que les échanges ne se limitent pas qu'aux marchandises. Quelques personnes, plutôt les fugitifs et les aventuriers, erraient vers d'autres régions. Or c'était loin d'être suffisant.

Si un jour Relan se voyait être renversé, il faudrait alors faire en sorte que tous les territoires se sentent autant influents les uns que les autres, qu'ils se solidarisent enfin.

La petite fille usa de son pouvoir d'Ouïe pour connaître les dernières nouvelles échangées. La famille Dois semblait s'être bien accaparée du château. Puis, elle contempla encore quelques instants les alentours.

Elle rentra à la tente avec des provisions accumulées sur le trajet : champignons, baies, fleurs ou encore mauvaises herbes comestibles.

Son père se tenait face à la forêt, perdu dans ses pensées.

Elle voulut lui changer les idées :

« Pourrions-nous manger dehors par ce beau

soleil ? suggéra-t-elle.

— Peut-être bien. Je vais chercher le brasier. »

Ils préparèrent leur repas. Dans un petit chaudron placé à même la braise, chauffaient le lait d'amande, les pézizes, les feuilles de pissenlits, les jeunes pousses d'ail des ours et le poivre.

Le soleil transperçait la ramée, les sous-bois n'avaient jamais paru aussi lumineux. Les oiseaux s'égosillaient avec même plus de frénésie qu'au petit matin.

« Pourquoi n'ai-je pas eu de frères et sœurs ? demanda Selna.

Pars demeura songeur un instant.

— J'ignore si c'est dû aux pouvoirs ou au destin, répondit-il en levant les yeux au ciel, hésitant. Nous désirions cinq enfants pour que vous puissiez vous amuser, pourtant nous n'avons pu avoir que toi. Comme si tu étais la seule que nous pouvions avoir. Ou que nous devions avoir. Mais tu fais preuve de tant de vitalité que nous avons toujours eu l'impression que nous avions plusieurs enfants » répondit-il en souriant.

Selna resta méditative. Pars continuait de touiller dans la marmite.

Deux écureuils vinrent se balancer au dessus de la tente en sautant de branche en branche.

Selna ressentait ce qui les animait. Ils avaient faim. Il restait un pot plein de noisettes dans leurs réserves, elle alla en chercher.

À son retour, elle jeta la nourriture au sol. Les rongeurs grimpeurs descendirent sans attendre aux pieds des arbres et trottinèrent jusqu'aux fruits à coque.

Alors qu'ils se délectaient, Pars toussa. Selna se tourna vers lui et remarqua ses yeux humidifiés.

« Te souviens-tu de cette comptine en Tystena ? Ta mère te l'avait apprise pour que tu retiennes les mots plus facilement, demanda Pars, la voix cassée.

— Oui, bien sûr, répondit-elle.

— Peux-tu la chanter ? « L'équilibre du monde », si seulement tout pouvait redevenir comme dans cette chanson.

— Oui » répondit-elle.

Elle s'éclaircit la gorge :

« Ni hie ukani ar kys,
Ytela det pelo ar itas.
Ir kys umistaa ni ateli,
Ni hie toxa io meeseli
Ir lli umitel dobo karce
Ieita hie verpel terky umice
Hie koborosta ice irelum
Irelum llian hie umitel dolin
Parita hie ita len, sibe terilin
Ukebe ni kys ita hie cepaloka
Ir perece det ... parita ».

Ils laissèrent s'installer un silence. Une aura magique émanait de ces mots. Les oiseaux, la forêt, il semblait que tout ce qui se trouvait aux alentours s'était tut. Personne ne pouvait rester insensible à la langue ancienne.

Deux siècles plus tôt, alors que régnait un *Ielin Ece*, celui-ci souhaitait effacer toutes traces du passé pour ne laisser que la sienne. Une grande partie du château fut détruite. Il créa une nouvelle langue qui devait supplanter le Tystena.

Son nom, Cep Odale, faisait encore froid dans le dos. Il avait dissimulé à tout le monde ses pouvoirs pour accéder au trône et s'en servit pour assujettir la cour et le peuple. De plus, il eut une longue vie de quatre-vingt-dix-neuf ans. Quand Cep Odale mourra, son fils, Perar lui succéda pendant une cinquantaine d'années. Il se montra moins impérieux que son père, mais ne changea pas les lois pour autant. C'est dire si les harcilans eurent le temps de s'habituer, malgré eux, à ce nouveau langage encore utilisé jusqu'à aujourd'hui.

Lorsqu'un *Ulin Ece* succéda enfin au fils d'Odale, le Tystena n'était dès lors qu'un lointain souvenir pour la plupart des harcilans dont les traces avaient été cruellement effacées. Il fallut un certain temps avant de pouvoir reconstituer la langue ancienne et l'apprendre aux nouvelles générations qui devinrent ainsi bilingues.

Cependant, le langage courant paraissait plus simple, plus en harmonie avec son époque selon la majorité du peuple. Beaucoup de nouveaux mots et de nouvelles expressions furent inventées. Des locutions plus précises, plus fournies, qui comportaient plus de nuances. Seuls quelques mots et expressions intraduisibles avaient perduré comme *Utelyn*, *Silaren*, et bien d'autres.

Alors que les oiseaux se remettaient à chanter chacun leur tour, Pars sortit de son esprit rêveur.

« Cette langue est vraiment magnifique. Tu as très bien chanté Selna.

— Merci père. L'air est si mélancolique alors que les paroles sont pleines d'espérance. Ces mots ont un son bien plus mélodieux selon moi.

— *Ukebe ni kys*, use de ta volonté. Cette chanson a été écrite pour tous ceux qui sont nés comme ta mère et toi. Tous ceux qui ont eu le droit de posséder autant de pouvoirs et de persévérance. Rappelle-toi toujours de cette chanson. Peu de personnes la connaissent aujourd'hui, c'est à elles de la transmettre à leur tour. »

Un jour, alors que Selna allait chercher de l'eau à la rivière, ses petites jambes ne cessaient de s'enfoncer dans la boue. La pluie glaciale fouettait son visage. Ce jour-là, elle avait des pensées plutôt sombres. Le long hiver, la grisaille, le froid, tout avait de quoi jouer sur le moral. Aussi, elle avait fait un rêve récemment, chose qui lui arrivait rarement. Or, celui-ci lui rappela le tragique soir de leur départ.

Elle avait vu sa mère hurler. D'habitude immuable, elle se sentit abattue. Elle n'avait jamais voulu imaginer ce qui était arrivé à sa mère, elle voulait éviter d'entrer dans une terrible langueur ou une haine irréversible. Jusqu'à présent, les seules choses qui lui avaient occupé l'esprit avaient été de protéger son père et de découvrir ses pouvoirs. Mais depuis, ce rêve la hantait. Ses émotions, qu'elle avait tenté de réprimer, ne pouvaient plus se contenir. Ce rêve avait agi comme une aiguille crevant l'abcès.

Selna tomba à genoux, le seau roula à terre. Rien que d'imaginer sa mère souffrir, qu'on s'en prenne à elle, elle en avait la nausée. Elle n'avait eu aucun moyen de l'aider, ni même d'être présente. Elle se sentit défaillir puis se rattrapa en posant une main à terre. Une pierre se trouvait là, sous ses yeux.

La petite fille ne voulait pas se laisser dominer par son tourment, ni se laisser affaiblir. Qui avait osé tuer une femme si respectable, qui avait osé tuer le roi, qui avait osé tuer tant d'innocents ? Ces personnes devaient payer. Peut-être pas par la mort, mais elles devaient être jugées et répondre de leurs actes. Il lui vint à l'esprit qu'elle ne connaissait même pas le visage de ces infidèles.

La colère l'envahit. Même si elle devait risquer sa vie, il fallait leur montrer que personne n'avait oublié. Qu'ils devaient regretter leur geste, qu'ils devaient implorer le pardon.

Elle frappa d'un coup de poing la pierre qui se trouvait là, et à son grand étonnement, celle-ci se brisa en cinq morceaux. Elle n'avait ressentit nulle douleur, bien au contraire. Elle observa sa main : aucune rougeur, aucune éraflure. Intriguée, elle se releva.

Une autre pierre un peu plus grande se trouvait près d'elle. Elle s'en approcha, hésitante. Avait-elle eu une hallucination ? En se retournant, il n'y avait guère de doute : la première pierre était bien en morceaux. Elle lança un nouveau coup sur le sommet de la pierre qui se brisa en cinq morceaux également.

Elle traversa la rivière sur la pointe des pieds, grâce aux galets émergés, puis grimpa sur un rocher deux fois plus haut qu'elle.

Des rayons de soleil s'échappèrent du ciel nuageux, et des reflets étincelants s'éparpillèrent à la surface de l'eau. Selna releva le nez et laissa les rais réchauffer sa peau, cette énergie naturelle pouvait l'aider à retrouver sa force intérieure. Elle ferma les yeux quelques instants, inspira profondément, puis écouta les bruits de la forêt et l'eau s'écouler. Elle humait toutes ces odeurs fraîches et franches qui l'apaisaient : la nature ne ment jamais.

Pour le royaume, le peuple, elle devait continuer, elle devait rester forte.

« *Ukebe ni kys ita hie cepaloka,*

Ir perece det parita » chantonna-t-elle à demi.

Elle serra le poing à nouveau, y mit toute sa force et frappa la roche. Le bloc tout entier se fissura. Il s'agissait là d'un nouveau pouvoir à façonner.

Quelques semaines plus tard, à la mi-printemps, Pars tendit un panier à Selna comme tous les matins :

« Peux-tu aller chercher de la nourriture ? »

Elle approuva puis se rendit à l'orée de la forêt en trottinant. Elle traversa le ruisseau grâce au vieux tronc mousseux qui faisait office de pont. La petite fille émit un bruit étrange de sa voix, comme un rait.

Quelques secondes plus tard, un jeune cerf apparut. Selna courut vers le gracieux animal. Le daguet, dont les premières ramures venaient de pousser, détala dans les profondeurs de la forêt afin de mener l'enfant à un endroit précis. Il bondissait élégamment par des sauts prodigieux. Selna le suivait toujours en courant énergiquement.

Les oiseaux et autres animaux se retournaient ou fuyaient à leur passage, c'était comme si la forêt leur appartenait. Ils traversaient les rayons du soleil qui s'échappaient des feuillages. Malgré l'air frais, cette lumière dorée du matin était tout aussi resplendissante que celle d'été. Le chant des mésanges, les cris des geais et autres corbeaux les accompagnaient. Un renard releva le museau, lui qui était en train de guetter un terrier de lapin fut à son tour effrayé par l'approche fulgurante du cervidé et de l'enfant. Leurs flancs étaient humidifiés par la rosée reposant sur les feuilles des buissons et les herbes hautes.

Après quelques mètres supplémentaires, l'animal s'arrêta à côté d'un arbrisseau. Il s'agissait d'un framboisier dont Selna cueillit quatre pleines poignées de fruits. Tentée par les baies, le daguet en avala quelques-unes, puis repartit en chemin suivi par la petite fille.

Ils contournèrent un parterre entièrement violacé de jacinthes des bois dont le délicat parfum se dégageait. Ils s'arrêtèrent à nouveau, un peu plus loin, où l'on apercevait une imposante touffe d'agrocybes au pied d'un peuplier. Elle en cueillit une dizaine, puis se releva. Les deux amis continuèrent leur escapade. Ils croisèrent une laie et ses quatre marcassins peu farouches qui se contentèrent de les observer en levant leurs petits groins avant de reprendre leur cheminement.

Cette fois-ci, ils descendirent dans une grotte. Tous deux arrivés au plus sombre, Selna fit jaillir de petites flammes dans la paume de sa main gauche. Elle s'avança lentement, puis reconnut le passage secret.

C'était un court tunnel creusé dans la terre, à ras du sol, dans une paroi. L'embouchure était masquée par des centaines de fines racines qui sortaient par la voûte et qui retombaient à terre comme un rideau naturel cascadant jusqu'au sol. Elle souleva les radicelles d'un geste de la main et un flot d'insectes de toutes tailles en sortit ce qui ne l'impressionna guère. Certains s'envolèrent au dessus de sa tête tandis que d'autres rampèrent un peu plus loin.

Elle s'accroupit et éclaira le tunnel, rien n'avait changé depuis la dernière fois. Elle éteignit la source de lumière et rampa à travers le passage. Une fois de l'autre côté elle ralluma les flammes au creux de sa main. Il y avait là une grande cavité souterraine qui renfermait une source d'eau.

Elle s'accroupit et posa sa main gauche dos au sol, puis la bascula légèrement afin de laisser les flammes reposer sur place. Elle réfléchissait intensément car elle devait à la fois utiliser les pouvoirs du feu et de la pensée afin que les flammes continuent d'éclairer loin d'elle. En retirant sa main trop vite, les flammes s'éteignirent. Le noir redevint complet. Elle ralluma le feu dans sa main, et soupira, agacée d'avoir raté son coup. Elle recommença.

Cette fois-ci, elle s'y prit plus lentement : elle examina soigneusement la source enflammée puis enleva sa main doucement, avec précaution. Elle se releva puis se dirigea au bord de l'eau.

C'était un exercice difficile, il fallait penser tout en faisant plusieurs choses à la fois. Elle tâchait de se préoccuper des flammes qui ne devaient cesser de brûler ainsi qu'à l'endroit où elles s'animaient tout en se déplaçant. En aucun cas elle ne devait relâcher son attention car les flammes pouvaient s'éteindre ou se mouvoir. Il fallait éviter, par exemple, de se livrer à cet exercice dans une cabane.

Tout en gardant ces différentes actions à l'esprit, elle devait s'acheminer progressivement au bord de l'eau pour creuser la terre. Elle fouit à l'aide de ses mains, jetant régulièrement un coup d'œil aux flammes lorsqu'elle avait l'impression qu'elle était sur le point d'oublier l'endroit exact où elles se trouvaient.

Tout en creusant, elle tomba sur ce qu'elle était venue chercher. Des *barismaas*, c'est-à-dire des racines jaunâtres. Elle en extirpa six de terre. Il fallait s'abstenir de toutes les arracher car ces racines rares, aux propriétés magiques, tendaient à disparaître. Autrefois, les humains les avaient soustraites à outrance et ainsi persista l'idée qu'elles avaient définitivement disparu.

Elle était la seule à s'y aventurer

régulièrement, les harcilans s'étant désintéressés de la grotte depuis plus d'un siècle. Tout ce qu'ils savaient, c'est qu'elle ne renfermait aucune matière exploitable, et de toute manière ce site était trop éloigné des habitations pour l'utiliser à d'autres fins.

La petite fille déposa les barismaas dans son panier, les recouvrit de l'étoffe d'ortie, puis s'en retourna au passage. Elle jeta un dernier regard en direction des flammes et les laissa s'éteindre. Enfin, elle rampa à nouveau, puis rejoignit le cervidé qui l'attendait toujours de l'autre côté. Ils sortirent de la grotte pour retourner à la cabane.

CHAPITRE 16 : La tresse

Relan, an 11

Selna avait bien grandi. Sa tresse lui arrivait aux hanches depuis plusieurs lunaisons. Elle se sentait sûre d'elle, ses pouvoirs n'avaient aucun secret tant elle s'était entraînée scrupuleusement pour les maîtriser. Pars quant à lui, souffrait de consomption. Cet hiver avait été rude, puis le printemps se montrait très frais à son tour.

Selna regrettait que parmi tous ses pouvoirs aucun ne puisse soigner ou guérir son père. Mais elle avait conscience que quelque part, cette maladie n'était pas complètement un hasard. Même si elle savait qu'il l'aimait, elle entendait bien qu'il n'avait pas vraiment cherché à lutter car il ne s'était jamais remis de la mort de Kolin. Il était prêt à la rejoindre, il attendait juste que sa fille ait assez confiance en elle pour s'en sortir seule. Tous deux sentaient que ce jour approchait à grands pas.

Pendant que son père se reposait, alité, elle allait dans la forêt ou dans les plus petits villages pour en découvrir davantage sur cette puissance intérieure.

Personne ne savait qui elle était Elle en profitait pour passer au milieu des villageois qui se pressaient vers le marché. Affublée d'une cape brune, le capuchon couvrant la moitié de ses cheveux, elle passait inaperçu dans toute cette foule.

Elle posa sa main sur l'épaule d'un homme pour lui faire croire qu'elle souhaitait passer devant lui. Celui-ci tourna légèrement la tête en guise de signe pour la laisser s'avancer, totalement inconscient de ce qui venait de lui arriver. Selna avait parcouru son esprit à l'aide de son Exploration : elle savait qu'il avait deux frères plus âgés, qu'il rêvait d'un bon festin et de gâteaux gourmands.

La jeune fille continua son parcours, et toujours au hasard, effleura le bras d'une femme d'une trentaine d'années : celle-ci était d'humeur luxurieuse. Elle songeait à sa nuit rassasiante lors de laquelle elle avait chevauché son époux tel qu'ils aimaient le pratiquer.

Au tour d'une vieille femme au dos bossu, Selna posa délicatement sa main sur son épaule et vit ses pensées immédiates : ses petits-enfants courant dans les rues, le blé qu'elle distribuait à ses poules et la tombe de son époux où elle se recueillait chaque jour.

C'était une de ces journées où tout semblait pour le mieux, contrairement à d'autres où dans les esprits elle avait pu voir d'horribles choses comme un homme qui souhaitait corriger un enfant ou encore une femme rêvant d'assassiner sa rivale.

Son regard s'arrêta sur un étal. Des faucilles en acier y étaient disposées. Elle en prit une et observa l'alliage. Il était plutôt rare d'en trouver, mais celui-ci l'interpellait. Elle pouvait manipuler bien d'autres matériaux, seulement l'acier n'avait pas encore été l'objet de ses expériences. La fille à la longue tresse déboursa les sous nécessaires et emporta la faucille dans sa besace.

À mi-chemin, dans la forêt, elle prit soin de vérifier qu'aucune présence ne se trouvait près d'elle. Elle sortit son nouvel achat de son sac. La lame de l'outil scintilla sous les faibles rayons du soleil. Elle tâta cette matière en essayant de deviner ses propriétés.

Puis, en utilisant son pouvoir de Transformation, sa main se mua en imitant l'acier devenant grise et brillante, et résistante jusqu'à la moitié de son avant-bras.

Elle aligna ses cinq doigts, mais que pouvait-elle faire d'une main solide et froide ? Peut-être la transformer en lame. En songeant au tranchant, elle tentait d'amincir le flanc de sa main par la pensée.

Cependant, elle n'y parvint guère. Impossible de façonner la forme au-delà. Que faire d'une main d'acier. Ces doigts ne risqueraient-ils pas de se casser en cas de coup violent ?

En tournant sa main dans tous les sens, elle l'observait. Elle serra le poing, et pensa que celui-ci ressemblait à une sculpture. C'était une idée intéressante : la Transformation suscitait moins d'énergie que la Force, car une fois sa main transformée elle n'avait plus à y prêter attention. Au contraire, la Force devait être maintenue constamment.

En rentrant, elle en discuta avec Pars :

« Père, le seul pouvoir que je ne maîtrise pas, et qui m'inquiète, est la Transformation. J'ai peur de me métamorphoser entièrement et de ne pouvoir faire marche arrière.

— C'est vrai, ce doit être encore plus minutieux.

— Je peux transformer mes membres, jambes, bras, mais si jamais je transformais mon crâne et mon esprit en pierre par exemple, comment pourrais-je rester maître de la situation ? Et si je perdais le contrôle ?

— Ne t'y risque pas, ne t'y oblige pas. C'est dores et déjà fort utile de pouvoir transformer des parties de ton corps » répondit-il, suivi d'un faible sourire.

Il était connu que certains pouvoirs se voyaient limités par des matières ou éléments. Mais Selna n'en rencontrait quasiment aucun qui lui résistait : le fer, l'acier, le plomb, le bois, la pierre, l'argent. Elle pouvait tous les manipuler, les brûler ou les désintégrer. Peu de Silarens pouvaient s'en vanter.

De même, elle pouvait maîtriser deux

éléments : la terre et le feu. Il ne lui restait qu'une matière, bien difficile à trouver, sur laquelle elle n'avait encore rien expérimenté.

Grâce à quelques marchands en déplacement, elle avait entendu parler d'un joaillier très célèbre dans le royaume et que celui-ci se trouvait à l'écart dans un petit village. La plupart des maîtres en joaillerie vivaient à la capitale, mais celui-ci souhaitait que sa région de naissance puisse bénéficier de ses talents. Elle allait donc à sa rencontre afin de savoir s'il était possible de lui acheter ou emprunter un peu d'or, puis elle délibérerait de ce qu'elle pourrait en faire.

À son retour, elle alla voir Pars. Il était dans le plus mauvais état. Sa respiration se faisait plus lente et saccadée. Elle s'assit sur le bord du lit et posa sa tête sur l'épaule de son père. Elle ne craignait pas la maladie.

« Je t'aimerai toujours, papa.

— Moi aussi, je t'aimerai toujours » dit-il d'une voix faible.

Il lui caressa les cheveux du bout des doigts. Elle alla lui préparer un potage. Après lui avoir donné quelques cuillères, il s'allongea et s'endormit. Elle lui teint la main pendant un long moment.

Il était parti rejoindre celle qu'on lui avait enlevée brutalement. Selna resta ainsi de longues heures en se remémorant ses souvenirs d'enfance : sa maman, la prenant dans ses bras ; son père, lui apprenant à lire ; ces dernières années à fuir les Gardiens, à dissimuler leur identité.

L'amour de ses parents était plus fort que la peur, plus fort que la haine. Si elle avait hérité de tous ces pouvoirs c'était pour une bonne raison, elle devait en faire bon usage. Elle devait suivre les pas de sa mère et protéger le royaume.

La jeune femme se leva et se dirigea vers le coin aménagé pour la toilette. Elle attrapa sa tresse et prit la lame posée entre le broc d'eau et le savon. D'un geste de la main, elle coupa la natte au niveau de ses épaules, puis laissa tomber le reste de ses cheveux au sol.

Elle prit la cape qu'elle avait conçue récemment pour son père, une cape noire avec une grande capuche, et l'enfila. Elle saisit un panier et sortit de la cabane. Il n'y avait qu'une solution : elle ne pouvait pas enterrer son père, les Gardiens auraient pu retrouver son corps et comprendre que tous deux s'étaient cachés durant toutes ces années.

De sa main gauche, elle réduisit la cabane en poussière sans même passer par les flammes en utilisant son pouvoir de Désintégration. Elle rassembla les particules par sa Mobilité. Celles-ci formèrent un nuage sombre qui virevolta dans les airs, s'éparpillant, puis la masse restante chut dans le panier.

Elle traversa la forêt à pied. Les animaux l'observaient, ils n'avaient aucune crainte. Ils ressentaient sa douleur.

Alors qu'elle passait à côté d'une meute de loups, elle sentit leur deuil, et ceux-ci sentirent le sien également. Ils avaient perdu l'un des leurs à la chasse récemment, la douleur était toujours présente au sein du groupe. Ils se lancèrent dans des hurlements à fendre le cœur. Mais il y avait quelque chose d'apaisant dans ces plaintes langoureuses. Ce son sourd et résonnant, à l'unisson, consolait et lénifiait autant la peine des loups que celle des humains.

Au son du chant d'adieu, la jeune femme gravit la plus haute cascade de la forêt et se rendit au bord de la rivière agitée pour disperser les cendres dans l'eau. Le courant les emporta au loin, vers l'embouchure de la mer Karilii.

CHAPITRE 17 : Jours heureux

« Nous devons les charger, tous en même temps ! Ils ne sauront plus où donner de la tête ! requit Pelon.

Cyr afficha un rictus, alors que tous les autres semblaient sceptiques.

— Le pouvoir ne réside pas seulement dans la force physique ou la magie, il réside avant tout dans la stratégie, dit Selna.

— Oui, c'est ma stratégie, insista-t-il.

— Qu'on se fasse tous trucider ? questionna ironiquement Teli.

— "La seule chose qui peut vous porter loin est votre volonté. Elle ne doit jamais faner, surtout pas devant votre ennemi" récita Selna.

— J'ai déjà lu ça quelque part, ajouta Cyr.

— La première phrase du livre de guerre « Batailles des trois continents ». La meilleure tactique est de prendre ses adversaires de toutes parts. Ils doivent se sentir dépassés, exposa Selna. Nous à l'intérieur, vous à l'extérieur. Nous devrons aussi détruire les oracles le plus promptement possible.

— J'y ai réfléchi, et je pense que les galeries sont peut-être une mauvaise idée, exposa Kaaz.

Tous le regardèrent, incrédules.

— Pour quelle raison ? demanda Cyr.

— Ça reste un espace confiné, nous pourrions être pris au piège, ajouta-t-il.

— Nous pouvons être pris au piège à n'importe quel endroit. Mais nous connaissons la mauvaise organisation des troupes de Relan, ils ne brillent pas par leurs méthodes, seulement par la force et la cruauté, soutint Selna.

— Et si, pour une fois, ils avaient une solution pour nous coincer dans les galeries ? Ils nous serait impossible de nous enfuir. Tu t'en sortirais sûrement, par ta puissance, mais nous autres nous ne pourrions pas nous échapper, ajouta Kaaz.

Tous demeurèrent pensifs.

— Et que proposes-tu de mieux ? demanda Selna, en croisant les bras, attentive.

— Je pense que nous ne devons pas agir de manière trop originale, ni trop prévisible, bien entendu. Deux attaques latérales, simultanées, cela devrait les dissiper. Et au cas où ils auraient l'avantage, nous pourrions battre en retraite plus sûrement, répondit-il.

— Ce n'est pas une mauvaise idée. Seulement, le temps de passer les remparts, ils auront dores et déjà utilisé les oracles, ajouta Selna. L'effet de surprise sera beaucoup plus court, tandis que si nous faisions irruption de l'intérieur ils n'auraient le temps de ne rien voir venir, je suppose.

— C'est extrêmement délicat. Ce sont certainement les deux meilleures idées, mais je dois avouer que passer par les galeries me paraît la meilleure solution. Je sais que Selna se déplacera très vite à travers les passages souterrains. Si de plus, les Guerriers font diversion à l'extérieur ils ne verront peut-être rien de ce qu'il se trame, exposa Cyr.

— Si je puis me permettre, je vois les galeries comme un atout également. Il y a douze ans cela aurait été hors de question car nous n'avions personne d'aussi puissant avec nous. Mais Selna, à elle seule, pourrait se charger de cette partie de l'attaque, s'exprima Teli.

— Très bien ! Faites comme vous le souhaitez, elle a toujours raison de toute manière, s'emporta Kaaz.

— Cela t'importune-t-il ? demanda Selna avec acerbité.

Kaaz se tourna et la regarda droit dans les yeux. Ils se toisèrent quelques longues secondes, puis il sortit en trombe.

— Les hommes qui agissent de cette manière m'exaspèrent. Ils ne supportent pas d'avoir tort, lança Myni.

— Parfois, je ne le comprends pas, répondit Selna. Il peut être si compréhensif, et des fois …

— Il peut se vexer facilement mais cela ne

durera pas, dit Cyr pour la rassurer. Nous allons garder ton idée. Faire diversion à l'extérieur tout en menant une percée interne.

Kaaz entra derechef dans la pièce, accompagné de Ty et Chellis. Ces deux derniers avaient l'air affolé.

— Que se passe-t-il ? demanda Cyr à Kaaz.

— Apparemment, ils ont quelque chose d'important à nous annoncer, répondit-il en jettent un regard aux deux jeunes gens.

— Oui, c'est un sujet épineux. Je suis vraiment navrée de devoir vous révéler cela ... amorça Chellis, avant de se pincer les lèvres.

— Mon maître cuisinier a été attaqué, indiqua Ty.

— Oui. J'ai ... commença Chellis, avant d'être interrompue à nouveau.

— Il y a quelques jours, il nous a tous battus avec l'aide de Gardiens ! Chellis et des amis m'ont aidé et m'ont soigné. Ensuite, il a été attaqué par un inconnu et a dû être amputé. Les Gardiens nous ont menacé, si personne ne se dénonce ils vont nous couper la langue à tous, pour nous punir ! s'insurgea Ty.

Chellis resta coite et stupéfaite par l'ajustement des faits dont le jeune homme avait fait montre.

— Quelle est cette histoire ? demanda Cyr.

— Les Gardiens ont des soupçons quant à un être Invisible qui s'en est pris à eux, continua le jeune homme.

— Oui, c'était moi, ajouta Selna.

— Et comme certains apprentis, y compris moi, ont été aperçus dans les rues au lieu d'être au travail, ils ont fait le rapprochement avec l'être Invisible.

— Ils n'ont pas tort, commenta Selna. J'ai commis une erreur ce jour-là.

— Puisqu'il y a autant de suspicion et de personnes en danger, peut-être que la seule solution serait d'avancer le jour de l'attaque ? suggéra Chellis.

— Avancer l'attaque ? s'exclama Kaaz, vous savez ce que ça représente ?

— Quand veulent-ils s'en prendre à vous ? demanda Cyr.

— D'ici trois jours, répondit Ty.

Cyr regarda Selna, perdu. Elle réfléchit longuement.

— Ne me dites pas que vous êtes en train de considérer leur idée ? demanda Kaaz.

— Et si tu nous laissais réfléchir ? lança Myni, exaspérée.

— Très bien, faites ce que bon vous semble, répondit-il.

Il se tut et s'assit sur un des tabourets au fond de la pièce.

— Le plan est prêt. Nous savons comment procéder. Si nous l'avançons, nous n'aurons plus qu'à prévenir chaque intervenant, exposa Selna, en s'interrogeant.

— Tout va être désordonné, ajouta Kaaz.

— Veux-tu te taire ? dit à nouveau Myni.

— Mais ils ont raison, nous ne pouvons pas laisser tous ces jeunes se faire mutiler. Il fallait bien que leurs doutes croissent, et qu'ils trouvent des suspects ou des bouc émissaires pour épouvanter le peuple. Avançons-la de trois jours, ainsi les Gardiens chargés de cette punition se rendront au réfectoire pour sanctionner les commis. Dès le début, nous aurons encore moins d'ennemis face à nous, cela nous fera gagner un temps précieux, argumenta Selna.

— Nous n'avons plus qu'à prévenir tous les intervenants. Soyons discrets, ajouta Cyr.

— Ce n'est pas possible ... enfin bon, personne n'est de mon côté de toute manière. Je vous aurais prévenus, ajouta Kaaz en se levant, agacé.

— Nous pouvons le faire, nous ne devons oublier personne. Et nous n'avons pas vraiment le choix, répondit Selna.

— Ty, si tu ne te sens pas rétabli, nous comprendrons, avança Cyr.

— Merci maître, je vais beaucoup mieux à présent. Je serai des vôtres, je vous soutiendrai jusqu'au bout ! » rétorqua Ty, déterminé.

* * *

Le lendemain, Ty retourna au réfectoire. Tout semblait normal, étrangement normal. Les apprentis accomplissaient leur labeur, arpentaient les couloirs munis de seaux d'eau et autres paniers.

Une jeune Gardienne entra soudainement dans la grande salle et s'écria :

« Sortez tous ! Formez les rangs !

Les apprentis laissèrent leurs tâches à où elles en étaient pour exécuter cet ordre. Ils se regroupèrent devant la remise et s'alignèrent en trois lignes de six personnes.

Terla Pesor rejoignit la jeune Gardienne et le Gardien qui l'accompagnait. Puis, il passa dans les rangs :

« N'oubliez pas. Dans deux jours, vous devrez passer aux aveux ou bien faire avouer vos camarades si vous ne souhaitez pas perdre une partie qui vous est chère, dit-il, suivi d'un sourire pernicieux.

Les jeunes gens s'échangèrent des regards perplexes.

— Pour vous punir en douceur, vous allez rester ainsi jusqu'à midi. Personne ne pourra se rendre aux latrines, ni où que ce soit. Vous allez rester debout, muets, sans faire un geste pendant cinq heures. Ensuite, vous préparerez les repas, et cet après-midi, vous reprendrez vos corvées habituelles. Gardez un œil sur eux » finit-il en s'adressant aux deux autres recrues.

Les heures semblaient si longues. Ty s'appuyait sur une jambe, puis l'autre. Autant à l'aube l'air était encore frais, mais plus l'heure du déjeuner approchait plus le soleil tapait sur le haut du crâne. Il devenait difficile de se tenir là sans chapeau. Des apprentis qui se tenaient derrière lui poussaient de profonds soupirs d'agacement et d'impatience.

« Fermez-la. Encore un sous-entendu sur votre pénitence et je vous fait danser sur des flammes » somma la jeune Gardienne.

Finalement, l'heure du déjeuner fut sonnée. Les commis retournèrent servir les Gardiens. Comme prévu, l'après-midi, ils pouvaient retourner travailler et préparer les ingrédients pour les repas du lendemain.

À la sortie, deux garçons bousculèrent Sonun et Ty. L'un d'eux se tourna brusquement :

« Et vous, vous savez pas qui ça pourrait être ?

— Faut qu'on fasse quelque chose, on va pas se faire couper comme ça ! s'insurgea le plus petit des deux, qui était même plus petit que Ty et Sonun.

Soudain, Ty eut une idée.

— Ne vous inquiétez pas, dit-il en repensant aux mots de Chellis. Tout ira bien. J'ai des informations à leur transmettre.

— Vraiment ? s'étonna le plus grand et le plus costaud.

Sonun contempla Ty, étonnée par cet aveu.

— Oui. J'ai entendu une conversation, je sais lequel d'entre nous nous a trahi. Je leur dirai tout le jour venu, soyez-en soulagés.

— Merci ! répondit une petite blonde potelée qui avait observé la scène avant de continuer son chemin.

— Nous pouvons rentrer tranquille ! s'exclama le plus grand.

— Pourquoi tu ne leur dis pas plus tôt ? s'enquit le petit.

— Eh bien ... Je ne peux faire autrement, il me faut juste une preuve supplémentaire. Nous allons devoir supporter encore quelques humiliations. J'en suis navré.

— T'as intérêt à leur dire, ou alors je leur répéterai que tu as mentionné avoir des informations, dit le plus petit.

— Je n'y manquerai pas, crois-moi. »

Ty et Sonun continuèrent leur chemin à travers les grandes allées.

« Je suis tellement rassurée que tu saches qui est le coupable. Je me demandais quoi faire. Me donner la mort peut-être ?

— Pourquoi cela ? demanda Ty.

— Je n'ai plus de famille. Et vivre avec la langue coupée, à quoi bon ? Ne plus pouvoir parler, ne plus pouvoir chanter, ne plus pouvoir embrasser … Je ne sais pas.

— Ce ne sera pas le cas. Tu peux dormir paisiblement ce soir.

— Merci. Que ton sommeil soit reposant également. À demain » répondit-elle en tournant dans une allée.

Ty se sentit satisfait de son mensonge. Cela permettrait de faire patienter tout le monde.

En rentrant chez lui, il se mit à nouveau au travail. Il devait éplucher les légumes apportés par Litel, qui lui, travaillait le soir à la taverne.

Bren était parti chercher de l'eau au puits du quartier, tandis que sa mère donnait son bain à Fyr.

Chellis devait passer le voir pour discuter de l'attaque, pour la dernière fois.

Il nettoyait, puis coupait les champignons.

Tout cela lui paraissait bien trop familier. La cuisine n'était pas vraiment ce qui l'intéressait. Il aurait préféré se tourner vers la charpenterie, mais plus aucun artisan n'avait de place pour un nouvel apprenti. Ty dut se résigner à rejoindre le réfectoire.

La cloche à l'entrée retentit. Il déposa ses légumes et ustensiles puis se dirigea de l'autre côté de la pièce :

« Tu peux entrer ! se récria-t-il gaiement.

Chellis ouvrit la portière, puis sourit à Ty en entrant dans la tente.

— Comment te portes-tu ? demanda-t-elle.

— Mieux qu'hier. Et toi ?

— Comme toujours, répondit-elle en haussant les épaules.

— Assieds-toi, je prépare le dîner, proposa Ty.

— Oh, merci c'est gentil. Mais je ne peux pas rester. Ma mère prépare une tourte, répondit-elle en s'assoyant.

— C'est regrettable. Une autre fois ? demanda-t-il.

— Oui, certainement !

Il reprit ses affaires là où il s'était arrêté, tout en parlant à Chellis.

— Alors ça y est, ce jour va bientôt arriver. Es-tu prête ?

Soudainement, les yeux de la jeune fille s'humidifièrent, ses joues rougirent. N'entendant point sa réponse, le jeune homme se tourna vers elle :

— Qu'y a-t-il ? demanda-t-il inquiet, en la voyant ainsi.

— Ty, je dois t'avouer quelque chose.

— Quoi donc ? demanda-t-il, confus

Ces mots étaient si difficiles à prononcer. Elle avait peur qu'ils soient pris pour une trahison.

— Mon père est Gardien, avoua-t-elle, avant de se détourner de lui.

— Pardon ? balbutia-t-il.

— Je ne lui ai jamais parlé de la tente, ni des leçons, ni de nous. Il ne sait rien. J'ai tenté de le faire changer d'avis pour qu'il cesse de soutenir les Dois mais c'est impossible. Il les soutient pleinement, dit-elle en éclatant en sanglots, la tête emmitouflée dans ses bras posés sur la table.

Ty fut décontenancé.

— Y a-t-il encore d'autres secrets ... dans ta besace ? C'est le moment, tu peux me les énumérer pendant qu'on y est, lâcha-t-il, dérouté.

— Non ... dit-elle avant d'être interrompue.

— Pendant un moment, je croyais te connaître. Mais plus ça va, plus j'ai l'impression de m'être trompé, lança-t-il.

Elle reprit :

— Non, non, c'est tout ! Mais je ne pouvais vraiment pas en parler ! J'attendais le bon moment mais il ne s'est jamais présenté. Je ne pense pas comme mes parents, je veux que nous soyons libres, tous égaux, comme avant. Mes grands-parents aussi préfèrent les jours heureux et non le royaume d'aujourd'hui ! C'était la seule chose que je cachais. Pour Lepan ce n'était pas prévu, c'est arrivé à cause des tortures qu'il vous a faites !

— Je vois, répondit Ty, troublé. Pour ton père, tu aurais pu le mentionner plus tôt.

— Je ne savais plus quoi faire. Je ne veux pas me battre contre mon père, je ne veux pas qu'il se fasse tuer, mais je suis de votre côté ! ses sanglots reprirent de plus belle.

Ty pensa la prendre dans ses bras. C'était plus fort que lui, la voir souffrir lui fendait le cœur. Alors qu'elle pleurait toutes les larmes de son corps, certainement à cause des émotions accumulées depuis ces derniers jours, il se lança : il l'enveloppa dans ses bras. Elle ne réagit pas tant elle pleurait à torrents dans ses mains.

— Je ne sais pas ce que je ferais non plus. Nous pouvons en parler demain à Cyr et Selna, ils sauront quoi te dire, ajouta-t-il pour la rassurer.

— Merci, je suis désolée de vous avoir caché tout ça, mais je ne voulais pas être mise à l'écart !

— Nous allons voir. »

Il la serra plus fort dans ses bras, elle empoigna la main qu'il avait posée sur son épaule et l'étreignit fort également.

* * *

« Je dois vous dire quelque chose … » ainsi avait commencé le discours de Chellis. Alors qu'elle leur avait raconté ses déboires familiaux dans les moindres détails, tous se tinrent silencieux.

Cyr paraissait en pleine réflexion.

Kaaz se tenait la tête entre les mains,

consterné, il bouillonnait intérieurement. Pourquoi n'en avait-elle pas parlé depuis le début ?

Selna l'observait, amusée. Elle se doutait qu'il eût réagi de cette manière. Elle songeait également à cette annonce surprenante tout en ne s'inquiétant pas pour autant.

Chellis ne savait plus quoi dire ou penser, elle ne pouvait que laisser ses aînés décider de la suite des événements.

« C'est pour cela qu'au début tu nous as dit que ton père était décédé ? l'interrogea Cyr.

— Oui, je suis vraiment navrée d'avoir menti.

— Comment s'appelle-t-il ?

— Kedar Tolen, dit-elle embarrassée.

— Je vois de qui il s'agit, répondit Cyr.

— Eh bien, on ne s'ennuie pas par ici » conclut Myni.

Ils demeurèrent tous méditatifs à nouveau. L'attaque avait tout de même lieu le lendemain. Il fallait veiller à ne pas modifier tout le plan, cela pourrait mettre en péril l'opération.

Ty, nerveux, souhaita briser le silence :

« Quelle serait la meilleure solution ?

— Sans lui parler de l'attaque, dis à ton père que tu mourrais pour un royaume plus juste. Comme vous en avez à peine discuté, il ignore ce que cela représente réellement pour toi, la rassura Selna.

— Ne va-t-il pas se douter de quelque chose ? demanda Chellis.

— Non, si tu reprends les mots que tu as utilisés les fois où vous en avez conversé, si tu reprends les mots que tu as utilisés quand tu nous en as parlé aussi, des mots sincères, alors tu sauras s'il est vraiment de leur côté ou du tien.

— Et s'il s'en tient à sa position ? s'interrogea Ty.

— Ce serait problématique, car nous avons besoin de ton aide au combat Chellis. Mais nous ne sommes en rien cruels, nous ne souhaitons pas que tu te retrouves face à ton père, précisa Cyr.

— Tu resteras à l'arrière, ajouta Selna. S'il t'aperçoit et essaye de te suivre tu changeras de lieu. Et uniquement s'il insiste à tout prix, tu devras partir.

— D'accord, répondit Chellis.

Elle baissa le regard vers le sol.

— Beaucoup d'entre nous serons dans cette situation.

— Oui maître, c'est pour cela que je veux être là, même s'il est douloureux de savoir que je peux perdre mon père. J'espère qu'en vous voyant combattre il changera d'opinion et rejoindra nos rangs.

— C'est possible jeune fille. Et s'il fait ce choix, ce sera pour toi » conclut-il.

Chellis lui sourit, le regard plein d'espoir.

* * *

La dernière personne sur qui Selna venait d'accomplir une Exploration sortit de la pièce, quand Kaaz fit irruption. Elle fut ébahie par sa visite. Elle se tint les mains tandis qu'un étrange sentiment s'empara d'elle. C'était la première fois qu'elle ressentait cela.

Kaaz s'approcha :

« Je tiens à te présenter des excuses pour mon attitude.

— Ce n'est pas nécessaire.

— Si, j'ai été ridicule. Demain sera un jour périlleux. Beaucoup d'entre nous n'en reviendrons pas, dit-il en la regardant dans les yeux avec insistance. Et il est bien plus probable que je tombe avant toi.

— Ne dis pas de telles choses, murmura-t-elle.

— C'est la vérité. Je ne veux pas partir sans avoir fait tout mon possible. Sans avoir dit ce que je ressentais à tous ceux qui sont encore présents. Si j'avais pu parler une dernière fois à mes parents, je leur aurais dit …

Il s'interrompit et fit quelques pas dans la pièce. Puis, se tournant à nouveau face à Selna, il reprit :

— Au début je me méfiais de toi car tu es arrivée soudainement, tu aurais pu être une traître déguisée. Je trouvais tes idées étranges. Mais, maintenant, comme nous nous connaissons mieux, je t'apprécie beaucoup.

Leurs regards se mêlaient. Selna n'en était pas sûre, où voulait-il en venir ?

Il s'expliqua davantage :

— Ce n'est peut-être pas réciproque, cependant je tenais à t'en faire part si tel était le cas. Il vaut mieux tenter plutôt que de regretter.

Il semblait nerveux et distrait, son regard

fuyant se posait à travers la pièce de temps en temps. Ce discours paraissait vraiment décisif pour lui tant il ne pouvait l'énumérer d'un trait. Il l'énonçait prudemment.

Finalement, il ajouta :

— Si je devais mourir demain, j'aurais aimé t'avoir dit tout cela. Et aussi … t'avoir embrassée. Au moins une fois. »

Selna demeura abasourdie. C'était plutôt inattendu venant de sa part. Elle n'aurait jamais imaginé qu'un tel moment se produirait.

Voyant qu'elle ne réagissait pas, il pensa se retirer :

« Pardon, cette requête est bien trop égoïste de ma part. Je n'aurais pas dû.

Il tourna les talons.

— Non, attends.

Il s'immobilisa, puis se tourna, hésitant. Il fixa Selna de son regard clair et triste.

Elle se rapprocha de lui, toujours troublée.

— C'est courageux de ta part. Je sais à quel point ce n'est pas évident de faire confiance à qui que ce soit. Il m'était aussi difficile de te comprendre au début.

Ses yeux marron clair, presque noisette, attisaient le cœur de Kaaz bien qu'il ignorait quelle allait être sa réponse.

— Mais nous ne sommes pas si différents, en réalité. Nous sommes semblables. »

La jeune femme vint au plus près de lui sans le quitter du regard, et prit ses mains qu'elle étreignit avec sensualité.

Alors qu'elle portait ses lèvres aux siennes, il ferma les yeux et resta figé, se sentant transporté. Comme il dépassait Selna d'une tête, elle dut se mettre sur la pointe des pieds pour les atteindre. Elle l'embrassa, puis descendit délicatement sur son menton en passant ses bras autour de son cou.

Kaaz reprit peu à peu ses esprits et l'enlaça par la taille. Il inclina la tête et lui rendit ses baisers. Ils s'embrassèrent comme si c'était la dernière fois qu'ils se voyaient.

CHAPITRE 18 : Le poing d'acier

Il faisait si froid à cette heure hâtive. La lune esquissait son premier croissant tandis que la brume se déversait nonchalamment dans les artères de la cité.

Accompagnée de Lorn, un charpentier d'une quarantaine d'années - et père d'un des enfants qui venaient étudier à la tente de Cyr - Selna se dirigeait vers le quartier des mourants. En le tenant par le bras, ils s'étaient retrouvés tous deux invisibles, ainsi que la charrette à bras qu'il tirait. Cependant, le pouvoir ne pouvait rien faire pour étouffer le bruit.

Une vieille femme sortit la tête par une des fenêtres de sa cabane. Elle avait cru entendre une roue grincer. Lorsqu'elle jeta un coup d'œil dehors, elle n'y vit âme qui vive. Pourtant, il lui semblait bien avoir entendu quelque chose. Elle retourna mettre quelques bûches dans son poêle.

Une fois devant l'emplacement prévu, Selna usa de sa Vision pour vérifier les estimations de Cyr. Sa vue traversa l'épaisse couche de terre à la recherche des galeries. Elle parcourait les alentours du regard, quand soudainement, elle aperçut le passage.

Celui-ci se trouvait à cinq pouces de l'endroit où Cyr l'avait évalué. Ce qui était compréhensible, sachant qu'il avait dû copier les schémas sans les originaux pour modèles.

Par sa Mobilité, elle descella les pavés poignée par poignée, puis les déposa dans le fond de la brouette sur du foin. Tout ceci en n'oubliant pas d'émettre son Invisibilité.

Une fois tous les pavés retirés la partie la plus périlleuse commençait. En effet, si des Gardiens ou passants s'aventuraient dans le coin, voir des pavés manquants passe encore, mais un trou béant dans le sol était une autre histoire.

Toujours à distance, elle excava le sol et déversa la terre lentement dans la charrette. Friable, elle s'éparpillait en poussière. D'un autre côté, les logis permettaient de dissimuler ce qu'il se passait.

Il était également crucial que la manœuvre soit la moins audible possible. Kaaz, Roma, ainsi que bien d'autres patientaient plus éloignés dans la pénombre. Ils guettaient le signal qui leur indiquerait de s'aventurer dans les galeries.

À quelques mesures de là, rabattus près des habitations, se tenaient Cyr et Myni afin de veiller sur le déroulement des opérations. Et ce qu'ils redoutaient se présenta : deux Gardiens approchèrent à grands pas.

Myni eut l'idée de faire diversion. Elle les rejoignit, feignant un air éploré, tout en se pelotonnant dans sa cape :

« Bonsoir, je cherche le puits le plus proche, où puis-je le trouver ?

— Pourquoi le cherchez-vous ? demanda le plus jeune des deux.

— Ma mère est très malade. Elle a besoin de s'abreuver, répondit-elle d'une voix à fendre le cœur.

— Très bien, je vous accompagne, proposa le plus âgé.

— Merci bien » répondit-elle en hochant la tête.

Le Gardien fit demi-tour et la conduisit jusqu'au puits. Quant à l'autre, il poursuivit son tour de garde.

Cyr attendit que sa fille et le doyen se soient éloignés pour aborder le persévérant. Il se mit en travers de son chemin, le faisant sursauter :

« Bonsoir cher Gardien, auriez-vous vu une jeune femme ?

— Les cheveux longs, blonds et ondulés ?

— Oui … c'est bien cela, c'est bien elle, répondit-il lentement, pour gagner du temps.

— Elle vient de partir au puits à l'instant, répondit le Gardien, impassible. Vous pouvez rentrer chez vous.

— Merci bien. Comment vous nommez-vous

jeune homme ?

— Pourquoi donc cette question ? demanda-t-il en haussant les sourcils.

— Je souhaiterais faire part de votre remarquable attitude à vos supérieurs, rusa Cyr.

— C'est bien aimable à vous, mais ce n'est pas nécessaire. Je dois continuer ma … »

Celui-ci fut interrompu par un coup de seau derrière le crâne : Myni était de retour munie du récipient vide. L'autre Gardien avait subi le même sort.

« Ce n'est pas très discret, toutefois les minutes sont comptées, murmura la jeune femme.

— Que faisons-nous à présent ? demanda-t-il à voix basse à sa fille.

— Des Guerriers sont en train de cacher le premier Gardien, ils vont passer prendre celui-ci et les enfermer tous deux dans une tente.

Lorn apparut à leurs cotés :

— La voie est libre ! » souffla-t-il en passant près d'eux.

Il se dirigeait vers le potager ouest afin d'y déverser le contenu de sa charrette remplie de pavés et de terre.

Les premières lueurs de l'aube apparurent. Le ciel obscur accueillit des notes ardentes tandis que les nuages se virent baignés de tons rosés.

Quant au château, tous étaient encore endormis. Les premiers à se lever seraient bien sûr les domestiques, dans quelques minutes. Seuls les Gardiens de nuit, qui commençaient à fatiguer, devaient patienter encore une heure avant de se coucher pendant que les Gardiens de jour s'apprêteraient dans leurs logis pour rejoindre leurs postes.

Soudain, ils entendirent tous un échos :

« *Allez-y* » avait résonné la voix de Selna dans leur esprit. Grâce à sa Transmission, elle avait pu choisir à qui lancer cet appel.

Kaaz, Myni, Roma, et d'autres Silarens se dirigèrent vers la galerie de nouveau accessible. Ils se déplacèrent rapidement, et silencieusement.

La vieille femme entendit des bruits de pas et jeta un coup d'œil supplémentaire à la fenêtre. Elle fut surprise de voir autant de monde à cette heure-ci. Mais tant qu'il ne s'agissait pas de ces Gardiens menaçants, elle se sentit apaisée.

Selna descendit par la cavité qui menait jusqu'aux galeries souterraines, suivie de ses compagnons. Roma alluma une petite flamme, juste de quoi voir où ils mettaient les pieds. Le parcours était froid et humide. Des filets d'eau perlaient sur les blocs en grès des parois, formant comme des marbrures humectées entre les saillies de la pierre.

Ils s'avançaient avec rapidité, parcourant de nombreuses mesures sans être vus puisque ces galeries étaient abandonnées.

Mais finalement, le bruit de leurs pas se fit entendre. Des domestiques qui rangeaient les réserves de nourriture furent intrigués par ces vibrations inhabituelles. Ils prévinrent les deux Gardiens qui se trouvaient non loin d'eux.

Ceux-ci cherchaient d'où venaient ces sons étranges. Ils descellèrent la porte qui menait aux galeries, et s'enfoncèrent dans le passage pour en être sûrs. Cela venait-il du dessus, de l'allée ? Non, finalement, ces bruits semblaient avancer dans leur direction. Les Gardiens se lancèrent un regard dubitatif. Étaient-ce d'autres Gardiens partis inspecter ? Des rats bruyants ? L'un d'eux alluma une flamme au creux de sa main.

Selna et les autres les sentirent approcher à travers la Dissimulation activée par Kaaz. Celui-ci aperçut des marres d'eau, formées par le ruissellement des parois. Alors que la jeune femme fit un pas dans la grande flaque d'eau froide, et s'apprêtait à les attaquer de front, il l'agrippa par le bras pour lui faire comprendre de reculer.

« *Laisse-moi faire, s'il te plaît* » entendit-elle dans les pensées de Kaaz. Elle opina du chef et le laissa passer devant.

Il s'adossa contre le mur, les autres firent de même. Puis, ils attendirent les Gardiens. Ceux-ci, comme espéré, couraient dans leur direction sans les voir. Ils pataugeaient dans les flaques qui leur arrivaient à mi-mollet.

Kaaz, n'oubliant pas de dissimuler l'énergie de ses compagnons, lança sa Foudre qui parcourut toute la surface de l'eau et happa les deux hommes. Alors que les étincelles crépitaient autour d'eux, ils n'eurent aucunement le temps de crier. Ils tombèrent dans l'eau inanimés.

Le groupe pouvait continuer son avancée.

Selna se concentra, tant ils étaient éloignés les uns des autres, et avertit Cyr par la pensée :

« *À votre tour.* »

* * *

Tous les autres Silarens, ceux qui n'avaient pu accompagner Selna et ses amis, devaient encadrer la marche des Guerriers, puis celle des archers. Telle une armée, les Guerriers sortirent en trombe des tentes avoisinantes au château, armes brandies, puis se jetèrent sur la grande porte.

Un des Silarens, Gul, un homme d'une trentaine d'années, possédait l'Inflammation. Il se précipita à l'avant de la troupe afin d'envoyer ses flammes sur les rondins de bois massifs de la porte sud. Celle-ci s'embrasa en milliers de flammes étincelantes, presque blanches, et persistantes.

Les Gardiens, perchés dans leurs échauguettes, mirent un temps avant de comprendre ce qu'il se passait. Eux qui étaient légèrement assoupis par leur longue nuit de surveillance n'avaient plus les idées très claires. À la vue des flammes qui atteignaient le haut de la muraille, ils accoururent par tous les chemins de ronde.

Deux d'entre eux possédaient la Force, ce qui n'était pas d'une grande utilité dans ce cas précis. Ils descendirent pour se positionner derrière la porte. Deux autres possédaient l'Inflammation, mais de bien moins puissantes comparées à celle de Gul. Ceux-ci projetèrent leurs flammes en vain : elles n'atteignirent aucunement le bas du mur.

Une jeune Gardienne présente dans la cour les rejoignit en courant à toute allure. Dotée de la Mobilité et de la Force, elle n'hésita pas une seconde à démolir un merlon en morceaux pour éjecter les pierres sur la nuée de combattants.

Les gens de Pelon, équipés de broignes et brigandines aux plaques de fer, levèrent leurs boucliers en guise de protection, excepté la poignée d'entre eux qui portait des casques. Le seul niais qui avait omis de porter sa cervelière à nasal - et qui ne pensait pas qu'il serait utile de se prémunir au moyen de son bouclier - fut abattu sur le coup par une grosse pierre tombée directement sur le haut de son crâne.

Pelon protégeait Gul grâce à deux grands boucliers en amande, l'un maintenu au dessus de sa tête, et l'autre au niveau du corps, ne laissant échapper que la main gauche du Silaren pour qu'il puisse utiliser son pouvoir. La grande porte était déjà bien entamée, l'épaisseur de bois diminuait, or il devait l'enflammer de plus belle.

Des Gardiens se ruèrent aux trois autres portes pour les barricader et empêcher toute autre percée. Ils ignoraient que leurs efforts seraient vain.

Des domestiques rejoignirent également le haut des remparts et lancèrent des pierres et de l'eau bouillante par les mâchicoulis. Tous, dans l'unité de Pelon, levèrent leurs boucliers pour se protéger à nouveau.

Le personnel du château déversait de l'eau en vain sur les flammes, il en aurait fallu des milliers de litres pour éteindre du feu magique.

Finalement, le plus dangereux se révélait être l'eau bouillante. Autant les pierres, une fois tombées au sol, ne causaient plus d'ennuis, autant l'eau s'éclaboussait sur les plaques en métal et sur les parties non protégées du visage. Mais ce n'étaient pas quelques gouttes mordantes qui les arrêteraient.

Les servants avaient aussi dû disposer des tissus mouillés sur les hourds pour leur éviter tout embrasement.

Enfin, la porte céda. Les Guerriers, en poussant, la firent craquer en morceaux. Il pénétrèrent par les trouées encore brûlantes et fumantes formées dans les rondins en hêtre qui, bien que maintenus péniblement par les ferrures, n'allaient pas tarder à s'effondrer. Ils attaquèrent sans tarder les Gardiens qui se trouvaient là.

Le rapport de force était à peu près égal : les Guerriers imposants physiquement contre les Gardiens qui l'étaient beaucoup moins. En revanche, ceux-ci faisaient preuve d'une certaine agilité et, grâce à leurs pouvoirs, pouvaient lutter à distance.

L'un des Gardiens, possédant une Force peu puissante, s'interposa devant deux Guerriers qui fondirent sur l'oracle sud. Tous deux se ruèrent sur le frêle Gardien qui fut sonné sur le coup. La mêlée fut bien brutale.

À grands coups de marteaux, les Guerriers réduisirent en pièces l'oracle qui trônait à quelques mesures de la porte : une colonne de marbre rouge sur laquelle une monture en or soutenait une pierre d'opale aux dimensions considérables.

Les habitants sortirent vêtus de leurs chemises pour ceux qui sautaient du lit, ou bien déjà apprêtés pour d'autres, afin de voir ce qui agitait la ville. Certains leur vinrent en aide pour prendre le château, armés de ce qu'ils pouvaient : fourches, faucilles, alors que d'autres se contentaient d'observer le chaos ambiant.

Des dizaines et des dizaines d'harcilans se joignirent à l'armée de Pelon. La cour grouillait de militants.

* * *

Teli avertit les archers en courant de tente en tente, et de cabane en cabane. Ils sortirent de chez eux, de chez des amis ou de chez les volontaires qui avaient proposé que l'on se réfugie dans leur foyer.

L'accès libre, ils pouvaient pénétrer dans la cour du château en suivant les pas des Guerriers et rejoindre le haut des remparts. Ils empruntèrent les chemins de ronde et se mirent en place.

Chellis et Ty observaient les Guerriers ennemis du haut de la courtine. La jeune fille encocha sa flèche et tenta de viser un Gardien. La colère lui avait facilité la tâche lorsqu'il s'agissait de tirer sur Lepan. Il le méritait, qui était cette ordure pour s'en prendre à tous ces jeunes gens ? Comment pouvait-il les faire souffrir alors qu'ils ne faisaient que leur travail et menaient une vie déjà bien difficile en rentrant dans leurs foyers.

Là, c'était différent. Elle n'avait que très brièvement aperçu les Gardiens qui se tenaient dans la cour. Peut-être étaient-ils attitrés au château, ainsi ils ne passaient que rarement dans les allées.

Ty, voyant qu'elle hésitait, la conforta dans son choix :

« Ce sont tous des Lepan » lui dit-il en souriant à demi.

Elle se tourna vers lui avec un regard compatissant. Puis acquiesça d'un signe de tête. Elle se positionna à nouveau. Cette fois-ci, elle observait bien leurs faits et gestes.

Un Gardien plutôt violent s'en prenait à un Guerrier, il avait des cicatrices plein le visage. Il s'agissait certainement d'un mercenaire. Il envoyait des flammes aux pieds du Guerrier qui hurlait de douleur. Devant protéger son allié, Chellis lâcha sa flèche tout droit en direction de l'épaule du malotru.

La flèche siffla au vent, descendant vers la cour, traversant les armes brandies et les projectiles des combattants, et vint finalement se planter au creux de l'épaule du mercenaire. Par réflexe, il attrapa la flèche pour la retirer mais le Guerrier en profita pour lui asséner un coup à la mâchoire : le Gardien tomba à terre, sonné.

Ty envoyait de nombreuses flèches dans le vide : soit elles s'écrasaient au sol, soit elles se plantaient dans des tonneaux ou autres objets. Ses flèches étaient même si prévisibles que certains ennemis réussissaient à les esquiver. De temps en temps, certaines parvenaient à frôler les bras ou les jambes, permettant de blesser légèrement l'ennemi ce qui n'était toutefois pas regrettable.

Chellis prenait davantage son temps pour viser, prudente mais efficace.

Ty n'avait pas assez de maîtrise, et ce qui devait arriver, se produisit. Il envoya une flèche en visant un Guerrier ennemi, sans voir venir un des Guerriers de son camp. Le jeune homme lâcha un :

« Oh, non ! »

Ce fut ce dernier qui reçut la flèche en plein mollet. Il se tourna brusquement vers Ty en hurlant.

Le garçon manifesta une expression de désolation au Guerrier, proche ami de Pelon.

« Ne lâche pas tes flèches trop vite, il vaut mieux laisser passer une bonne occasion que de tirer sur les mauvaises personnes » lui dit Chellis, en grimaçant, gênée pour lui.

Ty opina de la tête, il reprit sa posture et tenta d'observer plus longuement les combats qui avaient lieux en contre-bas.

* * *

Pendant ce temps, dans les galeries, Selna marchait toujours en tête. Elle prépara son poing d'acier : sa main se changea tel le métal.

Alors que la troupe avançait d'un pas ferme et alerte, des échos parcoururent les murs de pierre : probablement de nouveaux Gardiens en train de courir dans leur direction.

Selna sentit en particulier un homme qui

s'approchait. Il surgit devant elle au détour d'un couloir. Subitement, elle lui flanqua un coup de poing en pleine face. L'homme, étourdi, s'étendit aussitôt à terre.

« Ça doit être douloureux, s'interrogea Kaaz.

— Et encore, je n'ai pas utilisé l'intégralité ma force » répondit Selna.

Ils continuèrent leur chemin, sans être distraits. Le groupe atteignit enfin les sous-sols du château.

Une large et épaisse porte en bois entrouverte, d'où étaient venus les Gardiens, les séparait des domestiques. Ils pouvaient sentir la chaleur des fourneaux, pièce voisine des réserves, qui s'échappait de l'ouverture et se perdait dans la fraîcheur souterraine.

Selna saisit la porte en glissant ses fins doigts dans l'embouchure puis l'ouvrit lentement. Le son grinçant transperça les oreilles de toutes les personnes présentes.

Les domestiques se tournèrent vers la porte, les Gardiens étaient-ils revenus ?

Lorsqu'ils découvrirent ces visages inconnus, effrayés, ils commencèrent à déguerpir. Grâce à sa Mobilité, Selna les saisit et les amena jusqu'à elle et ses amis en les traînant au sol. Certains se débattaient pour se libérer de l'emprise magique, mais ce fut en vain.

« Restez ici, je vous prie.

— Allez, tous dans la galerie. Vous serez libérés à la fin des hostilités » ajouta Myni.

Les sept domestiques s'exécutèrent et entrèrent calmement dans le passage. Roma referma la porte derrière eux et la cadenassa.

* * *

Cyr et deux autres Utelyns avaient préparé des potions explosives : une recette secrète enroulée d'une fine couche d'argile. Ils n'avaient qu'à susurrer un mot de Tystena près du projectile :

« *Iemeeseli.* »

Ce qui signifiait « détruire » et comportait comme deuxième sens « exploser ».

Ils n'en avaient qu'une dizaine chacun, dont l'explosion de l'une d'entre elles n'était pas si conséquente. Ces explosifs permettaient surtout de disperser la foule, au pire de blesser légèrement au niveau des chevilles.

Cyr s'empara de l'un des projectiles, le porta près de ses lèvres et incanta le sort. Il le jeta au milieu d'un groupe de Guerriers ennemis qui parvenait à prendre le dessus. La boule d'argile tomba à leurs pieds et explosa : ils durent s'écarter en se protégeant les yeux, bénéficiant aux alliés.

De l'autre côté de la cour, au plus près du château, Teli rejoignit Pelon ainsi que d'autres Guerriers. Ils se battaient tous avec vigueur évitant les pouvoirs de leurs adversaires du mieux qu'ils pouvaient.

En utilisant son Inflammation, elle fit chauffer son épée en la tenant pommeau à la main. En le contractant, on pouvait voir à quel point son bras était musclé : deux fois plus qu'il ne devrait être puisque c'était le seul qu'elle pouvait utiliser. Le métal de l'épée rougit et s'illumina.

Le Silaren contre qui elle combattait s'était armé d'une épée ramassée au sol. Il possédait la Vitesse, et donnait des coups vifs, de tous côtés, bien qu'il n'avait pas le savoir-faire du combat en question. Teli commençait à avoir du mal à le parer. Grâce à sa lame brûlante, elle lui plaqua le métal sur la main. Il en lâcha son épée en hurlant de douleur. Elle pointa son épée face à lui pour lui faire comprendre de renoncer au combat. Il se résigna.

Deux Guerriers qui se chargeaient de convoyer les prisonniers se trouvaient non loin de là. En apercevant le déroulement de l'échauffourée, ils vinrent le chercher et l'emmenèrent à l'extérieur de la forteresse.

À présent, Teli combattait plusieurs assaillants à la fois, distribuant les coups brûlants sur la face, les mains et parfois les mollets, selon la partie du corps découverte.

Pelon, qui bataillait à côté d'elle, s'en amusa :

« Tu es une Guerrière Silaren, comment est-ce possible ? Les Guerriers sont supposés n'avoir aucun pouvoir !

— C'est différent, je l'ai découvert plus tard. Mais je ne prétends pas être aussi douée que tous ces Silarens de longue date. Je suis, et resterai une Guerrière dans l'âme. Je n'ai qu'un unique pouvoir qui peut m'être utile lors de mes combats, répondit-elle.

— Bien, bien » dit-il avant de s'éloigner pour secourir un petit groupe de ses hommes.

Teli fit à nouveau un tour pour venir en aide à ses compagnons en assénant des coups tranchants et ardents à leurs adversaires. Puis, lorsqu'elle fatiguait, elle donnait des coups de pieds en arrière pour compenser.

Des Guerriers, passés du côté ennemi lors de la première attaque douze ans plus tôt, surgirent du nord de la cour. Quatre d'entre eux avaient repéré le manège de Teli et se ruèrent vers elle. Ils l'encerclèrent à distance. Elle eut à peine le temps d'appréhender ce qu'il se tramait que l'un d'eux la ceintura par le cou. Elle poussa un cri de rage tout en se débattant.

Non loin de là, un Guerrier, proche ami de Pelon, l'entendit et vint à son secours. Il se nommait Chebol Dera et présentait le même gabarit que son Chef, ainsi qu'une peau ébène des plus sombres telle que Teli n'en eut jamais vu et une longue barbe noire.

Il s'interposa, et avec une grande agilité désarma les Guerriers un par un. Teli se débattant toujours, parvint à se dégager et se joignit à l'assaut.

Le dernier Guerrier ennemi réussit toutefois à la désarmer d'un coup de pied dans le poignet et fondit sur elle pour se battre à mains nues. Il lui envoya des coups de poings qu'elle parvint à parer, en retour elle lui adressa des coups de pieds puissants sur le torse et le genou, puis d'un coup, elle lui colla sa paume brûlante en pleine face. Il en tomba à terre en pâmoison.

Si Pelon était plutôt gras, Chebol était tout en muscles. Ses cheveux noués de mille tresses lui arrivaient aux épaules et ses bras massifs en imposaient par leur épaisseur. Il ramassa l'épée de Teli et lui rendit.

« Votre arme, chère alliée, lui sourit-il.

— Merci, répondit-elle intimidée.

— Je vous en prie, le plaisir était pour moi » fit-il en lui adressant un clin d'œil.

Teli, troublée, frappa un coup d'épée au sol pour reprendre ses esprits puis repartit au combat.

Parmi l'arrivage de Guerriers ennemis se trouvaient la Silaren Kerol Garn et son époux, Telos. La chevelure châtaine de celle-ci était devenue entièrement grise depuis. Elle émit son Bouclier pour protéger son mari ainsi qu'elle-même.

Pelon se précipita vers eux. L'époux portait d'innombrables bijoux et colliers de toutes sortes : chaînes, amulettes et gantelets respectivement d'or et d'argent ; des vêtements luxueux également constitués de velours et lins fins.

Kerol, quant à elle, n'avait pas vraiment changé sur ce point et portait toujours des tenues très sobres.

« Ordure ! Tu nous as trahi pour t'offrir des ornements ! Tout ça pour te payer des bijoux, tu vas voir ce que je vais en faire ! » s'écria Pelon.

Mais le couple demeurait bien silencieux, et sur ses gardes.

* * *

Au même moment, Kaaz, Roma et Myni sortirent en courant du château pour prêter main forte aux combats qui se tenaient à l'extérieur. La plupart des Gardiens étant mobilisés dans la cour, la voie leur paraissait libre.

Selna, quant à elle, se rendit seule à l'oracle de la porte est à vive allure. Elle aurait pu y aller plus rapidement, or elle préférait se montrer prudente. En traversant les longs couloirs, elle croisa des domestiques qui se précipitaient dehors pour venir en aide aux Gardiens ou bien pour déserter. Elle pouvait observer ce qui se tramait, mais ne constata rien d'inquiétant.

Arrivée au bout d'un long couloir, elle aperçut enfin l'oracle à travers les fenêtres. La jeune femme flanqua un coup de poing d'acier dans la porte en fer qui s'ouvrit en grand. Par sa Mobilité, elle détacha une remise en bois qui se trouvait non loin et la précipita sur l'oracle qui éclata en morceaux.

L'opale roula au sol jusqu'à ses pieds. La jeune femme s'en saisit et l'éjecta au loin, par dessus les murailles, pour que personne n'ait le temps de s'en servir.

Il ne restait plus que deux oracles à anéantir. Elle se dirigea vers celui de la porte nord à toute vitesse en empruntant à nouveau les couloirs. Le château se vidait de plus en plus tant le personnel se joignait au combat, du côté de Relan, ou bien contre lui.

À travers les verrières, elle distingua un Utelyn accompagné d'un Gardien en train de s'agiter devant l'oracle. Était-ce trop tard ? Venaient-ils d'envoyer un message ?

Le temps était compté. Elle s'élança à travers les vitraux, les fracassant en milliers de fragments et frappa du poing sur la pierre qui tomba au sol sous le coup violent. Les armatures d'or qui la maintenait volèrent en pièces et la colonne s'effondra.

L'Utelyn et le Gardien se projetèrent en arrière et finirent allongés au sol. Elle envoya la colonne sur les deux hommes afin de les maintenir coincés jusqu'à la fin des combats. Tous deux demeurèrent face contre terre, la colonne reposant sur leur dos, lourde et impossible à déplacer dans leur position.

Selna se dirigea vers le dernier oracle, celui se trouvant à l'ouest du château en usant de sa Vitesse à son maximum, et en quelques secondes elle y était. La cour grouillait de belligérants. Des Guerriers ennemis gardaient l'oracle, sans savoir l'utiliser. Deux Guerrières de Pelon tentaient de faire une percée bien qu'elles étaient clairement en sous-effectif.

Selna en tira parti et se rua entre les escouades à vive allure, bousculant les ennemis sur son passage, ce qui permit aux deux femmes robustes de saisir chacune un Guerrier par l'encolure. À l'aide de son poing métallique, une nouvelle fois, Selna réduisit l'oracle en miettes.

* * *

Le borgne, qui présentait déjà peu de cheveux à l'époque où Relan était venu le trouver, arborait maintenant un crâne chauve. Il possédait le pouvoir d'Envol, et s'en servait pour s'élever et laisser retomber son corps massif, les pieds en avant, sur les Guerriers afin de les piétiner.

Deux jeunes Guerriers en avaient fait l'expérience. Suivirent une femme puis un Guerrier blessé qui s'effondra sous la douleur de sa jambe fracturée une fois de plus.

Kaaz surgit au détour d'un mur. Il aperçut la masse flottant dans le ciel. Celui-ci semblait chercher sa nouvelle cible. Lorsqu'il se tourna vers les remparts, et plus précisément vers les archers, Kaaz entreprit d'alimenter sa main de son pouvoir d'attaque.

Le borgne pouvait observer Chellis qui, trop occupée à tirer sans interruption sur des Gardiens au sud de la cour, n'avait pas remarqué ses manigances.

Kaaz comprit, d'après le regard insistant du borgne, à qui il souhaitait s'en prendre. Ce dernier se précipita vers la jeune fille.

Kaaz lança sa Foudre le plus loin possible - pour tout dire il ne l'avait jamais envoyée aussi loin - les conditions lui permirent de trouver le moyen d'étendre son pouvoir, de trouver l'énergie nécessaire et de la canaliser afin d'augmenter son champ d'action. L'envie forte de protéger ses amis l'avait grandement aidé.

Le borgne fut foudroyé en plein vol, il eut le temps de beugler, avertissant tous ceux qui se trouvaient au sol en dessous de lui. Les combattants s'écartèrent alors que le large corps retomba par terre, inerte.

Ironiquement, après quelques combats contre des Gardiens, Myni fut gelée par l'un d'entre eux dans la cour. Fort heureusement, Roma l'aperçue et se précipita vers elle pour faire barrage tout en lançant ses flammes vers le Silaren. Le rapport de force s'équivalait : la glace fondait sous les flammes, leurs pouvoirs étaient de puissance égale.

Kaaz, qui faisait le tour pour prêter main-forte à ses compagnons, les rejoignit immédiatement. Il lança sa Foudre, plus puissante, en direction du Gardien qui fut protégé grâce à un Guerrier doté d'un bouclier en céramique combinée réfractaire.

Ce fut bien la première fois que Kaaz vit son pouvoir limité. Sans s'attarder sur l'effet de surprise, il se tourna vers Roma :

« Pouvez-vous faire quelque chose ? Elle ne doit pas demeurer ainsi trop longtemps, l'interrogea Kaaz.

— Oui, je peux peut-être utiliser mon pouvoir, mais je n'ai jamais tenté de faire fondre la glace, répondit-elle, soucieuse.

— Allez-y petit à petit, en surface.

— J'espère ne pas faire de sottise. Avec cette agitation, je crains d'être déconcentrée et de chauffer trop fort.

— Du calme, imaginez que vous vouliez réchauffer Loya, dit-il tout en maintenant sa Foudre en direction des Silarens.

— Oui, je vais essayer. »

Elle disposa ses mains à quelques pouces de la couche de glace. Grâce à son Inflammation, elle pouvait dégager de la chaleur de ses paumes. Il fallait veiller à ce que la température ne monte pas trop vite. Les cris, les coups, le tumulte de la cour, elle devait tout faire pour garder son calme et sa concentration. Des combattants s'écroulaient au sol, d'autres se relevaient brusquement. Elle devait faire le vide dans son esprit.

La glace fondait peu à peu lorsque deux autres ennemis arrivèrent en renfort. Roma dut s'arrêter en plein affairement afin de se joindre à Kaaz tout en protégeant Myni, toujours statufiée. Une Gardienne, celle qui possédait la Force, ainsi qu'un Guerrier arrivèrent à grands pas.

Kaaz n'eut d'autre choix que de mettre à terre la personne la plus dangereuse, c'est-à-dire la jeune femme. Il la foudroya brièvement, elle perdit connaissance puis tomba au sol.

Simultanément, Roma envoya des flammes aux pieds des deux Guerriers en commençant par celui qui assurait la protection de l'homme à la Glaciation. N'ayant abaisser son bouclier assez rapidement, les quelques flammes qui avaient pu s'insinuer sous l'arme défensive attaquèrent ses bottes et remontèrent jusqu'à ses cuisses en consumant ses chausses et lui causant tant de douleur qu'il en lâcha son attirail. Puis, vint le tour du deuxième qui se ruait vers eux. Sentant ses pieds enflammés, il s'arrêta aussi net. À présent, il piétinait le sol pour éteindre le feu.

Avec agilité, Kaaz saisit cette opportunité pour foudroyer le Gardien ayant emprisonné Myni sous la glace. Il tomba aussi vite à terre. Roma se tourna à nouveau vers Myni et reprit là où elle en était, toujours couverte par Kaaz.

Celui-ci croisa le regard de Cyr qui leur vint en aide. Il lui restait quelques explosifs. Dès qu'un ennemi approchait, il amorçait son lancer et ceux-ci se montraient plus indécis. Ils préféraient se confronter à des adversaires qui leur ressemblaient et qui ne touchaient pas à la magie quelle qu'elle soit.

La glace, se liquéfiant, s'écoulait le long des membres de Myni. Elle qui avait été figée un bras en avant, puisqu'elle s'apprêtait à riposter, et l'autre le long du corps, la bouche entrouverte alors qu'elle avait poussé un cri de mécontentement et les yeux fermés par la crainte de ce qui allait lui arriver.

Le haut de son corps fut libéré en premier. Par chance, elle n'avait pas encore perdu connaissance. La glace ne l'ayant pas engoncée trop longtemps, la chaleur de son corps n'avait que légèrement diminué. Roma se pencha pour libérer ses hanches et ses jambes.

Kaaz détacha sa cape et lui couvrit les épaules. La jeune femme avait tout de même eu bien froid, et sa cape amarante ne suffisait plus à la réchauffer. Elle s'emmitoufla dedans et se tint en arrière le temps de récupérer ses forces.

Alors que Pelon tentait toujours d'atteindre le couple de traîtres, un Guerrier ennemi, qui mesurait bien une tête de plus que lui, s'approchait par derrière. Armé d'une grande hache, il profitait de l'acharnement du Chef pour l'attaquer dans le dos.

Teli, qui jetait des coups d'œil réguliers aux combats, constata son stratagème. Elle asséna un dernier coup de pied violent à son adversaire et se rua vers le perfide attaquant. Celui-ci déploya sa hache, le plus haut possible, alors que Pelon ne soupçonnait rien. Il continuait de frapper à grands coups sur la membrane du Bouclier de Kerol.

Teli bondit le plus haut possible, et de son épée, coupa le manche en frêne de la hache. L'embout de fer massif chut et se planta dans la terre, derrière le Guerrier, qui se retrouva muni d'un ridicule bout de bois. La Guerrière, ayant retrouvé appui au sol, engrena avec un coup de pied circulaire à l'arrière du crâne de celui-ci, ce qui le fit vaciller. Pelon se tourna et flanqua un coup de poing dans la mâchoire de son assaillant qui pivota à nouveau vers Teli. Cette dernière l'allongea d'un coup bien placé au thorax.

Telos tira avantage de la situation en sortant du Bouclier et se jeta sur son ancien allier, le combat pouvait commencer. Kerol veillait sur lui, prête à le protéger à nouveau.

* * *

Soudain, une flèche sortie de nulle part pointa droit sur eux. Pris de panique, ils tentèrent de se mettre à couvert chacun derrière un merlon. Cependant, la réaction de Ty ne fut pas suffisamment prompte : la flèche lui entailla l'oreille alors qu'il entreprit de l'esquiver.

« Rien de grave ? demanda Chellis inquiète, adossée au bloc de pierre.

— Non, c'est juste mon oreille. Enfin je crois ? dit-il en tournant la tête et en se passant la main sur la blessure.

— Oui, juste l'oreille. Nous devons être très vigilants, répondit-elle avec modération alors que les cris de guerre se faisaient entendre derrière le mur.

Ty regarda ses doigts, le sang de son égratignure séchait.

— C'est ma première blessure au combat. Nous sommes en train de reprendre notre liberté, sourit-il.

Chellis le lui rendit, puis se mit à hurler, tout en se relevant et en préparant sa flèche :

— LIBERTÉ ! »

Elle la lâcha. Le projectile atteignit Telos, l'ancien ami de Pelon, en pleine tête alors que le combat s'intensifiait. Il en tomba raide à terre.

Kerol, horrifiée, cessa son Bouclier et s'agenouilla auprès de son époux.

Tout en scrutant les alentours, Pelon ne put que s'exclamer :

« Qui a fait ça ?! Je voulais le finir de mes propres mains !

Il repartit aussitôt à l'assaut, arme en l'air.

— À qui le tour ?! »

* * *

Kaaz et Cyr se trouvaient en difficulté face à Telan, le mercenaire. Il envoyait des mottes de terre qu'il leur faisait exploser en plein visage, la poussière leur piquant les yeux. Son pouvoir Tellurique lui permettait de contrôler le premier élément et de s'y infiltrer.

À ce moment-là, Selna revint et s'avança devant ses camarades. Telan sentit qu'il devait reculer de quelques pas. Il tenta une nouvelle ruse : il s'affaissa pour s'insinuer dans le sol. Son corps semblait s'être désagrégé pour ne faire qu'un avec la terre.

Les cœurs de Cyr et Kaaz s'accélérèrent, ils n'avaient jamais vu une chose aussi fantomatique de toute leur vie. La terre se plissait alors que Telan se dirigeait vers eux, qu'allait-il faire ensuite ?

Selna donna un coup cinglant vers le sol avec son avant-bras, la terre se plissa à contresens. Elle donna un second coup de la même manière ce qui éjecta Telan hors du sol. Il était retourné là d'où il était parti, se heurtant contre la muraille.

Kaaz fut impressionné par l'étendue des pouvoirs de Selna. Alors qu'elle se tournait vers eux, il lui sourit. Puis, ils se remirent au travail.

« Héhé, nous allons vous écraser mesdames ! s'écria un Guerrier à qui il ne restait visiblement plus que deux dents sur la gencive inférieure. Il était entouré de deux acolytes armés de grandes haches.

Myni et Roma s'échangèrent un regard.

— Ah oui ? répondit cette dernière.

— Nous sommes grands et forts, nous avons des armes puissantes ! À part vos jolies tuniques et vos douces mains, vous n'avez rien contre des habitués de la violence et des coups ! ajouta l'un des acolytes.

Roma tendit le bras et lança des flammes à leurs pieds. Leurs chaussures s'embrasèrent, le feu remonta leurs chausses jusqu'aux genoux.

Les trois hommes se mirent à crier et à sautiller dans tous les sens pour essayer d'éteindre le feu, mais rien n'y faisait. Aux alentours, les Guerriers de Pelon riaient du spectacle tout en continuant de se battre.

Comme les trois assaillants en avaient lâché leurs haches à terre, un Silaren, non loin de là, utilisa sa Mobilité pour faire glisser les armes sur le sol jusqu'à lui privant les Guerriers de leurs armes.

— Souhaites-tu les geler, maintenant ? demanda Roma.

— Je ne sais pas, ne serait-ce pas trop cruel ? Ils ont déjà les pieds en feu.

— Voyons, ils sont grands et forts, ils en ont vu des pires. Ce ne sont pas de petites brûlures et un peu de glace sur le nez qui les arrêtera. Je vais aller servir plus loin, rétorqua la plus âgée en souriant, et en se dirigeant plus près du château.

— Bon, j'ai d'autres occupations auxquelles vaquer également » conclut Myni.

Elle envoya son pouvoir sur les trois hommes qui avaient fini sur le dos à frapper des pieds dans l'air pour tenter d'éteindre les flammes persistantes.

Entièrement gelés et le feu dissipé, ils ressemblaient à trois statuts saugrenues. Le temps que la glace fonde, les combats seraient certainement terminés.

* * *

Dans une petite forêt du nord, nommée Puanistaa, se trouvaient Litar et ses Utelyns. Ils avaient dressé leur campement ici depuis une semaine et se tenaient prêts à partir. La recherche de *barismaas* semblait infructueuse.

Soudain, l'amulette d'opale, portée par un Utelyn, se mit à étinceler.

« Utelyn Pesar, votre amulette, l'interrompit Litar.

— Oh, oui, attendez je vais la consulter.

Il ôta le charme et le déposa à terre. Ils reculèrent tous de quelques pas afin de ne pas entraver l'énergie qui devait pénétrer dans la pierre précieuse.

— *Utena irelum sepadat !*

L'amulette brillait encore plus intensément. Des lueurs ambrées parcouraient le sol couvert de mousse.

Un son en sortit, la voix du Gardien Terla :

« Le château est attaqué ! »

Litar, interloqué, se tourna vers l'Utelyn.

— Qu'est-ce ? Est-ce la vérité ? Qui attaquerait le château ?

Cependant, l'amulette cessa de s'illuminer. Le message semblait terminé, ou interrompu. Tous deux, perplexes, observèrent l'objet silencieux.

— Je n'en ai aucune idée Chef. Voulez-vous que j'envoie un message pour être sûr qu'il ne s'agisse pas d'une erreur ?

— Que dois-je faire d'après vous ? demanda-t-il, le cœur palpitant.

— C'est très ennuyeux. Je ne souhaiterais point vous renvoyer en ville au risque d'y aller pour rien.

— Je crois que je vais y retourner. Cela ne me prendra que quelques heures pour vous rattraper, mais nous ne pouvons laisser passer cet appel sans être sûrs que la cour soit en sécurité.

— Tout à fait Chef, il en serait mieux ainsi.

— Campez ici jusqu'à mon retour. »

Litar s'éclipsa à une vitesse ahurissante. En quelques secondes, le fils du roi n'était plus visible.

Les Utelyns, confus, échangèrent plusieurs regards avant de se mettre à l'œuvre pour rétablir le campement.

* * *

Ty et Chellis, accompagnés de quelques autres archers, allèrent se hisser dans les hourds. Ils arrachèrent les tentures humides qui faisaient office de protection et les laissèrent tomber tout en bas du mur. Ils reprirent leurs postures et visaient tout intrus, quand soudain, une voix cingla :

« Chellis ! »

La jeune femme et son compagnon regardèrent au pied de la courtine adjacente. Un grand homme aux longs cheveux bruns bouclés se tenait là, éperdu. Visiblement, il était accompagné d'un autre Gardien blessé qui se tenait le bras. Face à eux se trouvaient les Guerriers, boucliers en garde.

Il s'agissait bien de son père. Il ne savait plus quoi faire, déchiré entre ses idées et sa fille qui se trouvait dans le camp adverse. Il se tourna vers son allié.

« Rends-toi, je déserte » dit-il en s'avançant vers les Guerriers qui abaissèrent leurs armes défensives.

Chellis sautilla de joie en jetant un regard radieux à Ty qui lui sourit en retour.

Le Gardien blessé ne souhaitait point abandonner. Malgré l'état de son bras, il tenta un dernier geste de Glaciation vers les guerriers, ceux-ci relevèrent aussitôt leurs boucliers et l'un d'eux envoya une lance qui se planta dans le cœur du Gardien déloyal. Celui-ci avait décidé de combattre jusqu'à la mort.

Le père de Chellis se dirigea derrière les Guerriers de Pelon qui gardaient les archers. Il monta les escaliers pour venir jusqu'à elle. La jeune fille s'approcha de lui, émue :

« M'en veux-tu ?

— Non, Chellis. Vous êtes en train de vaincre de toute manière. Cela signifie que notre monde a fait son choix. »

La jeune fille se jeta au cou de son père, ils s'étreignirent brièvement avant de reprendre le combat.

* * *

Dans la salle du trône, Relan et quelques-uns de ses Gardiens s'étaient réfugiés. L'épaisseur et la solidité des murs les empêchait de distinguer ce qu'il se tramait de l'autre côté. Ils ne pouvaient qu'observer la grande porte en or, sertie de diamants, rubis et émeraudes. Celle-ci cloisonnée depuis de longues heures, ils patientaient, cernés, ignorant tout de ce qu'il se passait à l'extérieur.

Seule une bonne nouvelle pourrait les délivrer de cette interminable attente : que la Garde leur indique la fin des combats. Ou une bien mauvaise : que l'ennemi vienne les y débusquer.

« *Des pierres précieuses sur une porte, était-ce vraiment nécessaire ? Tout cela ne pourra même pas nous protéger du mal* » pensa l'un des Gardiens.

Soudain, la porte massive se mit à rougir, puis blanchir jusqu'à devenir lumineuse, bien trop lumineuse. Et enfin, le tout noircit brusquement. Leurs visages devinrent livides, ils n'avaient jamais vu une telle chose. Relan tentait de rester impassible mais un flux de sueur s'échappa de son front, puis s'emperla le long de son visage.

Un bruit étrange et effrayant s'exhala de la porte, on aurait pu jurer qu'elle gémissait de douleur. Puis celle-ci se réduisit en cendre à même le sol, ne laissant apparaître que des amas de poussière noirâtres.

Les jambes des hommes tremblaient, qu'allaient-ils découvrir d'autre ? Du haut d'un des amoncellements, quelques cendres s'envolèrent et s'éparpillèrent, comme soufflées par un léger courant d'air. Toutes les personnes présentes retinrent leur souffle, à l'affût du moindre bruit qui pourrait leur être fatal.

« Il n'y a même pas eu de flammes, une porte d'or a sombré en maudites cendres. Qui a bien pu faire une chose aussi immonde ? récita Relan, les yeux exorbités.

Le silence était pesant. Puis un murmure se fit entendre à la droite du trône.

— Moi. »

Le roi Dois eut à peine le temps de tourner la tête que Selna cessa son pouvoir d'Invisibilité et lui flanqua un puissant coup de poing revêtu d'acier à la figure.

Le roi autoproclamé dévala les escaliers, sa couronne rebondit à plusieurs mètres. Un des Gardiens défaillit. Les trois autres, tétanisés, mirent du temps avant de réagir. Trop de temps. Selna n'eut qu'à calmement frapper d'un revers de main dans leur direction pour les éjecter le long du mur.

Relan, sonné, le nez en sang, peinait à se relever. Selna descendit les marches avec aplomb et posa son pied sur la poitrine du patriarche Dois. Elle le plaqua violemment au sol.

De ses mains, elle dessouda deux larges épées d'or accrochées aux murs et les fit virevolter jusqu'à elle. Elle les empoigna et les croisa au dessus de la gorge de Relan, tout en enfonçant leurs pointes dans le sol en marbre. Terrifié, il ne pouvait qu'observer du coin de l'œil la roche polie se fendre sous les lames : quel pouvoir pouvait-elle utiliser pour faire cela ? Il n'en avait aucune idée.

Une fois les épées suffisamment scellées pour empêcher Relan de s'échapper, ses comparses se présentèrent à l'entrée de la salle. Cyr, Kaaz, Myni, Ty, tous étaient là, ils avaient réussi :

« Il est à vous, affirma Selna.

— Beau travail, dit Cyr en souriant.

— Litar approche, je le sens. Restez ici, à l'abri. Je m'occupe de lui. »

Elle passa devant ses compagnons puis disparut sous leurs yeux en utilisant son Invisibilité. Kaaz sentit l'inquiétude croître en lui, il espérait que Litar ne lui fasse aucun mal.

Litar fracassa les morceaux de porte pendants du château, passant les hommes de son père qui se trouvaient à terre en leur lançant un regard méprisant. À distance, il sentit une force ineffable et s'arrêta dans son élan. Cette force était difficile à percevoir, comme brouillée, indistincte.

Le doute s'installa, y avait-il un être dont les pouvoirs égalaient ou même dépassaient les siens ? Depuis toutes ces années, peut-être une personne s'était-elle découverte de nombreux et puissants pouvoirs ?

Il sentait cette force se rapprocher sans parvenir à distinguer la nature exacte de ses pouvoirs. Était-ce trop tard, devait-il faire demi tour ?

La porte qu'il venait de fracasser se recomposa

en un vacarme. Il n'avait pas ce pouvoir. Il se tourna subitement :

« Qui est là ? avait-il lâché, d'une voix faussement solennelle.

— Tu vas mourir » jubila une voix dont il lui était impossible de connaître la provenance.

Il tournait sur lui-même, la force lui paraissait toujours lointaine bien qu'il savait qu'elle était là, proche de lui. C'était certain, quelqu'un d'au moins aussi puissant que lui se trouvait dans ce corridor, il avait toujours redouté ce jour. Il avait fini par croire que ça n'arriverait peut-être pas de son vivant.

Soudain, Selna apparut face à lui. Il sursauta, son sang se glaça à la vue de ce regard menaçant et décidé. Il ressentit la peur, aussi intense que celle qu'il éprouvait dans son enfance lorsque son père se montrait violent. Il ne savait rien d'elle. Il ignorait si elle était plus puissante que lui, or, à en juger par sa détermination, elle n'était pas venue lui faire face aveuglément.

Le regard de Selna était indescriptible, ce n'était pas vraiment de la haine bien qu'une profonde colère s'y trouvait, il n'y avait ni crainte, ni hésitation, son regard n'était ni glacial, ni brûlant. Ne pas savoir ce qui se tramait derrière ces yeux lui donnait des sueurs froides.

Une seconde à peine qui lui parut durer de longues minutes, une seconde à peine qui lui rappela ce qu'il ressentait chaque soir où son père venait pour le battre.

Il devait réagir, vite. La première chose qui lui

vint à l'esprit fut son Bouclier. Même s'il lui coûterait beaucoup d'énergie, il devait se protéger de cette inconnue. La coque l'enveloppa instantanément.

Selna se réjouissait. Elle avait décelé la terreur dans le regard de Litar, elle avait une longueur d'avance sur lui. Elle s'approcha à grands pas de son adversaire, revêtit son poing gauche d'acier et se mit à tambouriner de grands coups violents sur le Bouclier. Ses cheveux s'agitaient dans tous les sens. Elle s'acharnait pour essayer de le traverser, ou à défaut, de décourager Litar au point qu'il cesserait de l'émettre.

C'était une vraie furie, Litar se sentit défaillir, l'angoisse s'emparait de lui. Il tomba à genoux mais concentrait toute son énergie pour maintenir son enveloppe protectrice. Il devait le garder, s'il perdait cette défense qui sait ce qu'il adviendrait de lui.

« Je vais t'avoir, et tu paieras pour tout ce que tu as fait ! » hurla Selna, acide.

Litar n'avait pas ressenti une telle terreur depuis longtemps. Toutes ces années qu'il lui fallut pour se sentir invincible, après son enfance pleine de craintes, volèrent en éclat. Ce lointain sentiment reprit totalement le dessus sur lui. Il se sentait à nouveau vulnérable, vide. La peur le paralysait, sans son Bouclier il serait déjà à la merci de cette sauvage.

Il n'avait pas vraiment culpabilisé durant toutes ces années. De tous ses combats, c'était la première fois qu'il ressentait une légère honte car il se retrouvait à la place de ceux qu'il avait vaincus.

« Tu as tué ceux de ton propre peuple ... Tu as

tué ton roi ... Tu as tué ma mère ... N'essaye même pas d'imaginer ce que je vais te faire ! » fustigea-elle en redoublant de coups à une vitesse surhumaine.

Elle était bien trop véloce. Il ne parvenait plus à maintenir son pouvoir défensif, ni à trouver une solution pour s'en sortir. Il sentait son énergie se dissiper car la peur et la multitude de coups brutaux le déconcentraient.

Il ne savait même plus quel pouvoir utiliser, ni s'il aurait encore assez de force pour s'en servir. Et elle continuait de l'assaillir, le rudoyer. Elle ne lâcherait jamais et il ne valait mieux pas qu'il sache ce qu'elle ferait une fois son Bouclier disparu.

« Te voilà à genoux, à ton tour de périr ! Tu vas enfin avoir le sort que tu mérites ! » hurla-t-elle.

Il sentait son énergie arriver à sa fin, il n'avait plus le choix : il fallait utiliser le peu qui lui restait pour sauver sa vie.

Or cet impétueux revirement pouvait se révéler fatal : utiliser trop d'énergie d'un coup alors qu'il lui en restait peu pouvait provoquer un arrêt cardiaque. Toutefois, il n'avait aucune autre alternative. En utilisant son dernier sort possible, il se mit à courir d'une vitesse surhumaine muni de son Bouclier, perforant les murs du château puis l'enceinte de la cité. Le fils Dois disparut au loin, détruisant tout ce qui se trouvait sur son passage.

Selna resta sur place. Nul besoin de le suivre. Elle avait réussi, elle l'avait fait céder. Elle l'avait affaibli moralement et physiquement : en lui faisant redécouvrir la crainte, en lui rappelant qu'il n'était supérieur à personne et qu'il était malgré tout humain comme tous, avec ses failles.

Il ne reviendrait pas de sitôt. Ils avaient le temps de reprendre le pouvoir et le royaume avait le temps de se reconstruire.

CHAPITRE 19 : Gouttes de pluie

Litar utilisait ses dernières ressources vitales. Il était au bord de l'effondrement. Voyant de plus en plus trouble, il cessa d'émettre tous ses pouvoirs d'un coup et se laissa tomber violemment au sol, le visage face contre terre. L'odeur de l'herbe le prit aux narines, et rien que d'y songer cela l'épuisait. Les yeux clos, il se tourna sur le dos car d'ores et déjà grandement essoufflé, ses poumons se retrouvaient comprimés sous son poids.

Il ne pensait plus à rien, ne bougeait plus. Il se contentait de respirer, il ne savait pas si cela allait durer longtemps. Il respirait tant qu'il en était capable. La pluie commença à tomber, de fines gouttes caressaient son visage.

Il ressentit comme une douleur, à travers tout le corps et le crâne, se tordait dans tous les sens comme lorsque le sang circule à nouveau dans un membre longuement engourdi. Il était arrivé à un point critique, avait été si loin, si proche des limites. Il avait frôlé le trépas.

Chaque inspiration était un instant de plus dans ce monde. Il pouvait sentir son corps à nouveau, peu à peu, et retrouvait la vue. En tournant la tête sur le côté, et de sa vision encore faible, il distingua un grand buisson. Il se roula en dessous pour se mettre à l'abri de l'averse.

En passant ses mains sur son visage, il essuya les gouttelettes d'eau froide et essora sa courte barbe. Son cœur battait encore de façon irrégulière, quelques soubresauts l'agitaient encore. Le jeune homme préférait rester immobile le plus longtemps possible et s'assurer de ne faire quelque geste brusque qui pourrait lui coûter la vie. Il avait, par hasard, atterri dans la forêt de Kimoistaa.

Après une longue nuit fraîche, allongé dans l'herbe humide de rosée, Litar rassembla ses forces retrouvées. Alors que les premières lueurs de l'aube faisaient leur apparition, il se releva avec difficulté en s'appuyant sur un tronc. Des douleurs parcouraient encore son corps.

Il erra, titubant, à la recherche de nourriture et d'eau. En utilisant son pouvoir d'Ouïe, qui lui coûtait peu de vitalité, il put entendre l'écoulement d'un ruisseau à des milliers de mesures. Encore près d'une demi-heure de marche et il pourrait s'abreuver, ainsi que se laver. Quelques pas plus loin, il remarqua des champignons, des laccaires rouges, et en dégusta une grosse poignée. Ça lui permettrait de tenir en attendant.

Sur son chemin, il ressentit quelque chose. Ce n'était pas vraiment une présence Silaren, mais c'en était proche. L'intensité était faible mais bien présente. Un Silaren en train de rendre l'âme ?

Il se dirigea vers cette source diffuse, l'eau attendrait. Le fils Dois descendit la colline sur laquelle il se trouvait pour s'aventurer dans le contrebas encombré de conifères. En écartant les branches et les aiguilles, il put distinguer une ouverture dans la roche. Il pénétra à l'intérieur de celle-ci en faisant jaillir quelques flammes de la paume de sa main droite.

À l'extérieur, Kypi, qui se trouvait sur son territoire, observa la scène impuissant.

Arrivé à hauteur du rideau de racines, Litar l'examina longuement. Il l'écarta sur le côté et découvrit le passage à ras du sol.

Il empoigna l'ensemble des racines et les arracha d'un trait, les envoyant derrière lui. Les bestioles vivant à l'intérieur, affolées par le mouvement inhabituel, se précipitèrent vers les parois dès que l'amas de végétaux eut heurté le sol.

Il n'avait pas la patience de s'accroupir ni de ramper dans le tunnel comme l'aurait fait Selna. Il sentait qu'il pouvait utiliser un pouvoir, à faible puissance. En utilisant sa Force, il donna de grands coups de poings dans la cloison naturelle. La terre se déversa à ses pieds.

Le passage dégagé, il pénétra dans la cavité

qui renfermait la nappe souterraine. Il observa tout autour, il n'avait jamais vu un tel endroit. À cet instant, l'énergie qu'il ressentait se faisait plus vive. Elle provenait du sol. Y avait-il un corps enterré ? Ou autre chose ?

Il contourna l'emplacement avec prudence pour se diriger lentement vers la source d'eau. Il était assoiffé, il en avait grandement besoin. Tout en gardant un œil sur l'endroit où se trouvait l'énergie, il prit un peu d'eau au creux de sa main et la porta à ses lèvres. Il s'y reprit plusieurs fois.

Il n'avait pas bu à sa soif, cependant cela suffirait pour le moment. Il devait voir ce qui se cachait sous cette terre. Toujours à l'aide de sa Mobilité, il balaya la surface et l'éjecta dans l'eau souterraine. Il effectua ce geste une autre fois, mais ce qui se trouvait là était situé bien plus profondément. Il ratissa l'emplacement au moins quatre autres fois, puis, finalement, il put y voir une tache jaunâtre.

En plongeant sa main, il en extirpa cette racine. Il s'efforçait de découvrir deux choses : d'où provenait cette tubercule, et tout ce qui avait bien pu se passer dans cette grotte. Mais pour une raison inconnue, son Exploration ne fonctionnait pas. Comme si le végétal était protégé. Le jeune homme se concentrait de toutes ses forces mais ses sens en étaient voilés.

Il ne voyait rien, ne ressentait rien, il n'y avait que l'ouïe qui semblait laisser paraître quelque chose. Des milliers de murmures se firent entendre. Ces milliers de voix fluettes faisaient écho. Certaines semblaient hurler, d'autres chuchoter. Certaines débitaient des mots à une vitesse folle tandis que d'autres balbutiaient lentement.

À plusieurs reprises, il tentait d'en distinguer une parmi ce flot de sons incompréhensibles. Il semblait bien qu'une ou deux voix exprimaient un mot bien précis, et il s'agissait toujours du même. Il devait raisonner avec la plus grande rigueur tant elles étaient difficilement perceptibles. D'après l'intonation, trois syllabes se distinguaient du lot.

« *U...* » fut ce qu'il entendit en premier.

Ce devait être un verbe, maints verbes commençaient par cette lettre. Puis il perçut une syllabe supplémentaire :

« *U ... xa* » mais cet affixe ne lui évoquait rien.

Le mot devint peu à peu audible, il ne lui manquait plus que la syllabe du centre. Les murmures repassaient en boucle dans son esprit. Bien qu'il était seul dans un endroit extrêmement quiet, toutes ces voix mêlées lui donnaient l'impression d'être au beau milieu d'une foule des plus bruyantes et bourdonnantes qu'il ait jamais connue :

« *U ... ko ... xa.* »

Pour être sûr, il écouta à nouveau, plusieurs fois de suite.

« *U ... ko ... xa ..., U ... ko ... xa ...* »

Il semblait bien s'agir de ce mot, noyé dans ces innombrables chuchotements imperceptibles.

Il fallait que ce soit du Tystena, pensa-t-il. S'il avait su, il aurait été plus attentif durant les leçons de langue ancienne. Ce mot lui remémorait vaguement quelque chose, il l'avait déjà étudié mais il devait le retrouver au fin fond de sa mémoire.

Litar médita à nouveau et consulta ses souvenirs. Il devait remonter assez loin, lorsqu'il avait environ dix ans. Il était bien heureux de posséder l'Exploration qui lui permettait de contrôler sa mémoire aussi facilement. Rien ne pouvait lui échapper, ça pourrait lui prendre du temps mais ce pouvoir lui permettait de se rappeler des souvenirs même les plus enfouis.

« *Uko* » de nourrir, pensa-t-il. Mais que signifiait le mot dans son ensemble ? Que signifiait la désinence « *xa* » ?

Cela lui fit penser à un mot qu'il avait apprécié découvrir : « *toxa* », ce qui signifiait « sauver, aider » du verbe « *Uto* », et le suffixe renvoyait une indication particulière au sujet. Ce n'était pas un impératif, mais un conseil des plus justes.

Autrement dit, « *toxa* » ne voulait pas seulement dire « sauver » en langue nouvelle. Ce mot signifiait beaucoup plus : secourir une autre personne équivalait à s'aider soi-même. Ainsi, en protégeant un autre être vivant, l'on s'expiait conjointement. Sauver autrui était une des actions les plus belles en ce monde et bénéfique pour soi d'après les anciens.

À l'époque, il avait trouvé ce mot très inspirant et poétique. Ces sens cachés, qui n'existaient plus dans la langue nouvelle, exprimaient tellement plus de choses. Toutes ces subtiles nuances apportaient tant de richesse à la communication.

Enfin, il cessa de rêvasser. S'il avait bien compris les rouages du Tystena, alors ce mot signifiait « se nourrir avec discernement ».

Manger cette chose ? Il n'en était pas tout à fait convaincu, toutefois il mordit l'extrémité de la racine. Étaient-ce les fameuses barismaas ? Même les Utelyns ne savaient à quoi elles ressemblaient tant peu de personnes en avaient trouvé et partagé la découverte.

Tout en mâchant il pouvait sentir de léger picotements sur son palais. Des picotements qui lui apportaient un bon pressentiment. Il s'agenouilla et creusa à mains nues. Des dizaines de tubercules se trouvaient là. Il devait toutes les emporter.

Il ôta sa cape blanche, souillée par la boue de bas en haut, et l'étala au sol. Il y déversa les racines, puis les enveloppa dans le tissu. Il noua le tout et le passa sur son épaule. Le jeune homme but à sa soif, penché au dessus de l'eau. Enfin, il sortit de la grotte afin de s'engager foncièrement dans la forêt. Il y trouverait aisément de quoi se nourrir.

Son repas terminé, Litar s'allongea dans l'herbe. C'était le milieu de l'après-midi, le soleil rayonnait au dessus de la frondaison. Il reprenait des forces.

Sans savoir pourquoi, un des tours que peut nous jouer la mémoire, un souvenir lui revint à l'esprit. Quelques lunaisons auparavant, son père et lui avaient eu un désaccord notable :

« Je veux que tu les punisses, avait intimé

Relan, en se levant de son trône.

— Père, vous savez comme j'ai une immense estime pour vous, or je ne souhaite point tuer ces gens. Certes, ils ont enfreint la loi, mais je pense qu'une condamnation moins lourde conviendrait mieux à leur acte, répondit Litar, le regard vers le sol.

— Litar, je suis ton roi et ceci est un ordre. Tu n'es pas ici pour le contester mais pour l'exécuter ! C'est compris ? résonna la voix de Relan dans toute la salle du trône.

Le jeune homme réfléchit durant un long instant. Devait-il se taire et obéir ? Pourtant, il n'avait aucune envie d'exaucer les foucades de son père, il en avait déjà fait assez comme ça. Ce qu'ils avaient commis n'était pas si grave, rien ne justifiait un tel châtiment.

— Je suis celui qui possède ces pouvoirs, et je refuse d'en abuser, rétorqua-t-il, la voix tremblante.

Relan ne répondit plus. Il bouillait en dedans. C'était la première fois que son fils lui faisait face ainsi. Il s'était déjà opposé à quelques idées, mais jamais il n'avait récusé un ordre aussi rigoureux. Et surtout, c'était la première fois qu'il ne pliait pas à ses arguments.

Cela l'inquiétait, si son fils commençait à se rebeller contre lui, que pourrait-il faire ?

Il ne pouvait pas le laisser penser par lui-même, il devait trouver un moyen, le flatter, l'influencer et le faire se sentir coupable pour qu'il reste sous son emprise.

— Très bien. Cette fois-ci, tu es faible. Tu as

pitié de ces criminels. S'échanger du bois fourni par un marchand ambulant, sachant très bien que ceci est contraire à ce que la loi stipule, la loi instituée par leur roi n'est pas répréhensible selon toi. Tu as pitié d'eux ? Eh bien, saches que désormais les brigands du royaume vont en être forts heureux ! Le Chef des Gardiens s'apitoie sur leur sort, ils vont pouvoir s'adonner à tous les crimes et toutes les perversions. Car ils sauront que le Chef leur laissera la vie sauve !

Litar leva difficilement le regard vers son père. Il semblait même en rougir.

— N'est-ce pas ? Alors cette fois-ci, je ne te pousserai pas. Ils iront faire un tour en geôle. Cependant, la prochaine fois que tu refuseras d'accomplir ta mission de la sorte, je tuerai les criminels de mes propres mains, car moi, vois-tu, je n'ai pas peur d'exercer la justice avec fermeté ! Il en est de mon devoir ! À présent, vous pouvez tous vous retirer. Laissez-moi seul » dit-il en se rasseyant sur le siège royal.

Les Gardiens sortirent en tirant les cinq villageois par le bras. Litar tourna les talons et quitta la pièce, pensif et en proie au doute.

Il ne savait plus vraiment quoi penser de cet instant. Dans un sens, son père avait raison, ils avaient un devoir. Mais cette sanction était tout de même trop sévère.

Il préféra se remémorer un autre moment qui le conforterait, ayant eu lieu douze ans auparavant, soit quelques lunaisons avant d'attaquer le château. Il songeait avec mélancolie à ce que son père lui avait dit. Ses mots l'avaient convaincu :

« Les peuples doivent être fermement dominés pour empêcher le mal de se répandre. Ce royaume ne remplit pas ses obligations. Il faut toujours se méfier de l'eau qui dort. Toi et moi, nous pouvons faire mieux, exposait Relan, tout en montrant un plan dérobé du château à son fils.

Ils étaient assis à table, dans leur cabane.

— Grâce à tes pouvoirs tu serais le Chef des Gardiens, tu ferais régner l'ordre et je pourrais gouverner. La justice et la sécurité triompheraient enfin. Comment peut-on laisser ces mercenaires si proches des harcilans ? Comment peut-on laisser sortir des malfaiteurs parmi les innocents ? Toutes ces attaques sur les chemins, dans les forêts, personne ne fait rien. Les coupables ne sont pas condamnés à la hauteur de leurs délits. Toi et moi, nous ferons ce qu'il faut.

Bien qu'il ne savait pas vraiment combien de personnes se faisaient attaquer sur les routes, ni si les criminels étaient bien condamnés ou non, il pensait que son père était bien placé pour le savoir puisqu'il travaillait auprès de la cour.

— Vous avez raison père, avait-il répondu, du son le plus grave de sa voix alors qu'il venait de fêter ses quinze ans.

— Nous allons remettre ce royaume en ordre. Ne montre pas aux Utelyns la réelle étendue de tes pouvoirs. Prétends toujours que tu n'as que la Mobilité. C'est compris ?

— Oui, père.

— C'est bien, nous allons y arriver. La droiture et la sûreté régneront enfin ! » lui avait-il répondu avant de laisser paraître un sourire.

C'était bien l'une des rares fois où son père lui avait montré autant d'attention.

CHAPITRE 20 : Craintive

Geldir, an 41

À la limite de la capitale se trouvait une grande cabane. Elle se situait un peu à l'écart des autres habitations, le long de l'enceinte de grès jaune. Un petit bois se dressait juste à côté, à l'intérieur des remparts, formé par une vingtaine d'arbres et bordant l'épaisse courtine. Ce logis appartenait à la famille Dois, une famille qui se mêlait rarement aux autres.

La femme, qui avait l'air douce, ne parlait à personne. Cette petite brune rentrait chez elle le plus vite possible, craintive.

Le mari, un homme élancé aux cheveux grisonnants, était bien connu des harcilans : c'était le trésorier du roi. Un père de famille qui paraissait distingué le jour, et qui parfois, rarement, avait été aperçu un peu ivre le soir.

On l'entendait quand il fermait la porte violemment, mais on n'en savait pas plus. Il n'y avait jamais eu de cris ou de brutalités à l'extérieur. Peut-être était-il un peu hargneux au domicile, une fois aviné, mais s'il y avait eu besoin d'intervenir on l'aurait su, non ?

Du haut de ses huit ans, il n'avait connu que quelques soufflets, certes considérables, douloureux, mais ce n'étaient que des réprimandes, pensait-il. Tous les enfants en recevaient.

Pourtant un soir, alors qu'il jouait dehors avec un bout de bois, il allait faire un pas de plus vers la vie adulte. Ce qui lui avait été épargné jusque-là ne le serait plus. Relan rentrait de sa journée sans même jeter un regard à son fils. Il entra en trombe dans leur solide cabane et frappa la porte.

À l'intérieur, Llis, sa femme, lui cria :

« As-tu perdu la tête ? Tu vas casser la porte, s'exclama-t-elle innocemment.

Il se jeta sur elle et la plaqua contre une paroi.

— Ne me parle pas comme ça !

Il avait un regard fou.

— Pardon, mais c'était juste ...

— Silence ! » grogna-t-il.

Il prit une chope, puis saisit un petit tonneau rangé dans un coin. Enfin, il s'assit à table pour se servir en vin.

Llis retourna à son feu pour surveiller la cuisson du dîner. Relan ingurgitait pinte après pinte.

Pourquoi utiliser des récipients, autant boire directement au goulot, pensa-t-elle.

Après une bonne dizaine, Relan sortit en claquant de nouveau la porte. Il se dirigea vers Litar qui était toujours en train de jouer devant la maison. Il lui prit le bâton des mains et le jeta sur le côté :

« Qu'est-ce que tu fais ?

Il attrapa rudement son fils par le col et l'entraîna dans le petit bois qui se trouvait à quelques pas.

— Tu devrais t'entraîner à déceler tes pouvoirs, si tu en as ! dit-il en le projetant contre un arbre.

Litar s'agrippa au tronc, tout en se griffant la joue contre l'écorce du bouleau.

— Bon à rien ! Entraîne-toi, et ne reviens que lorsque tu auras trouvé un pouvoir ! » hurla-t-il en postillonnant.

Puis, il s'en retourna dans le logis.

Litar s'assit et se frotta la joue. Il ferma les yeux et se concentra. Il ne lui était pas aisé de savoir quoi faire. Chercher quelque chose au fond de lui, comme lui avaient soufflé certains camarades, mais comment le trouver, comment le savoir ? Et s'il était Iesilaren tout comme ses parents ?

Depuis plusieurs générations, il n'y avait eu aucune puissance dans leur famille. Un lointain ancêtre était connu pour avoir été Chef des Gardiens, or depuis le sort semblait s'être acharné contre eux comme disait son père.

Pourtant, beaucoup de familles vivaient très

bien sans avoir de pouvoirs. Silarens ou Iesilarens, il n'y avait aucune inégalité, pas de jugements, tout le monde était plus ou moins l'un et l'autre. Il ne comprenait pas pourquoi c'était aussi important pour son géniteur.

Afin qu'il soit fier de lui et qu'il cesse de le punir, Litar s'évertua à trouver au moins un pouvoir. Il décida d'y passer toute la nuit s'il le fallait car il souhaitait que ses parents renoncent à se quereller aussi fréquemment. Peut-être qu'une bonne nouvelle les réunirait.

À la cabane, il en était tout autre. Relan se montrait encore plus enragé que d'habitude.

« Où est-il ? demanda Llis, inquiète.

— Là où il doit être.

— Que lui as-tu fait ?

— Tais-toi donc ! C'est mon fils, je fais ce que bon me semble de lui ! se récria-t-il en frappant du poing sur la table.

— Lui as-tu fait du mal ? L'as-tu abandonné ? déplora-t-elle.

— Ferme-la j'ai dit ! Ne lève pas la voix sur moi !

Sur ces mots, il se leva et lui retourna une gifle cinglante.

— Ça suffit ! hurla-t-elle de plus belle en se frottant la joue, tu es fou ! Ça ne s'arrêtera donc jamais ? L'argent, la boisson, c'est tout ce qui compte pour toi maintenant !

— En veux-tu une autre ?

Il empoigna le pichet en argile.

— Je vais partir avec Litar, ce sera mieux pour nous tous, dit-elle hésitante, en se réfugiant de l'autre côté de la marmite.

Mais son chemin fut obstrué par les paniers de réserves.

— Pardon ? demanda-t-il tout en s'approchant lentement.

— Tu ne nous aimes pas. Tu nous fait du mal … laisse-nous partir, dit-elle avant d'éclater en sanglots.

— Jamais, murmura-t-il, avec son regard dévoyé. Vous êtes à moi. »

Il donna un grand coup de pied dans la marmite qui tomba au sol et tout le contenu se déversa. Llis fit un bond en arrière pour éviter toute brûlure mais Relan se rua sur elle. Il leva le pichet et la roua de coups.

Au petit matin, Litar, avec de grands cernes sous les yeux, se leva péniblement et s'orienta vers la cabane. Ses habits étaient couverts de poussière, noircis par la terre du boqueteau où il s'était assoupi à quelques reprises durant la nuit. Il frappa à la porte :

« Père, j'ai trouvé un pouvoir ! Ouvrez-moi je vous en prie !

Relan ouvrit, l'œil cerné aussi, l'air grave.

— C'est vrai ça ?

— Oui, oui ! Laissez-moi vous montrer ! »

Il fit entrer son fils, puis referma la porte. Le petit garçon aperçut les dégâts : la marmite brisée, le dîner d'hier soir déversé au sol et deux tabourets cassés.

« Que s'est-il passé ? Où est maman ?

Relan usa de son don de persuasion, il n'était pas loin le temps où il en avait fait usage pour la dernière fois.

— Assieds-toi, rétorqua-t-il en s'assoyant sur le dernier tabouret.

Litar obéit et s'assit par terre en tailleur, devant son père.

De fausses larmes montèrent aux yeux de Relan.

— Hier soir, pendant que tu étais au bosquet … des Gardiens sont passés nous voir. Je les ai fait entrer, ce que tout harcilan aurait fait. Et soudain, ils nous ont attaqué. Ils voulaient se débarrasser de moi ! Ils veulent prendre le pouvoir, insista-il en regardant son fils fixement dans les yeux.

— Quoi ? Comment est-ce possible ? Où est maman ?

— Les Gardiens ne sont pas tous si bons. Ce monde n'est pas irréprochable, il sera toujours habité par des êtres perfides. Si tu te fies aveuglément à quiconque alors jamais tu ne verras ce qu'il se trame dans ton dos. Seule une autorité plus ferme peut faire régner le bien. Les gens ont besoin d'être sévèrement dominés, sinon le mal se répand. Ce royaume n'accomplit pas ses obligations.

— Je croyais que l'on pouvait faire confiance aux Gardiens ?

— En effet, tu te trompes ! Jamais ! N'aie confiance qu'en moi. Je suis ton père !

Il agrippa l'enfant par les épaules.

— Ce que je vais te dire est très dur à entendre.

Relan regardait son fils droit dans les yeux, il semblait être emporté dans une fougue.

— Ils s'en sont pris à ta mère afin de m'affaiblir. L'un me maintenait fermement et l'autre l'a assaillie. Je n'ai rien pu faire ! Ils l'ont tuée sous mes yeux !

— Quoi ? Non ce n'est pas possible ! hurla l'enfant de douleur en s'agitant dans tous les sens.

— Écoute-moi, écoute-moi ! enjoignit-il en le secouant de plus belle. Ne te laisse pas envahir par les émotions, nous devons nous venger, ils nous le payeront !

— Maman, où est-elle ? Elle va revenir, père dites-moi que ce n'est pas vrai ?

Litar se mit à pleurer, Relan lui retourna un soufflet.

— Ne pleure pas j'ai dit ! il le secoua à nouveau, ne pleure pas !

— Je... veux... la... voir... hoqueta-t-il.

— N'y songe plus ! Tu ne pourras plus la voir, plus jamais, à cause d'eux ! À cause du roi, du royaume ! Ces gens sont hypocrites, sournois, tous ! Tu m'entends ?

— Oui, répondit-il en tremblant.

— Je n'ai pas bien entendu ?

— Oui ! Ils vont regretter ! dit-il en essuyant ses larmes avec sa manche.

— Le plus beau cadeau pour ta mère serait

que tu ne pleures pas. N'affiche pas ta tristesse, garde-la au fond de toi. En aucun cas tu ne dois paraître faible devant les autres : autrement ils feront tout pour t'accabler toi aussi.

— Je les hais, murmura-t-il, les yeux rougis.

— Bien. À présent, montre-moi ton pouvoir. Cela pourrait nous être d'une grande utilité. »

Litar posa au sol un morceau de planche qu'il avait gardé dans sa poche. Il leva une main face au bout de bois et le fit voler dans les airs.

Les yeux bleu foncé de Relan brillèrent, cela n'était pas arrivé depuis bien longtemps.

CHAPITRE 21 : Le château

Quelques heures après l'attaque, les résistants inspectèrent tous les couloirs du château. Il fallait s'assurer qu'il ne restait plus aucun ennemi caché qui pourrait s'en prendre à l'un d'entre eux.

Une dizaine de charrettes à bras demeuraient dans la cour. Les charretiers attendaient que combattants et domestiques déposent les corps afin de les transporter vers le cimetière.

Les alliés survivants de Relan se faisaient escorter dans les geôles, leur sort serait reconsidéré plus tard. Les blessés, aussi bien ennemis que conjurés, se voyaient conduits dans une salle réservée aux soins.

Le borgne était allongé de tout son long sur une paillasse, enchaîné pour éviter qu'il n'occasionne plus de dégâts. Pourtant, il appréciait de se faire panser sa plaie ouverte à la jambe.

Non loin de lui se trouvait Chebol, assis sur un tabouret, le bras droit cassé. Teli entra dans la salle pour assurer la sécurité entre les blessés. Elle aperçut aussitôt le prévenant combattant et le rejoignit.

« Faites-vous bien ? demanda timidement celle qui d'habitude n'était intimidée de rien.

— Oui, merci. Je patiente pour une attelle. Et pour vous, tout s'est-il bien passé ?

— Oui, j'ai découvert un pouvoir récemment pour tout vous dire. Cela m'a bien plus aidé qu'il y a douze ans, sourit-elle.

— Vous possédez un pouvoir ? Qu'est-ce ? demanda-t-il, agréablement surpris.

— L'Inflammation. Je m'en suis servi pour chauffer mon épée et brûler quelques trognes au passage. Je n'en suis pas fière mais c'était plutôt efficace lorsqu'on tentait de me tuer, dit-elle le regard étincelant.

— Je suis impressionné ! Quelle habileté !

— Oh, ce n'est rien. N'importe qui aurait fait de même.

— Je ne sais pas si j'y aurais pensé. De toute façon, je ne suis qu'un Iesilaren, répondit-il l'air déçu.

La domestique Nella apporta une éclisse et une bandelette. Elle s'accroupit et posa son matériel à côté de Chebol.

— Je devrais peut-être vous laisser …

— Non, attendez. Pourrions-nous nous revoir ? demanda-t-il.

— Oh, vraiment ?

— Oui, nous pourrions faire un tour en forêt

pour célébrer la liberté retrouvée ? Marcher le long de la rivière, cueillir des provisions ?

— Très bien. Je n'arrive pas à croire que nous pourrons enfin le faire, où se trouve votre tente ? »

Nella préparait ses ustensiles en écoutant d'une oreille leur conversation. Elle feignait de ne pas entendre mais ne put retenir un discret sourire.

* * *

Cyr et Kaaz retrouvèrent Selna dans la salle du trône. Des domestiques nettoyaient le sang, la poussière et les débris.

« Selna, fais-tu bien ? demanda Cyr.

— Oui, merci, répondit-elle, pensive.

Kaaz s'approcha d'elle et posa ses mains sur ses épaules.

— L'as-tu tué ? demanda-t-il inquiet.

— Non, il s'est enfui. Mais il était exténué, nous avons quelques jours de répit, dit-elle avec désarroi.

— Quelque chose te tracasse, semble-t-il ? insista le jeune homme.

— Je ne suis pas fière d'avoir tué, blessé, ou heurté tant de personnes.

— Bien sûr, mais nous n'avions pas le choix. C'était leur volonté de combattre jusqu'au bout. Ceux qui le souhaitaient ont abandonné lorsqu'il le fallait ou ont rejoint nos rangs, tenta de la rassurer Kaaz.

— Pourquoi certains humains sont-ils autant dénués de bon sens ? Pourquoi d'autres sont-ils si cupides ? Pourquoi vouloir imposer ses convictions aux autres ? Tout cela cessera-t-il un jour ? dit-elle en contemplant la salle quelque peu endommagée. Je ne souhaite pas vraiment entendre de réponse. Je suppose qu'il n'y en a pas.

— C'est exact, nous avons fait ce qui est juste pour la majorité des harcilans. Tu as libéré tant de personnes, tellement de vies vont être meilleures dans ce monde, lui sourit-il.

Elle sourit à nouveau.

— Merci à vous deux, répondit-elle.

— Merci à toi, tout le royaume te remercie, dit Kaaz en lui caressant la joue. Ne pense plus à tout ça.

— À présent nous devons choisir des chambres et nous installer. Nous devons démontrer que le château est entre de bonnes mains, et nous ne devons laisser personne d'autre s'en emparer à nouveau, exposa Cyr. Suivez-moi. »

L'homme de savoir sortit de la salle du trône suivi de Kaaz qui, tout en marchant, enlaça Selna par l'épaule pour la réconforter.

D'anciens Utelyns et conseillers chassés de la cour revinrent y constituer une assemblée. Ils étaient deux fois moins nombreux qu'à l'époque de Geldir mais permettraient de former un gouvernement efficace. Les domestiques avaient apporté des tables et des chaises supplémentaires dans la salle du conseil, il y aurait maintes nouvelles décisions à prendre.

Des chambres et quelques postes furent

aussitôt attribués. Il fallait établir une Garde au plus vite afin de protéger le château pendant que les décrets les plus délicats seraient statués.

Pelon fut officiellement désigné Chef des Guerriers. La bonne cinquantaine de ceux qui avaient combattu sous ses ordres, dont Teli et Chebol, furent nommés Guerriers également.

Selna serait sûrement élue Cheffe des Gardiens. Mais comme le conseil ne la connaissait pas suffisamment, ils souhaitaient attendre encore un peu avant d'officialiser son titre.

Les premiers Gardiens furent choisis plutôt rapidement : Kaaz, Roma, ceux qui avaient abandonné Relan sur-le-champ pour rejoindre la rébellion. D'autres étaient sur la liste d'attente comme Myni, arrivée récemment à Hierum, et ceux qui comme le père de Chellis avaient combattu longuement avant de rejoindre les rangs des harcilans.

Une Utelyn spécialisée dans le marquage s'installa dans une salle à côté, aidée d'un domestique. Les Gardiens vinrent pour confirmer leur titre. Kaaz était le premier à passer.

Il s'assit sur la chaise sous les yeux de Selna et Roma. L'Utelyn Kysen trempa son aiguille dans un liquide magique bleu nuit. C'était une femme d'une soixantaine d'années aux cheveux blancs noués en tresse. Elle avait une peau ambrée, les yeux bleu clair, et de gros grains de beauté noirs éparpillés sur le visage. Elle portait une longue tunique en lin blanc : la tenue caractéristique des Utelyns.

De ses doigts osseux, garnis de bagues

surmontées de pierres et minéraux variés, elle empoigna Kaaz par la mâchoire. Elle apposa son peigne en bois muni d'une dizaine d'aiguilles sur son front, juste au dessus des sourcils. De l'autre main, elle relâcha le visage glabre du jeune homme puis saisit une pierre polie. Elle frappa à coups réguliers pour faire pénétrer les pointes encrées dans la peau.

Ce n'était pas très douloureux, le liquide était en partie sédatif. La ligne se dessinait petit à petit. Durant ce même moment, elle parlait posément.

« Il y avait bien longtemps que je n'avais piqueté de nouveaux Gardiens. Quels sont tes pouvoirs, jeune homme ? demanda Kysen.

— Dissimulation et Foudre, répondit Kaaz, en serrant un peu les dents.

L'Utelyn déplaça le peigne sur la gauche, dans le prolongement du tracé.

— Bien. Tu es le fils de Kern et Brim ?

— Oui, comment le savez-vous ? dit-il alors que son cœur se mit à palpiter.

— Je les avais marqué. Tu ressembles beaucoup à ta mère. J'ai été si peinée quand j'ai appris ce qui leur était arrivé. Je pensais qu'ils t'avaient tué aussi, mais je suis ravie de voir que tu es en vie. Tu seras un très bon Gardien. Voilà, j'ai fini, sourit-elle de ses dents grisâtres, abîmées par le temps.

— Merci, Utelyn.

— Ils me parlaient de toi. Ils étaient si heureux de t'avoir. Toi et ton frère. Je suis sûre qu'ils n'ont jamais été plus heureux de leur vie.

— Merci énormément » répondit Kaaz, les

yeux rougis.

Alors qu'il se levait, Selna lui prit la main. Roma s'assit à son tour sur la chaise, enjouée d'être reconnue comme Gardienne.

* * *

Cyr et Myni assistaient toujours au conseil. Le père était très attentif, comme à son habitude. Myni adossée au mur, les bras croisés, écoutait d'une oreille. Comme certaines personnes présentes, elle ne comprenait pas tout ce qu'il se passait. Elle souhaitait simplement maintenir la sécurité et le bon déroulement des délibérations.

Les anciens textes de lois et les textes modifiés étaient rassemblés, annotés pour faciliter les changements à apporter dans les jours à venir.

Ty et Chellis étaient aussi présents. Ils ne comprenaient pas tout non plus mais tenaient à savoir comment les choses évolueraient.

« Vous pouvez pas rentrer chez vous vous bécoter ? » lança Pelon avec un sourire grivois.

Les deux jeunes gens rougirent en s'évitant du regard.

« Texte modifié : paragraphe 8, page 1054. Interdiction de vendre des armes à autre que la Garde du roi. Peine de mort encourue pour désobéissance.

— Déchirez la page et mettez-la ici aussi ! » s'agitèrent les hommes de lettres.

Des monceaux de feuilles recouvraient les tables, des centaines de livres de lois jonchaient le sol. Les conseillers devaient les enjamber.

Une femme manqua de tomber en retrouvant un livre correspondant à leurs recherches : en se ruant vers la table principale, elle se prit les pieds dans une pile d'ouvrages puis réussit à rattraper sa chute.

« Regardez, c'est ici. Ils ont dû la modifier une fois de plus, pointa-t-elle du doigt.

— Très bien, décret fixé. Passons à la suite ! » s'écria-t-il en frappant de son maillet en bois de noyer.

Une apprentie domestique, qui devait avoir dans les treize ans, avait comme ouvrage de marquer d'un sceau à encre le registre des lois à chaque coup de marteau.

La grande porte s'ouvrit et Polt Melran fit irruption. Il se joignit à la foule. Non loin se trouvaient Cyr et sa fille, ainsi que le Chef des Guerriers. D'autre part, de nombreux Gardiens se tournèrent vers l'intrus.

« Que fait-il ici ? murmura Pelon à Cyr.

Ayant entendu la messe basse, Polt répondit à voix haute.

— Je me joins à vous, répondit-il tout sourire.

— C'est un menteur, on ne peut pas se fier à ce petit merdeux ! s'écria Pelon.

— Ne le croyez pas, il a rejoint Relan dans les premiers, ajouta le père de Chellis en pointant Polt du doigt.

— J'ai changé d'avis. Je ne rejoins que les forts, les faibles ne m'intéressent point.

— Tu changes souvent de camp alors ! Tu étais du bon côté, puis du mauvais et maintenant tu souhaites revenir du bon ? Ça fait beaucoup non ? insista Kedar.

— Et toi donc Tolen ? Tu les as rejoins en même temps que moi. Pourquoi devraient-ils te faire davantage confiance ? insista Polt.

Un homme dans la foule prit part à la discussion :

— C'est vrai ça ! Kedar Tolen ne devrait pas être ici mais en geôle ! Il a servi douze ans à leurs côtés !

Selna et Kaaz entrèrent dans la grande salle, interpellés par les bruyants échanges verbaux. Ils virent l'attroupement et s'en approchèrent.

Des murmures parcoururent la foule à propos de ce qui venait d'être clamé. Kedar sentit des regards oppressants se poser sur lui.

Chellis sentit la frayeur croître en elle.

— Taisez-vous, il s'est trompé ! Il croyait qu'ils agissaient pour la bonne cause mais à présent il sait qui sont les justes !

— Et alors petite, il a été idiot durant douze années de sa vie ? Alors que nous tous ici avons toujours su que Relan était un tyran ? continua l'homme.

— Nous devrions emprisonner tous les alliés de Relan ! renchérit un autre.

La foule encercla progressivement Chellis, son père et Polt.

— Je vous prie de vous apaiser ! Nous gardons un œil sur tous les anciens alliés, s'interposa Cyr. Kedar Tolen a, il est vrai, rejoint la Garde de

Relan dans sa jeunesse pour recevoir une rétribution conséquente. Mais dès qu'il a su que sa fille se battait dans le camp adverse il l'a rejointe.

— Ce Polt Melran a usé de son poste pour assouvir ses pulsions sadiques, à torturer à tort et à travers ceux qu'il pouvait ! Je le sais car c'est ce que j'ai vu et entendu au sein du château.

— Cessez vos accusations, vous n'avez aucune preuve ! De plus, je ne suis pas sot, je n'aurais pris aucun risque en restant à vos côtés si je ne souhaitais pas me rallier à votre cause » répondit-il avec une apparente assurance, mais il en avait en réalité des sueurs froides.

Selna écouta ses pensées à distance :

« *Le premier qui bouge, je l'enflamme. Ce ventru roux à ma gauche rejoindra la mort avec moi s'il le faut.* »

Selna écarta les badauds de son chemin à toute vitesse et éjecta Polt contre le mur. Pas trop violemment, uniquement de quoi l'affaiblir.

L'ensemble de la cohue poussa un profond soupir d'étonnement.

— Selna ?! s'enquit Cyr.

— Il allait s'en prendre à l'un d'entre vous. Emmenez-le au cachot en attendant son jugement.

— Quoi ? C'est faux ! C'est faux ! s'exclama Polt, égaré, en se relevant difficilement.

— Je possède la Transmission » répondit Selna, solennellement.

Kaaz et un autre Gardien attrapèrent le jeune homme par les bras et l'entraînèrent vers le cachot.

CHAPITRE 22 : Le Conseil

Selna et Kaaz en profitèrent pour faire un tour du château. Elle avait retrouvé son enthousiasme et sa sérénité. Ils croisèrent de nombreuses personnes dans les couloirs : des domestiques déplaçant des tables et escabelles, des Utelyns cherchant des salles où s'installer, comme douze ans auparavant, ou encore des Guerriers entraînant des prisonniers vers les geôles.

Ils se rendirent au premier étage, en empruntant le gigantesque escalier en spirale constitué de grès jaune également. La rampe était quant à elle en bois sculpté de motifs floraux.

Ici, les couloirs se révélaient plus paisibles. Seuls les domestiques, qui vidaient et nettoyaient les chambres, rompaient le silence.

« Quel sentiment étrange de se trouver ici, dit Kaaz. J'ai l'impression de prendre la place de quelqu'un qui en aurait plus besoin que moi.

— C'est vrai, on en aurait presque la sensation d'asservir le peuple à notre tour, plaisanta-t-elle. Mais c'est nécessaire en attendant que le conseil soit constitué.

— Oui, sourit-il.

— Si tu souhaites libérer ta chambre, tu peux en rejoindre une déjà occupée, proposa-t-elle.

— Une chambre déjà occupée ?

— Oui. La mienne par exemple, dit-elle enjôleuse.

— Oh. N'est-il pas trop tôt pour partager une couche ?

— Nous avons failli partager notre mort, il me semble qu'une chambre reste assez raisonnable ?

— C'est vrai, répondit-il déconcerté.

Un jeune domestique vint vers eux en courant. Il s'arrêta net, essoufflé :

— Chers Gardiens, les Utelyns et autres membres du Conseil vous attendent en bas.

— Très bien, nous vous suivons » répondit Selna.

* * *

Tous les membres de la cour se réunirent dans la salle du trône. L'assemblée fut présidée par Anela Pargul, le conseiller principal de Geldir qui était parvenu à s'enfuir douze ans auparavant.

« Nous allons devoir mettre en place un gouvernement. De quelle manière pouvons-nous procéder ? exposa Cyr.

— Il faut trouver un roi ou une reine, lança Pelon.

— La fille Harel pourrait être reine, proposa Teli.

— Non, nous devons suivre la Constitution : le roi ou la reine ne doit posséder aucun pouvoir. Mais elle peut être aisément nommée Cheffe des Gardiens comme sa mère. Après tout, elle vient de mener une armée de Gardiens, de Guerriers et d'archers, argumenta Kaaz en adressant un regard complaisant à Selna.

La jeune femme lui sourit. Elle et Cyr méditaient longuement sur tout cela. Quant à lui, Kaaz semblait avoir les idées déjà toutes trouvées.

— Admettons, la fille Harel deviendrait Cheffe des Gardiens, tous les Silarens ici présents deviennent Gardiens. Je redeviens Chef des Guerriers. Il nous manque le plus important : un roi ou une reine aimé du peuple qui ne perdra pas la tête, ajouta Pelon.

— Nous pouvons faire venir un comte ou une comtesse peut-être ? proposa un autre conseiller.

— La comtesse Rupe Linel est une femme très droite, j'ai combattu pour elle dans ma jeunesse, dit Pelon.

— Et si nous laissions tout simplement la parole à ceux qui ont mis à exécution cette assaut victorieux. Ils savent bien mieux que vous quoi faire ! s'exclama Teli.

Un silence emplit de vexation se fit. Selna et

Cyr semblaient toujours perdus dans leurs pensées.

— Ou peut-être pourrions-nous modifier les règles après tout ? Le roi ou la reine pourrait posséder un ou quelques pouvoirs, toutefois toujours moins que la Cheffe des Gardiens bien entendu, proposa le deuxième conseiller.

— Je suis d'accord ! Regardez où cela a mené Geldir ! De ne pouvoir se défendre il a fini embroché, insista un troisième conseiller.

— Sottises ! Un roi possédant des pouvoirs ? Pour nous asservir mieux que Relan ? s'exclama Pelon.

— On n'en a que faire de tes idées, nigaud ! rétorqua Teli.

— T'ai-je sonnée la mégère ?

— Viens par ici que je te botte l'arrière-train !

— Suffit ! s'écria Myni d'une voix stridente. Sortez d'ici, nous avons plus important à faire que d'écouter vos querelles infantiles.

— Calmez-vous ! Nous prendrons le temps qu'il faudra et trouverons qui succédera au trône. C'est une décision à ne pas prendre à la légère, s'interposa Cyr.

— Si Selna est digne d'être notre Cheffe des Gardiens, elle doit avoir une idée, proposa Kaaz.

Tous les regards se tournèrent vers la fille Harel.

— Oui, mais j'ai bien peur de ne pas être suffisamment impartiale, répondit-elle. Je tente de trouver une solution différente depuis tout à l'heure, mais je dois avouer que la tâche est plutôt ardue.

— Quelle est ton idée, jeune fille ? demanda Roma.

Les regards se tournèrent en direction de Roma, puis se posèrent à nouveau sur Selna.

— Je connais quelqu'un de sage, réfléchi, en qui nous pouvons tous avoir pleinement confiance. Ainsi, le peuple peut aussi se remettre entre les mains de cet individu. Une personne qui n'a jamais baissé les bras, une personne qui a été là pour faire de ce soulèvement une réalité, une unité. Je pense ... à maître Cyr Belgran.

Les murmures parcoururent la salle. Un sourire illumina le visage de Kaaz.

Cyr fut le premier surpris par cette proposition. Il n'aurait jamais imaginé qu'un jour dans sa vie il aurait été envisagé en tant que roi. Cela lui paraissait relever de la plaisanterie plutôt que d'une réelle considération.

Myni était à la fois troublée par cette idée et fière, cependant elle ne parvenait pas plus à y croire.

— Mais oui, vous feriez un excellent roi ! s'exclama Teli, enjouée.

— S'il y a bien une personne à qui nous pouvons nous fier dans ce royaume, c'est vous maître, rétorqua Roma.

— Cette proposition est plaisante, or c'est impossible. C'est une responsabilité très importante. Représenter tout le royaume, cela me paraît ... démesuré.

— Et qui d'autre allons-nous mettre sur le trône ? Pelon ? Le royaume est bon pour sa perte !

lança Teli.

Les rires traversèrent l'assemblée.

— Tais-toi donc vieille folle ! beugla-t-il.

— Vous seriez parfait pour ce rôle Cyr, appuya Chebol.

Cyr dut se tourner et tendre le cou pour l'apercevoir dans la foule : il avait le bras bandé à présent.

— De toute manière personne d'autre n'est plus convenable que vous pour ce titre, ajouta le Guerrier.

— C'est très flatteur, or je ne souhaite en aucun cas devenir roi. Je suis fait pour être au service de celui-ci, répondit le vieil homme, troublé.

— Cyr, tu peux le faire, aucun autre n'en avait plus le droit que toi. Aucun autre roi n'était plus expérimenté que toi, le rassura Kaaz.

— Je ne crois pas que ce rôle soit fait pour moi, je n'ai même jamais vécu à la cour.

— Papa, si le peuple te réclame c'est qu'il te considère digne de ce titre, lui sourit-elle.

— Myni, peux-tu l'imaginer ? Moi, devenir roi ? C'est tellement absurde.

— Ce n'est pas absurde. Nous avions un bon roi il y a douze ans, puis nous avons connu les temps les plus rudes depuis deux siècles. Tout ce que le peuple souhaite désormais c'est une personne droite, et c'est ce que tu es, continua-t-elle.

— Oui maître, je ne vois personne d'autre à cette place, répondit Pelon en montrant le trône du menton. Je trancherai la gorge à tous ceux qui ne me

La foule acquiesça. Tous so en chuchotant. Seuls Cyr et Myni pièce, songeurs. Une fois la salle vi sonda sa fille :

« Crois-tu que ce soit une bor

— Oui, père. Tu es un Utelyr pas été officiellement reconnu en tar tout ce qu'il y a à savoir sur le royau contrées, les monuments ou les même plus de savoir que les derniers de moins qu'eux, si ce n'est l'absen Seulement la descendance est éteir dynastie est attendue. Les règnes simplement.

— Je ne peux y croire. Je n vouloir quitter ma tente pour me r château, assis sur un trône qui a tra dit-il en parcourant quelques pas seulement ta mère était là.

— Elle dirait que tu es boul tout à fait compréhensible. Mais no capable de tenir ce rôle. Il n'y a per le ferait mieux que toi. Toi qui l'histoire de ce royaume, aujourd'hu partie. Il est temps pour nous d'all journée a été longue. Bonne nuit. »

Elle sortit de la salle les bras croisés, lassée par les heures d'attente.

Cyr observa tout autour de lui dans cette pièce immense : des lustres prodigieux éclairés de mille bougies dont les flammes crépitaient jusqu'à ce trône majestueux juché en haut des marches en marbre blanc.

Qui pouvait un jour penser se retrouver à cette place ? Pour Cyr, il s'agissait d'une aberration. Ils trouveraient tous quelqu'un d'autre pour convenir à ce titre.

* * *

Après une longue nuit de sommeil reposante, les nouveaux résidents du châteaux se levèrent un à un. Dans une chambre plutôt modeste, mais tout de même bien plus grande et luxueuse que ce que l'on pouvait trouver en ville, Kaaz s'éveilla et s'assit sur le bord du lit. Il se vêtit.

Selna, réveillée par ses mouvements, prit appui sur son coude pour le contempler. C'était la première fois qu'elle le voyait si peu vêtu. Elle se leva et fit le tour du lit pour prendre ses habits à son tour.

Kaaz lui sourit pour lui souhaiter le bonjour, puis baissa aussitôt le regard à la vue de sa chemise. En effet, on voyait grandement au travers. Il était embarrassé et ne voulait pas paraître grossier.

« Je pense me rendre dans la forêt de Kimoistaa aujourd'hui, pour récolter des barismaas. Si

Litar riposte, nous pourrions en avoir besoin. Cela te dirait de m'accompagner ? l'interrogea Selna, en passant sa tunique foncée par dessus sa chemise.

— Bien sûr, répondit-il, honoré.

Il s'approcha d'elle. Il lui caressa la joue, puis les cheveux. Alors que Selna monta sur la pointe des pieds, il se pencha pour l'embrasser.

— Je t'accompagnerai partout où tu le souhaiteras, murmura Kaaz.

— Moi aussi » répondit Selna de la même manière.

Ils se sourirent lascivement tout en s'échangeant un regard affectueux.

Arrivés à hauteur du passage, ils pouvaient voir une cavité béante : la portière de racines couvrant l'entrée avait disparu. Et la paroi de terre apparaissait éboulée et dispersée partout au sol. Ils tentèrent de se frayer un chemin en escaladant les monticules. Et ce qu'ils virent ensuite ne les surprit plus.

Tout le sol avait été retourné, de la terre déversée dans la source d'eau, tout le charme de cet endroit avait été détérioré, saccagé.

« Il a tout pris. Plus aucune racine ne poussera ici.

— Est-ce grave ? demanda Kaaz.

— Oui. Nous ignorons s'il y en a d'autres ailleurs. Il s'agissait peut-être du dernier lieu où l'on pouvait en trouver au monde. Dans tous les cas, il y en a un de moins.

— Avec tout ce qu'il a emporté ... sera-t-il trop

puissant pour toi ? quémanda-t-il, inquiet.

— Non … disons que je devrais être en pleine forme tout de même. Elles augmentent quelque peu l'endurance. Je ne devrais pas être entourée de trop d'alliés, ce serait difficile de tous les protéger. »

Ils rentrèrent au château, dépités. Selna sentait la présence de Litar au loin. S'il avait d'ores et déjà consommé les racines, ce n'était alors pas le moment de l'affronter. Apparemment, il s'était remis de l'affrontement plus vite qu'elle ne l'aurait pensé.

Il fallait rester sur ses gardes : en rentrant, elle en ferait part au Conseil.

* * *

Le lendemain, ils se réunirent tous à nouveau dans la grande salle en espérant que ce soit la dernière fois. La population s'impatientait et la qualité de vie avait vivement besoin d'être améliorée.

Sur l'estrade en bois se tenaient tous les conseillers au nombre de onze, ainsi que Selna, la Cheffe des Gardiens, et Pelon, le Chef des Guerriers.

Dans la foule se tenaient tous les Utelyns de la capitale, en plus de quelques-uns venant des régions voisines et ayant réussi à arriver à temps. Divers salariés du château étaient également présents.

« La comtesse Rupe Linel pourrait être un bon choix. C'est une femme éloquente, distinguée, issue d'une longue lignée de la noblesse. La gestion de sa contrée est remarquable. Elle fait juste preuve, parfois, de tendances dépensières, argumenta un

Utelyn présent dans la foule, à un rythme lent et précautionneux.

— Des tendances, c'est-à-dire ? insista Anela Pargul.

— Eh bien, il se trouve … qu'elle s'offre des extravagances de temps en temps.

— Des extravagances de quel acabit ? renchérit le conseiller grisonnant.

— L'année dernière, par exemple, elle a demandé à faire recouvrir son château de feuilles d'argent …

Des murmures scandalisés parcoururent la salle.

— Mais elle ne mit aucunement en péril ses citoyens ! Elle pouvait se le permettre. Bien qu'elle y dépensa une certaine fortune, il est vrai. Les villageois en ont beaucoup discuté.

— Ce que vous ne dites pas, c'est que deux ans auparavant elle avait demandé à le faire pourvoir de feuilles d'or ! Son conseiller l'en a dissuadé. L'incident a été étouffé et, fort heureusement, grâce à un contact dont je tairais le nom, une missive m'a tout de même été transmise. Elle n'est pas irréprochable, et c'est pourquoi nous devons la rayer de la liste ! s'exclama une conseillère aux cheveux courts et bruns.

— Eh bien, nous ne trouverons personne à cette cadence-là ! enchérit difficilement, d'une voix essoufflée, un conseiller qui approchait les cent ans.

— Calmez-vous, je vous prie. Nous trouverons, ajouta Pargul de sa voix nasillarde.

— Vous savez tous quelle est la seule personne vertueuse ! relança Teli.

— Nous y venons, chère Guerrière. Nous y venons, dit-il en faisant passer son papier derrière la liasse d'autres qu'il tenait entre ses mains. Maître Cyr Belgran, avez-vous médité à ce propos ? demanda Pargul.

— Tout ceci est tellement insensé, répondit l'homme trop avisé qui se tenait au pied de l'estrade.

— J'en ai longuement débattu avec plusieurs personnes ici présentes. J'en reviens toujours à la même conclusion. Il n'y a qu'une seule personne dont nous sommes sûrs qu'elle ne nuira en aucun cas au royaume, ajouta Selna.

Elle se trouvait au milieu de l'échafaud, les mains jointes dans le dos. Cyr crut revoir Kolin à ses débuts : la même posture, le même air inspiré et attentif. Si seulement elle avait été là pour voir combien sa fille lui ressemblait en tout point. Si elle pouvait la voir à l'instant même, d'où elle était, celle-ci devait être fière.

— Je suis entièrement d'accord, renchérit Pelon.

Cyr sortit de ses pensées :

— Et si je ne suis pas à la hauteur de vos attentes ? demanda-t-il, inquiet.

— Le Conseil est là, c'est sur eux que ça retombera s'ils vous laissent faire n'importe quoi ! s'exclama Teli.

— S'il vous plaît, cessez tous de prendre la parole sans lever la main ! Et évitez d'émettre des discours de cette sorte envers le Conseil, protesta Pargul en lançant un regard agacé à Teli.

Cette dernière réprima un rire.

— Ne vous inquiétez pas, nous serons là aussi. Nous serons près de vous si vous avez besoin d'aide, ajouta Selna.

— Le problème est que je ne suis pas certain de vouloir quitter ma vie simple. Elle me convient parfaitement ainsi. Je souhaitais juste que notre royaume redevienne ce qu'il avait été, et ensuite reprendre mes activités. Cependant, vous voulez faire de moi un roi alors que je n'ai aucun lien de parenté avec les lignées royales précédentes et que je ne suis aucunement issu de la noblesse.

— Vous qui connaissez la création de ce royaume, les meilleurs Ulin Ece ont toujours été les plus modestes, n'est-ce pas ? argumenta Kysen.

Cyr se tourna et aperçut la femme mûre. Elle lui sourit avec bonté.

— Oui. Vous avez raison, répondit-il.

— Alors vous êtes fait pour ce titre. Vous êtes libre de retourner à votre tente, si vous le désirez de temps en temps. Mais ne pensez plus à ce qui entoure ce rang. Pensez à ce dont les gens ont besoin. Rouvrir les portes, baisser les taxes, réécrire les textes de lois, remanier Hierum et le royaume. Il va y en avoir de l'ouvrage, et il devra être bien fait, relança Selna.

— Oui ! Soyez notre roi ! s'écria Teli.

La foule la suivit en scandant :

— Cyr roi d'Harcilor !

Tous les poings se levèrent, d'autres

applaudirent.

Le conseiller Pargul se passa la main sur le visage avec consternation.

— Cyr roi d'Harcilor !

Cyr se retournait pour voir la foule, il pouvait distinguer des visages inconnus, des parents et des enfants qu'il avait instruits, et bien sûr des visages très familiers. Tous souriaient, riaient, proféraient son nom.

La joie revenait peu à peu sur les visages. Même certains Utelyns levaient le poing.

Teli et Pelon semblaient faire un concours ou bien une démonstration de la voix la plus retentissante.

— Allez, monte sur scène, lui glissa Myni à l'oreille.

Il se tourna vers elle. Sa fille ne semblait plus lui en vouloir. Un large sourire et des yeux pétillants s'affichaient sur son visage. Elle avait posé sa main sur son épaule. Il se souvenait de sa toute petite main d'enfant, mais désormais, il s'agissait de la main d'une femme bien adulte.

— Nous ne pouvons pas tous être dans l'erreur, ajouta-t-elle pour le convaincre.

— Cyr roi d'Harcilor ! résonnait toujours l'hymne en fond - et redoublait même - lui qui l'avait oublié durant quelques secondes.

— Très bien » répondit-il enfin.

Il s'avança vers les cinq marches, hésita un instant, puis monta sur la plate-forme afin de rejoindre les membres du gouvernement.

La foule l'acclama de plus belle : des cris, des applaudissements, des sifflements. Il y avait à peine plus d'une centaine de personnes présentes pourtant la salle semblait emplie d'une foule immense.

« Cyr Belgran, je vous déclare expressément roi d'Harcilor ! » hurla Pargul de toutes ses forces.

Seules les trois personnes les plus proches de lui l'entendirent dans ce joyeux tumulte.

* * *

Nella et trois autres domestiques furent rassemblés dans une salle des plus quiètes de la forteresse. Des pupitres venaient d'y être installés. Ils prirent place sur les petits bancs en attendant le retour de deux conseillers. L'attente fut longue, bien trop longue.

Enfin, Anela Pargul réapparut accompagné du doyen des conseillers. Tous deux apportèrent des lots de feuilles de papier dans les mains. Ils les disposèrent sur les pupitres.

« Vous faites partie des rares domestiques à savoir écrire. Et vous êtes de ceux qui possèdent la plus belle écriture. Enfin bref, pour annoncer le couronnement qui aura lieu dans deux jours ainsi que les changements principaux de le Constitution, vous devez réécrire le texte que je vais vous transmettre sur toutes ces feuilles et les prochaines qui vous seront apportées. Nous devrons en afficher dans toute la capitale et les villes les plus proches : aux carrefours des allées, sur les façades des échoppes et des bâtiments, puis dans bien d'autres lieux très fréquentés. Ce seront en tout cinq cent vingt-quatre écriteaux qui devront être accrochés. Nous vous remercions par avance pour votre dévouement. Je vais de ce pas chercher le texte à copier.

Les conseillers tournèrent les talons.

Nella et ses compagnons s'échangèrent des regards effarés.

— Cinq cents manuscrits pour demain ? Nos mains vont nous meurtrir ! s'exclama-t-elle.

— Moi qui croyais qu'il s'agirait d'une corvée reposante : être assis à écrire. La prochaine fois je demanderai à ranger les réserves, soupira un jeune homme à la peau ébène.

— Je déteste ce genre de charge, répondit un autre en grimaçant. Je préfère encore récurer le sol couvert de boue de la grande porte ! »

Les jeunes domestiques allaient devoir prendre leur mal en patience.

Le jour du couronnement se présenta. La salle du trône était comble ce qui n'était pas arrivé depuis de nombreuses années. Les harcilans avaient revêtu leurs plus beaux accoutrements de fête.

Un festin fut servi, tout le monde mangeait à sa faim. Les denrées avaient été importées des autres régions pour l'occasion. On y trouvait des tourtes aux asperges, artichauts ou champignons, des pains aux graines de lin, de tournesol ou de pavot, des tartes à la groseille ou aux fraises des bois, des fruits secs, et des gâteaux secs à la cannelle, aux amandes ou aux noisettes. Tout ce qu'ils n'avaient pu s'offrir depuis bien longtemps ou que très rarement.

Cyr passa devant le trône, ovationné par le peuple. Tout le monde avait entendu parler de son rôle dans la conquête du château. Ils ne pouvaient qu'éprouver de l'admiration pour son dévouement auprès des jeunes générations et du royaume.

Selna et Pelon se trouvaient à la gauche du trône, vêtus d'habits d'apparat tels que les Chefs des armés devaient en porter : de longs bliauds rouges et blancs. Les conseillers se tenaient à la droite du siège royal, vêtus de leurs tuniques en lin habituelles.

Le conseiller principal, Pargul, saisit la couronne et s'avança vers Cyr. Elle était faite d'or, ornée de fleurs, de feuilles et têtes d'animaux symboliques : le profil d'une licorne, représentant la rareté de la sagesse devait être placé à l'avant, soit au dessus du front du roi ; l'ours, qui représentait les Guerriers, se trouvait sur le côté droit de la couronne ; le renard sur le côté gauche évoquait les Gardiens pour leur discrétion, leur agilité et leur rapidité ; et enfin, à l'arrière de la couronne apparaissait le profil d'un chevreuil qui rappelait le peuple, l'animal le plus modeste et le plus présent dans la nature.

Alors que Pargul s'approchait de Cyr, celui-ci inclina la tête. Le conseiller couronna le nouveau roi. En relevant le buste et en se tournant vers la foule, Cyr esquissa un sourire. Les applaudissements et les sifflements se firent très bruyants.

D'un geste gracieux, le conseiller indiqua au maître qu'il pouvait désormais siéger sur le trône. Il s'assit dans ce fauteuil bien trop confortable et bien trop somptueux.

Kaaz, Myni, Chellis, Ty et tous les autres se tenaient dans les premiers rangs. Ils ne pouvaient s'arrêter de sourire, et rire pour les derniers, égayés et exaltés par la drôle de circonstance.

Quelques instants plus tard, il était temps que le roi se présente à une plus grande partie de la population. Le personnel du château se dirigea vers le grand balcon qui s'élevait au dessus de la cour.

Des milliers d'harcilans patientaient dehors sous le soleil zénithal. L'été arrivait à grands pas. Le nouveau roi s'accouda à la balustrade en marbre blanc.

La foule exprima sa joie enfin retrouvée alors que Cyr les saluait de la main. Finalement, ce n'était pas si difficile, ni embarrassant. Le peuple ne cherchait que quelqu'un en qui croire, et malgré ses propres doutes il était capable d'endosser ce rôle.

Tout au long de la journée, les habitants avaient mangé, dansé, chanté et discuté. Une fatigue agréable que l'on n'avait pas connue depuis un long moment.

Cyr s'en retourna à ses appartements. Sa fille vint lui rendre une dernière visite avant d'aller dormir.

« N'es-tu pas trop déconcerté ? plaisanta-t-elle.

— Je ne crois pas, répondit-il en souriant. Et toi donc ?

— Non, j'y croyais depuis le début. Je savais que tu t'en accommoderais.

— Tu avais raison. En fait, le plus égoïste

c'était moi. Je ne pensais qu'aux changements qui pouvaient m'affecter. Les préoccupations du peuple passaient après. En réalité, c'est une bonne chose pour nous tous.

— Voilà, enfin le vrai Cyr ! dit-elle.

— Vas-tu rester ici ? Ou souhaites-tu repartir au sud ?

— J'aimerais rester ici. J'ai enfin pu te retrouver, j'aimerais qu'à l'avenir nous ne soyons plus jamais séparés, répondit-elle, quelque peu morose.

— Nous ne le serons plus. Tu es libre de tes choix, tu es adulte. Et nous avons tant d'années à rattraper, nous ne devons plus nous quereller, implora-t-il.

— Je suis d'accord. Maman ne voudrait pas ça » soupira-t-elle alors que les larmes commencèrent à lui inonder les yeux.

Cyr ouvrit grand les bras pour y accueillir sa fille, elle se blottit contre lui en sanglotant. À son tour, une larme s'échappa et perla sur la joue du vieil homme.

* * *

Le soir même, après le couronnement, Selna et Kaaz retournèrent dans leur chambre. Ils avaient dansé langoureusement, s'étaient délectés de fruits frais et ri toute la soirée en écoutant les ménestrels conter d'anciennes histoires.

Kaaz ne paraissait plus aussi taciturne. Elle prit ses mains pour l'entraîner à nouveau dans une danse, au pied du lit. La musique résonnait au dehors, dans la cour, pour ceux qui souhaitaient veiller toute la nuit au clair de lune.

« J'aime ton sourire. Même si tu le montres peu souvent, il fait partie des plus authentiques que je connaisse, badina-t-elle.

Il contempla son visage : ses yeux rieurs, son nez arrondi, son sourire espiègle.

— Depuis que tu es entrée dans ma vie tout me semble moins sombre. J'avais oublié tout cela. Ce qu'était être heureux, de ne ressentir aucun poids, aucun malheur constant autour de soi, murmura-t-il.

— Je comprends. Serait-ce l'amour ? Quand tu rencontres une personne et que la vie change pour le mieux ?

— Je le crois, répondit-il. Moi j'aime tes yeux. Leur douceur quand tu les poses sur moi. J'ai la sensation que tout est possible. Cela m'a beaucoup aidé le jour de l'assaut, dit-il en souriant.

— Ai-je été une inspiration ? rétorqua-t-elle.

Il lui prit la main et la fit tourner.

— Tout à fait !

Puis il l'attira vers lui, elle l'étreignit par la taille.

— Quant à toi, tu m'inspires d'autres sensations, ajouta-t-elle.

— De quelle sorte ? demanda-t-il, soucieux.

La jeune femme ne répondit pas et l'attira au bord du lit où ils s'assirent. Elle plongea ses yeux dans les siens puis l'embrassa. Elle délaça sa chemise et dénuda ses épaules. Sur celle de gauche, on pouvait y voir une égratignure. Elle lui adressa un regard interrogatif.

— Un Guerrier de Relan a voulu me donner un coup de hache. Je l'ai esquivé le plus vite possible mais ça m'a tout de même éraflé.

Elle caressa son épaule comme pour la panser.

— Il m'en faut plus pour m'intimider. Il n'a pas réussi son coup, plaisanta-t-il.

— Ça ne m'étonne pas de toi.

Elle déposa un baiser sur son égratignure.

— Par contre, toi tu es sur la bonne voie.

— Tu étais très séduisant en fait, au combat, lui dit-elle avec un regard charmeur.

— Vraiment ? répondit-il en lui étreignant la main qu'elle avait posée sur son torse.

— Oui, tu savais exactement quoi faire.

Elle l'embrassa dans le cou en remontant jusqu'à son visage.

— Pas autant que toi, je pense, répondit-il.

— Assez pour me donner envie de t'embrasser, susurra-t-elle contre sa peau.

Arrivée à ses lèvres, ils s'embrassèrent passionnément. Puis, il recula légèrement.

— Je dois te dire que je n'ai jamais … je ne sais quoi faire. Et toi ? murmura-t-il avant de déglutir.

— Oui, je me doute, répondit-elle avec conviction.

— Je n'ai jamais parlé de cela avec Cyr. Je sais que la plupart des garçons en font part à leurs pères.

— Ce n'est rien. Je vais te montrer, si tu le souhaites ?

— Oui » répondit-il résolu.

Ils se regardaient dans les yeux intensément, ils se comprenaient. À nouveau, ils se rapprochèrent l'un de l'autre et s'embrassèrent passionnément tout en s'enlaçant. Lui ne savait pas vraiment où poser ses mains. Il se contentait d'en appuyer une sur le lit pour se maintenir assis et de caresser le bras de Selna de l'autre.

D'un revers de la main, en direction des bougies, Selna les éteignit.

Ils se trouvaient alors dans l'obscurité complète, leurs sens davantage en éveil. Elle le poussa légèrement pour lui faire comprendre de s'allonger. Kaaz sentait ces petites mains effleurer délicatement sa peau. La jeune femme se pencha et embrassa son torse, il sentait ses lèvres douces et son souffle chaud.

Selna s'apprêtait à glisser sa main vers l'aine de son amant. Celui-ci souhaitait s'abandonner, toutefois quelque chose le tourmentait. Il lui prit la main pour l'arrêter dans son geste.

« Es-tu sûre ? Peut-être que nous ne devrions pas, dit-il, le souffle court.

Elle s'allongea à côté de lui.

— Non. Tu as raison. Il y a des chances que je tombe enceinte.

Elle ralluma les bougies d'un geste. La lueur orangée s'empara à nouveau de la pièce.

— Si tel était le cas, nous pourrions garder l'enfant. Ou bien, si tu le souhaites, tu pourrais avoir recours à un remède abortif, répondit-il en fixant le plafond.

— Dans les deux cas, ce n'est pas le bon moment. Litar pourrait revenir et je ne serais pas en condition pour me battre.

— J'ai très envie de te montrer à quel point je t'aime. Mais ce serait dangereux maintenant, murmura-t-il.

— Oui, répondit-elle en tournant la tête vers lui. J'aimerais partager ce moment avec toi. Mais de savoir que ce jour viendra me suffit amplement.

Il se serra contre elle et lui prit la main.

— C'est à croire que les Dois nous oppriment vraiment sur tous les points » dit-il ironiquement.

Elle rit, puis se tourna vers lui. Elle tendit la main pour caresser tendrement le bras du jeune homme. Ils passèrent la nuit ainsi, à deviser, à se regarder et se caresser avant de s'endormir paisiblement.

* * *

Les jours suivants, Cyr fut bien occupé. Il devait recevoir d'innombrables visites de toutes les contrées du royaume. Des pétitions, des démonstrations, des dons et des présents offerts, tout ce qui pouvait améliorer la vie des harcilans était exposé devant la cour. C'était au roi et à son Conseil de savoir ce qui serait d'une vraie utilité pour le royaume.

Dans l'après-midi, un homme de taille moyenne, avec une épaisse moustache tombant de chaque côté des lèvres, entra dans la salle du trône. Sa démarche raviva de vieux souvenirs au roi. Il lui fallut quelques minutes avant de se souvenir de cette connaissance avec qui il avait eu quelques échanges épistolaires mais qu'il n'avait plus vu depuis une dizaine d'années.

« Hé, vieil ami ! Qui aurait cru que tu deviendrais roi un jour ? s'exclama le nouvel arrivant.

— Kirso ! Il y a si longtemps, répondit Cyr en se levant.

Il descendit les marches en marbre ce qui fit sursauter le conseiller Pargul.

— Votre Majesté, ce n'est pas à vous de vous déplacer !

Cependant, Cyr n'en fit qu'à sa tête et s'approcha de son ami de longue date. Ils se donnèrent une accolade en se tapant dans le dos.

— Fais donc un tour du château, un domestique va te guider. Ce soir nous mangerons dans la salle.

— Il me tarde que nous nous racontions toutes ces années écoulées ! » répondit Kirso.

Après un énième entretien, Cyr demanda à Pargul s'il pouvait prendre congé. Puis, il changea d'avis :

« Attendez, il y a une chose très importante que je souhaiterais ajouter. Anela, pourriez-vous aller chercher le registre, je vous prie ? demanda Cyr.

— Oui bien sûr. Je vous l'apporte tout de suite. Nella s'il vous plaît, pouvez-vous aller me chercher le registre ?

La jeune fille qui se tenait prêt de la porte, hocha la tête et sortit aussitôt. Elle revint, le registre sous le bras, puis le tendit au conseiller. Celui-ci s'avança de quelques pas vers Cyr et lui transmit.

— Merci à vous deux, dit Cyr en regardant tour à tour Nella, puis dubitativement Pargul.

Nella ébaucha un sourire.

— Tout d'abord je souhaiterais faire ériger des stèles en mémoire de tous ceux qui ont perdu la vie lors de ces deux attaques. Une pour les victimes, c'est-à-dire les noms de tous les habitants nous ayant quitté sans avoir prit part aux combats, les enfants, ou encore ceux n'ayant rien vu venir, à placer à la porte nord ; une pour les personnes ayant agi avec courage, comme Opil Nery à la porte est ; une pour les morts d'il y a douze ans, le roi Geldir, Kolin Harel, tous les Gardiens, Guerriers, archers et combattants, à la porte ouest. Et enfin, une quatrième stèle avec les noms de tous ceux qui sont morts au nom de Relan à la porte sud. Là où il y a le plus de passage, exposa Cyr.

— Pardon ? Vous voulez une stèle ... pour rendre hommage aux félons ? s'interloqua le conseiller.

— Oui, vous avez bien entendu. Ce n'est pas parce qu'ils ont fait des choix détestables que nous devons effacer leur existence de ce monde. Cependant, cette stèle rappellera qu'ils se sont battus pour les mauvaises raisons et qu'il vaut mieux se garder de suivre leur exemple.

— Et bien, c'est la première fois que j'entends

une telle chose. C'est très honorable, votre Majesté.

— Merci, cher ami. Je pense que c'est ce qui est juste » rétorqua Cyr.

Après avoir fait connaissance avec tous les nouveaux Gardiens, Selna entra dans la salle du trône.

Cyr l'interpella :

« Selna, aurais-tu des suggestions à apporter aux lois ? lui demanda-t-il avec intérêt.

— En effet, j'ai quelques idées à l'esprit.

Elle s'avança jusqu'au bas des marches.

— Nous t'écoutons.

— Je pense que chaque harcilan devrait avoir le droit de porter l'habillement qui lui convient. Les femmes pourraient désormais porter des tuniques plus courtes ou des chausses, et les hommes pourraient porter des tuniques plus longues s'ils le souhaitent. Ainsi, la manière de se vêtir serait plus cohérente. Pourquoi imposer une certaine taille aux femmes et non la même aux hommes ? Pourquoi les femmes du peuple doivent-elles porter des robes jusqu'aux pieds tandis que les hommes ont le choix entre les chausses et les robes jusqu'aux genoux ? Chacun ne pourrait-il pas être libre de décider ce qu'il souhaite revêtir ?

— Cela me semble exagéré, n'est-ce pas votre Majesté ? proposa Pargul.

— Effectivement, je pense que cela ne ferait que renforcer les liens et l'égalité entre les harcilans. C'est une chose que nous devrions expérimenter, proposa Cyr.

— Je vous rappelle que ces codes ont été instaurés afin de ne point tenter les hommes. Les robes longues permettent de cacher la peau, exposa Pargul.

— Si des hommes sont tentés ils devraient être punis par les Gardiens ou toute personne se trouvant à proximité de la femme malmenée. De plus, si des femmes pouvaient porter des chausses il n'y aurait aucune peau apparente, insista Selna.

— Chacun devrait porter ce qui lui plaît. J'accepte cette nouvelle loi » conclut Cyr.

Selna sourit au vieil homme qui lui rendit un clin d'œil.

Quelques jours plus tard, ce fut au tour de Cil d'être reçu au château. Le petit garçon était accompagné de ses amis : Loya, Ty et Chellis.

« Bonjour, maître … roi, dit-il en faisant une révérence.

— Tu peux m'appeler Utelyn maintenant, si tu le souhaites, répondit Cyr.

— Non, « Votre Majesté ». C'est votre roi, insista le conseiller en regardant Cil droit dans les yeux.

Cyr ne souhaitait pas que ses proches le nomment ainsi, il chuchota au garçon :

— Devant lui appelle-moi Majesté, mais quand il ne sera pas là ce sera maître ou Utelyn, d'accord ?

— Oui maître … dit-il alors qu'il croisa le regard impératif du conseiller. Je veux dire, Votre Majesté !

— Il paraît que tu fais des miracles dans les

plantations ?

— Oui, Votre Majesté, répondit Ty, amusé d'utiliser ces nouveaux termes pour s'adresser à Cyr.

— Très bien, allons voir cela ! »

Cyr appréciait de pouvoir sortir du château.

Toute une troupe l'accompagna jusqu'au potager nord, le plus proche de l'habitation seigneuriale. Elle était constituée des enfants, du conseiller, d'une poignée d'Utelyns ne connaissant pas ce pouvoir, ainsi que de Selna, Roma et Myni en tant que Gardiennes.

Arrivés au jardin, le garçonnet se dirigea vers un emplacement presque désert, seuls deux tiges sèches sortaient du sol.

« Nous t'observons, petit » déclara l'Utelyn Kysen.

Cil posa ses mains sur la terre et rassembla toutes ses forces. Des harcilans qui avaient suivi la marche royale s'étaient regroupés tout autour du potager. Des centaines d'habitants se trouvaient là où plus personne ne venait depuis des années.

Cil y mettait toute son énergie, toute sa concentration. La terre se mit à trembler. Certains villageois, effrayés, partirent en courant, et parmi les Utelyns, quelques-uns n'étaient pas très rassurés non plus. Tout comme Ty, Chellis et Loya, qui en avaient déjà eu un avant-goût, Cyr et les Gardiens ne semblaient en aucun cas impressionnés.

Des cris se firent entendre ce qui sembla perturber Cil.

« Continue, tu y es presque ! l'encouragea

Selna.

— Merci Cheffe » répondit le garçon, les mains toujours contre terre.

Il dut reprendre sa manœuvre dès le début.

Cette fois-ci, il fit le vide dans son esprit ne prêtant plus attention aux murmures ni aux cris des spectateurs.

Il y mit bien plus d'énergie que la première fois. Le sol trembla à nouveau, alors enfin les pousses commencèrent à sortir. Jusque sous les pieds de la troupe royale, des herbes, bonnes et mauvaises, jaillirent de terre, et des graines germèrent.

Dans les baquets destinés aux fruits et légumes sortirent des pousses : navets, radis, rhubarbe, ail, oignons. Une abondance qui n'avait pas été vue depuis de nombreuses années.

La foule applaudit Cil. Des mines enjouées réapparurent sur les visages harcilans.

CHAPITRE 23 : La fuite

L'heure du repas fut sonnée. Relan, assis sur sa couche, attendait patiemment le retour du geôlier muni de sa nourriture. Il se leva et s'approcha de la grille. Les pas du porte-clefs retentirent dans le long couloir obscur et moite. Le roi déchu tapotait des doigts sur les barreaux en fer forgé qui le maintenaient emprisonné.

L'agent du château tenait la gamelle de brouet aux fèves dans une main, et tentait de détacher la clé de sa ceinture en chanvre de l'autre.

Malencontreusement, celui-ci se tenait trop près de la grille. Relan avait deviné la dague accrochée à sa ceinture sur le flanc opposé. En une seconde, il s'en saisit de la main droite, puis empoigna le geôlier à la gorge de la main gauche. Il lui piqua la pointe de la lame dans les côtes :

« Si tu ne veux pas finir embroché, ouvre la

porte à clef et ne dis pas un mot, chuchota-t-il à l'oreille de son otage.

— Très bien » dit le geôlier, la voix étouffée.

Il allongea le bras et inséra la clef dans la serrure. La porte déverrouillée, il l'entrouvrit.

Pelon rejoignit ses gens. Il les félicitait une fois de plus. Il avait la ferme intention de dialoguer avec Relan.

« Où se trouve le traître ? lança-t-il à une Guerrière qui assistait les porte-clefs.

— Tout au fond à droite, répondit la grande et forte femme.

— Merci, Lydi. »

Sur ces mots, le nouveau Chef des Guerriers se dirigea vers les cellules les plus enfouies.

En s'avançant dans le long corridor, Pelon perçut des bruits de mauvais augure. Il s'élança d'un pas précipité. Au détour du couloir, il reconnut Relan en train de s'enfuir. Pelon le poursuivit en courant de toutes ses forces.

Le boulet enchaîné à sa cheville ralentissait fortement l'usurpateur, ce qui permit à Pelon de le rattraper.

« Je ne te laisserai pas t'échapper !

Il agrippa l'homme élancé aux cheveux grisonnants par l'épaule, puis lorsqu'il se retourna, il asséna un coup de dague à Pelon. Celui-ci parvint à détourner le bras de Relan, et la lame se planta juste au dessus de son genou au lieu de son cœur.

Pelon eut un moment d'arrêt : la douleur fut

intense, mais il ne devait pas céder. Il devait tout faire pour rattraper Relan. Le supplice, il y penserait plus tard.

Alors que l'ancien trésorier courait de nouveau vers la sortie, Pelon ôta la lame de sa chair et l'empoigna fortement. Il s'élança de plus belle à la poursuite de l'ancien oppresseur. Il avait beau être corpulent, Pelon était bien un Guerrier capable de se mouvoir à grande vitesse par la puissance de ses jambes. Même avec une profonde blessure.

— Tu ne t'en sortiras pas comme ça ! s'époumona Pelon.

— Faudrait-il encore que tu me rattrapes grosse barrique, s'écria Relan en se tournant.

Mais il fut stupéfié de voir le Guerrier massif à sa hauteur. Celui-ci le saisit par le tissu de son bliaud bleuet, Relan eut à peine le temps de crier :

— Non ! Non !

Et Pelon lui flanqua un coup de couteau dans le cœur.

— Tu ne recommenceras plus jamais, murmura Pelon, les yeux dans les yeux de Relan.

Il le laissa s'affaisser au sol en gardant la dague à la main. Relan tomba sur le dos, ne quittant plus Pelon du regard.

— Je voulais … un monde plus juste, souffla Relan.

— Non. Tu voulais un monde à ton image. Emporte-le avec toi. »

Ce furent les derniers mots de l'ancien trésorier. Pelon jeta un coup d'œil à sa jambe. Le sang s'était répandu partout, coulant le long de sa cheville.

Deux Gardiens, une jeune femme et un homme d'une quarantaine d'années, arrivèrent en courant et découvrirent la scène.

« Chef ! Je vais chercher un Utelyn sur-le-champ ! s'exclama la grande rousse en repartant à longues enjambées.

— Merci jeune fille » répondit Pelon, en apparence imperturbable.

* * *

Le Chef des Guerriers se trouvait à présent dans la pièce de travail de l'Utelyn Kysen. Assis sur un tabouret, la chausse droite arrachée. Kysen avait recouvert sa plaie de baumes et bandages. Elle lui préparait une tisane.

« Il va vous falloir plusieurs mois avant de vous en remettre. Courir dans cet état a copieusement endommagé votre genou, le prévint-t-elle.

— Je n'en doute pas. Mais je ne pouvais le laisser s'échapper, répondit Pelon.

— Je le sais bien. Ce n'est pas ce que j'insinuais » répondit-elle en souriant.

Elle touillait les herbes dans la coupe en argile, puis lui tendit le récipient.

Au même moment, des domestiques entrèrent en trombe dans la pièce.

« Chef, lorsque vous pourrez marcher veuillez rejoindre le roi qui demande à vous voir dans la salle du trône, exposa Nella.

— Très bien, dites-lui que je lui rendrai visite d'ici quelques minutes …

— Non. D'ici quelques heures plutôt, l'interrompit Kysen, malicieusement.

— D'accord, merci Utelyn. »

Les jeunes gens firent une révérence et quittèrent la pièce.

Comme prévu, en fin de journée, Pelon se rendit dans la salle du trône aidé d'une béquille et d'un domestique.

Cyr était assis à sa place, en haut des marches, la couronne sur le haut du crâne. Une dizaine de membres du Conseil se trouvaient là également.

« Pelon, nous reconnaissons votre courage pour avoir poursuivi Relan dans cet état. Mais expliquez-nous comment en êtes-vous venu à le tuer ? demanda Cyr.

— Je l'ai vu lorsqu'il était en train de fuir, j'ai voulu l'intercepter et là il m'a flanqué ce coup de dague. Il a bien failli s'évader pour de bon ! J'ai tenté de le rattraper et j'ai pensé que la seule manière d'éviter qu'il ne prenne quelqu'un en otage, ou que n'importe quelle autre ruse ne lui vienne à l'esprit, était de l'empêcher d'aller plus loin.

— Nous savons que ce dut être un moment insupportable. Cependant, votre devoir était de tout faire pour le capturer vivant, ajouta Cyr.

— C'est tout ce que méritait ce malveuilleur !

— Si nous avons repris le pouvoir ce n'est pas pour nous conduire comme les Dois ! s'écria Cyr.

Qu'adviendra-t-il lorsque Litar découvrira que son père a été assassiné ?

Toutes les personnes présentes se sentirent embarrassées, voire inquiètes. Pelon baissa les yeux au sol, honteux. Il n'avait pas songé à ce genre de chose.

— Croyez-vous qu'il ne nous ait pas suffisamment déversé sa colère ? Qu'en sera-t-il ? Si vous vous permettez d'autres libertés de cette sorte, vous serez envoyé au cachot. C'est ce que tout roi ferait.

— Tout à fait, Votre Majesté. Je comprends votre sanction. Cela ne se reproduira pas » répondit Pelon en s'inclinant.

* * *

Le corps de Relan avait été entreposé dans une salle qui, anciennement, avait fait office de morgue. Kysen et Cyr entrèrent, suivis de Selna.

L'Utelyn souleva le linceul :

« Penses-tu pouvoir l'explorer ? Nous en apprendrons peut-être plus sur lui.

— Oui, j'ai déjà essayé sur des morts, répondit la Cheffe des Gardiens.

Elle posa ses mains sur le bras du défunt. Comme il avait perdu la vie récemment, il restait encore de nombreux souvenirs dans sa mémoire. Elle passa tout en revue : le règne de Relan, le jour de l'attaque douze ans auparavant, comment il avait soudoyé des membres du château, le plan qu'il avait préparé avec son fils.

Puis, elle s'attarda enfin sur un moment particulier : le patriarche en train d'enterrer une femme sous le plancher de la cabane. Mais qui était-elle ?

Elle s'engagea davantage vers le passé : le pichet qui la heurta sur le crâne ; la marmite se renversant sur le sol ; Litar jeté dehors ; Litar et cette femme en train de le vêtir.

Elle s'arrêta sur cet instant :

« Apprécies-tu les leçons avec les Utelyns ? demanda-t-elle.

— Oui, maman, j'apprends plein de choses très intéressantes. »

Le garçon se tourna vers Relan et le regarda dans les yeux avec affection. Mais le père baissa le regard, désintéressé, et continua à savourer son repas.

Selna cessa son pouvoir et se tourna stupéfaite vers Cyr et Kysen.

« Il a tué sa femme et a caché le corps. Il a menti à Litar en disant que les Gardiens de Geldir les avaient assaillis.

— Cet homme n'était que tromperie.

— Litar ignore toujours ce qu'il s'est réellement passé, ajouta-t-elle.

— Malheureusement, si nous lui en faisons part, il y a peu de chances qu'il nous croie, déclara Cyr.

— Nous devons rétablir la vérité, au bon moment.

— Selna, je crains qu'il n'y ait aucun bon

moment. Ne mentionne rien de tout cela. Tente seulement de l'arrêter » conseilla Kysen.

Cette dernière recouvra Relan du linceul. Enfin, ils quittèrent la pièce.

CHAPITRE 24 : Le Jour de la Vie

Les semaines passèrent. Enfin, le royaume se préparait à fêter le « Jour de la Vie ». Peu avant l'été, tous les harcilans étaient conviés à Hierum. Sous le règne de Relan celle-ci avait été abolie, chacun la célébrait secrètement et en silence dans son logis. Or aujourd'hui, c'était l'occasion d'égayer les habitants au moyen d'un événement notoire.

De grandes tables avec des mets variés furent dressées dans les plus grandes salles du château ainsi qu'à l'extérieur et des fanions blancs à rayures bleues horizontales accrochés sur les remparts, entre les merlons et entre les habitations.

Des musiciens et poètes s'agitaient à chaque carrefour. Les tambours résonnaient, des chants en Tystena resurgissaient. Avec plus ou moins de régularité dans la prononciation, des mots de la nouvelle langue se mélangeaient aux mots anciens, des termes faisaient défaut parmi les phrases, or l'important était que ces chants ne soient jamais oubliés.

« *Lin ita nn...* souvenir *fello*,

Demain *cepylet ystelo* » scandait un chanteur avec embarras.

Le Jour de la Vie célébrait l'existence du monde et de tout ce qui le composait. Il n'y avait pas de religion, ils croyaient en la force de la Nature qui leur avait offert la chance d'exister. Il fallait la considérer et la ménager, ainsi que tout ce qui en faisait partie : humains, animaux, plantes et éléments. Sous peine qu'elle vous reprenne la vie, à n'importe quel moment.

Personne ne devait détériorer leur environnement à des fins inutiles. C'est pourquoi les harcilans creusaient très peu de mines et carrières, afin de ne pas détruire les paysages datant de la création du monde. C'est pourquoi la plupart d'entre eux vivaient encore dans des tentes et des cabanes. La pierre était principalement utilisée pour construire et restaurer le château et ses murailles. Les tentes étaient préférées également, car elles demandaient un abattage d'arbres moindre. Certains s'étaient hasardé à construire des cabanes, pensant que ce n'était pas un geste bien grave vu l'abondance de bois dans les forêts. Seulement, c'était à leurs risques et périls.

Pour se nourrir, ils ne tuaient pas d'animaux. La forêt, les prairies, les potagers leur offraient toutes les denrées riches en propriétés : légumes, fruits, graines, fleurs, racines, champignons. De même, ils n'en tuaient pas pour se vêtir. Les tisseurs fournissaient un travail remarquable avec des fibres de lin, de chanvre, d'ortie, et bien d'autres ressources encore.

Il y avait un dicton à ce propos :

Ita irelum kobor ieateli, sila karce itan ni ielli.

« Pour chaque vie que tu prendras, plus douloureuse sera ta mort »

Une pensée que l'on pouvait aussi retrouver dans le chant « L'équilibre du monde » :

Irelum llian hie umitel dolin.

« Tout être vivant doit vivre heureux »

Moins l'on prenait de vies, mieux l'on se portait dans ce monde.

Pour leurs offrandes, les harcilans apportaient donc des choses simples qui n'avaient causé aucun dommage à la nature. C'est-à-dire faire don de fruits ramassés aux pieds des arbres, des feuilles et des fleurs tombées : c'était aussi bien pour se garder de nuire à leur monde que d'éviter de gaspiller ce qui était comestible.

Ils disposèrent tout cela dans des petits paniers d'osier. Tous les ponts levis de la ville, abaissés pour l'occasion, en étaient bordés. La foule cheminait, amassée au milieu des passerelles en s'abstenant de faire choir les paniers dans les douves.

Les harcilans avaient revêtu leurs plus beaux accoutrements. Ils avaient hâte de découvrir leur nouveau roi ainsi que sa cour. Du moins, cela valait pour les harcilans ayant traversé de lointaines contrées puisqu'ils n'avaient pu assister au couronnement à temps.

C'était une journée ensoleillée, sans nuage à l'horizon. Le jour le plus chaud depuis le début de l'année. Enfin, la fraîcheur incessante s'en était allée ce qui permettait à tout le monde de déambuler sans contraintes et de porter moins d'étoffes. Les capes et autres manches longues étaient restées avec les linges.

Dans le château, on préparait les discours.
Cyr et ses conseillers réunissaient leurs manuscrits écrits longuement durant les jours précédents. En ce jour, tout le monde portait une tunique de la longueur de son choix : l'habit conventionnel pour toute cérémonie.

Selna était prête. Son accoutrement arborait un violet clair, paré d'une ceinture mordorée. Assise sur le coffre qui se trouvait au pied du lit, elle contemplait Kaaz alors qu'il hésitait entre deux bliauds :

« Difficile de choisir. Comment savoir lequel des deux est le plus présentable ? dit-il en se tournant vers elle.

— Je l'ignore tout autant, j'ai mis ce qui me plaisait, répondit-elle en haussant les épaules.

— Très bien. Je crois que je vais prendre le plus clair. Nous sommes le Jour de la Vie, et non du deuil, ponctua-t-il d'un sourire en coin.

— Très bonne déduction, répondit-elle.

— Bien que … les couleurs sombres conviennent mieux à mon teint, n'est-ce pas ?

— Pas du tout, ria-t-elle. Tu as le teint si terne, porter des vêtements sombres ne fait qu'accentuer ta pâleur. Essaye des tons clairs pour une fois.

— D'accord, je vais porter celui-là » dit-il en reposant son autre tunique.

On frappa à la porte. Nella ouvrit :

— Bonjour, la princesse Myni souhaite vous recevoir. »

Ils entrèrent dans la chambre de Myni. Celle-ci sortit de derrière son paravent. Elle portait une magnifique robe couleur amarante brodée de fleurs blanches et dont les extrémités étaient renforcées par un galon blanc également. Ses longs cheveux étaient maintenus par trois tresses sur le dessus auxquelles des rubans assortis avaient été mêlés.

« Est-ce bien ? Je ne voudrais pas que le peuple pense que je fasse preuve d'arrogance, exposa-t-elle.

— Non, c'est tout à fait sobre pour une princesse, répondit Selna.

— C'est parfait, approuva Kaaz.

— D'accord, je vais écouter les domestiques et vous-mêmes. Je n'ai jamais rien porté d'autre que du lin, cela me paraît très étrange. Au fait Kaaz, tu as l'air particulièrement bien portant.

— C'est parce qu'il s'est affublé d'un bliaud blanc, répondit Selna, l'air facétieux.

— Ah, c'est vrai. Je ne t'avais jamais vu porter cette teinte. Elle te sied à ravir.

— Merci, je n'imaginais pas que cela ferait tant de différence, dit Kaaz, un peu gêné de tant d'attention.

— Ne portes-tu pas de diadème ? demanda Selna à Myni.

— Le voici ! » s'exclama une domestique.

La femme d'âge mûr s'approcha avec un coffret luxueux entre les mains. Celui-ci était fait de bois de merisier et scellé par des serrures en argent. Elle le déposa sur la table de toilette et l'ouvrit. Un imposant diadème en argent composé de roses s'y trouvait, serti de quelques diamants et rubis.

« Je ne peux porter une telle chose.

— C'est une parure destinée aux princesses, elle existe depuis un siècle. La reine Stel Ydena l'avait faite faire pour sa fille. Celle-ci décida de la laisser au château pour les princesses successives.

— C'est le titre qui veut ça, la rassura Selna. Tu dois honorer ton titre. »

Myni observait cette œuvre inestimable avec de grands yeux. Elle n'avait jamais vu ce genre de bijou de sa vie. Ou peut-être avait-elle aperçu le roi Geldir portant sa couronne, une fois, quand elle était petite. Cependant, ce souvenir restait vague. Porter un tel objet sur son propre crâne devant la plupart des harcilans était une tout autre histoire.

Au dehors, les triangles se mirent à tinter. La cérémonie devait commencer. La domestique aux cheveux grisonnants saisit le diadème.

Tous se tenaient dans le long couloir, au bas des escaliers. Cyr et ses conseillers s'avancèrent les premiers. Au passage, il adressa des clins d'œil à sa fille, Selna, puis s'arrêta devant Kaaz :

« Tu as une très bonne mine aujourd'hui. Est-ce la joie d'être applaudi par le peuple qui te donne cette allure ?

— Merci, marmonna-t-il pour réponse.

— C'est le blanc de son bliaud, murmura Myni à l'oreille de son père.

— Oh, je vois, fit-il à voix basse. Cela te va à merveille ! » dit-il à Kaaz en lui tapotant l'épaule.

Le roi continua son chemin et gravit les marches, accompagné de son entourage politique.

Sur le grand balcon du château, Cyr et ses conseillers, ainsi qu'une dizaine de Gardiens, firent leur entrée. La foule les acclama. Des milliers de personnes levèrent les mains au ciel, criant de joie, lançant des fleurs séchées et des fanions en l'air sous le soleil de plomb. Un doux parfum se dégageait du chèvrefeuille qui recouvrait le mur inférieur, sinuant entre les balustres du garde-corps, et parvenait jusqu'aux narines du Conseil royal.

Dans la foule se trouvaient Ty et Chellis. La mère de celui-ci et ses trois petits frères se trouvaient juste derrière eux. Bren, âgé de huit ans, chuchota à l'oreille de Litel, celui de treize ans :

« Il est amoureux d'elle !

— Bien sûr, ça se voit comme le nez au milieu de la figure ! »

Fyr, le plus jeune, âgé de cinq ans, se contenta de les observer faire leurs messes basses.

Ceny, leur mère, avait les yeux rivés sur la saillie comme tous les autres harcilans et applaudissait de toutes ses forces. Elle eut une pensée pour son mari, attristée qu'il ne puisse être spectateur de ces réjouissances.

Le conseiller principal, Anela Pargul, s'avança au bord du balcon. Un silence absolu se fit :

« Chers harcilans, nous sommes ravis de vous voir rassemblés ici en si grand nombre. Enfin, nous sommes tous libres à nouveau ! Enfin, nous pouvons aller et venir comme bon nous semble comme tel était le cas douze années auparavant ! Ces portes, ces murailles sont restées closes bien trop longtemps. Nous ne nous sommes pas vus depuis bien trop longtemps. Que vous veniez du nord, du sud, de l'est ou de l'ouest. Que vous soyez Iesilarens ou Silarens. Que vous soyez femme ou homme, enfant ou adulte. Vous êtes tous les bienvenus. Nous avons tous vécu des moments éprouvants. Dorénavant, grâce à nos sauveurs, nous espérons que ces terribles années demeurent loin derrière nous !

Le peuple frappa des mains créant une nouvelle cacophonie, puis redevint attentif.

— Lorsque le clan Dois a usurpé le pouvoir, sachez que certains n'ont attendu guère longtemps avant de s'insurger. Ils ont cherché à récupérer le royaume par tous les moyens. Maître Cyr Belgran en fut à l'origine. Un érudit, prêt à être désigné Utelyn, qui a dispensé des enseignements secrets à Hierum. Qui a permis à des enfants de ne pas faire partie du dessein de Relan qui consistait à rabaisser le peuple, notre peuple, en le rendant inculte. Il a fait partie, avec beaucoup d'autres, de ceux qui n'auraient jamais accepté l'emprise des Dois sur notre royaume !

Le peuple le coupa dans son discours et approuva de plus belle.

— Rejoint par son fils adoptif, Kaaz Kelan, Silaren, fils de Kern et Brim Kelan, Gardiens sous le règne de Geldir morts au combat, et dorénavant Gardien à son tour.

Le peuple applaudit à nouveau. Kaaz fut extrêmement embarrassé, et touché. Touché que la population célèbre la mémoire de ses parents. Toutes ces années durant lesquelles il avait senti leur honneur sali par les Dois, sans aucune reconnaissance de leur courage, de leur loyauté. Aujourd'hui, enfin, ils étaient reconnus comme les héros qu'ils avaient toujours été. Une larme coula de sa joue, il ne put la retenir, l'émoi étant à son comble. Ajouté à cela, la chaleur, la fatigue et l'exaltation de la foule.

Selna, qui se tenait à côté de lui, lui tint la main tendrement. Il l'étreignit comme s'il ne la lâcherait plus jamais.

— Rejoint par Selna Harel, Silaren, fille de Kolin Harel, Cheffe des Gardiens sous le règne du roi Geldir, élue Cheffe des Gardiens à son tour.

Le peuple s'exclama encore une fois, des fanions volèrent dans le ciel.

Son cœur battait vivement, plein de vigueur et de soulagement. Elle éprouvait finalement les mêmes émotions que Kaaz. De voir le peuple rendre hommage à sa mère après toutes ces années d'errance, c'était l'une des plus belles choses qu'il lui était arrivée depuis longtemps.

— N'oublions pas, bien sûr, tous ceux qui les ont accompagné dans cette épreuve : Iesilarens, Silarens, Guerriers, archers, anciens Gardiens, Gardiens qui se sont tournés du bon côté, harcilans valeureux venus aider au combat qui nous ont rejoint spontanément armés de ce qu'ils possédaient. Vous êtes tous des êtres de grande valeur, vous avez tous fait preuve de courage ! Vous avez tous participé à cette rébellion, et grâce à vous nous l'avons emporté ! Acclamez-les, et acclamez-vous !

Le peuple s'exalta de toutes parts.

— Je vais dès à présent laisser la parole à notre nouveau roi. Il n'y avait de prétendant plus raisonnable, plus sage et plus humble » conclut-il en reculant de quelques pas.

Il jeta un regard à Cyr, lui faisant comprendre qu'il était temps de s'avancer et discourir.

* * *

Litar les écoutait au loin, grâce à son ouïe accrue. Il pouvait distinguer la présence de Selna, l'énergie la plus intense et la plus persistante d'entre celles qui se trouvaient dans la cité.

Il leur permettait de s'extasier, de se croire en sûreté, d'imaginer que tout se déroulerait bien. Et d'un coup, il frapperait. Riez, chantez, dansez, pensait-il. Oubliez que j'existe, oubliez que le danger est toujours là, oubliez qu'il peut arriver à tout moment.

Il n'allait pas s'en prendre à Selna, cela ne servirait à rien. Mais il pourrait facilement ôter la vie de plusieurs Iesilarens, peut-être même de certains Gardiens. La fête serait gâtée, leur jovialité retomberait bien bas.

Si Selna était persévérante, lui aussi. Il attaquerait petit à petit, jusqu'au jour où ce serait elle qui lâcherait prise, jusqu'au jour où elle faiblirait à son tour certainement affectée par la mort d'un être cher. On ne peut être fort tout au long de sa vie, chacun traverse des moments de doute et d'accablement.

La foule ria de plus belle, puis claqua des mains. Litar pensa que cela avait duré assez longtemps. Il courut de sa vitesse surhumaine mais se tint tout de même à distance de la ville. Comme prévu, il sentait son énergie décuplée grâce à l'ingestion des barismaas.

Les remparts en vue, il saisit par Mobilité tout ce qui se trouvait sur son chemin : des roches, des charrettes, des tonneaux et éjecta de toutes ses forces les projectiles sur la cour du château.

Selna eut à peine le temps de sentir la présence de Litar se rapprocher que les projectiles apparurent dans le ciel, planant au dessus de la foule. Tout le monde était en train d'applaudir le discours de Cyr, ils ne se rendirent compte de rien.

Elle accourut au devant du balcon en bousculant ceux sur son chemin, et s'écria :

« CACHEZ-VOUS ! »

En une fraction de seconde, plusieurs idées lui traversèrent l'esprit.

Elle se rendit compte que l'étonnement et la

peur l'avaient emportés. Au lieu d'utiliser ses pouvoirs de prime abord, elle avait agi comme une Iesilaren en hurlant pour avertir tout le monde. Était-ce la bonne solution ? Si elle avait utilisé ses pouvoirs n'aurait-elle pas été plus efficace et plus rapide qu'en s'avançant pour prévenir le peuple ?

Peut-être que non, les projectiles étaient tout de même très nombreux. Elle en aurait écarté certains mais d'autres auraient touché ceux qui ne se seraient pas protégé à temps. Pourtant, les avertir n'avait pas été bénéfique pour tous non plus, car les gens qui se trouvaient piégés au milieu de la foule, à découvert, n'avaient aucun moyen de se mettre à l'abri.

Mais elle n'avait pas le temps d'examiner toutes ces hypothèses, elle y songerait plus tard. Pour le moment, elle devait sauver le plus de vies possible.

Elle utilisa sa Mobilité et balaya tous les projectiles qu'elle put : une dizaine de tonneaux vides, des brouettes et des rochers, et les envoya s'écraser derrière le mur est.

La foule mit du temps à comprendre ce qu'il se passait. Ils regardaient dans tous les sens. Ceux qui avaient relevé le nez se mirent à courir, et ceux qui se trouvaient proche des sorties se précipitèrent sous les étals et les arches des remparts. Mais ceux empêtrés au milieu de la populace se voyaient à la merci des offensives, attendant péniblement que les autres leur laissent le champ libre.

Les Gardiens, tout aussi ébahis, mirent un temps avant d'apercevoir les projectiles. Les plus véloces se précipitèrent dans la foule pour tenter de contrer les ustensiles qui n'avaient pu être éloignés.

Myni sauta par dessus la balustrade en s'envolant et atterrit au sol tout en légèreté. Une fois à terre, elle attrapa deux enfants dans ses bras et les mena à l'abri dans le château.

Tous ceux qui ne purent en faire autant se précipitèrent dans les escaliers, Kaaz, Teli et Roma compris.

Ty et Chellis se relevèrent, étourdis. Ils avaient reçu des planches sur le crâne. Alors qu'ils retrouvaient peu à peu leurs esprits, et leur ouïe, ils entendirent des cris et des pleurs. Le jeune homme se tourna vers sa famille qui se trouvait derrière lui. Sa mère gisait à terre, une charrette la recouvrant à moitié.

Fyr demeurait allongé par terre, inconscient également, le front en sang : une soudure en fer s'était détachée de la charrette et l'avait percuté à la tête. Les deux autres frères de Ty pleuraient à chaudes larmes, ne sachant quoi faire.

Soudain, la main de Chellis étreignit celle de Ty, il se tourna vers elle.

« Portez Fyr et emmenez-le au château, il est peut-être encore en vie » leur dit-elle.

Litel acquiesça et prit son frère dans ses bras. Il le porta jusqu'à l'intérieur en courant. Ty et Bren s'agenouillèrent près de leur mère.

Selna hésitait, devait-elle rejoindre Litar pour le contrer, ou devait-elle rester ici pour protéger les harcilans des attaques à venir ?

« Reste ici, c'est plus sûr » l'interpella Cyr.

Elle avait eu sa réponse. Elle se tourna vers lui et opina du chef. Le roi, pressé par ses domestiques et conseillers, se réfugia dans la forteresse.

Du haut du balcon, grâce à sa Vision accrue, elle put apercevoir Litar au loin qui se trouvait au sommet d'un talus. Il lui rendit son regard, comme il possédait le même pouvoir.

Il fit mine de partir, mais Selna resta en place, prête à contrer ses assauts. Elle ne bougerait plus. Elle resterait ainsi des jours s'il le fallait. Il les avait eu par perfidie, mais dorénavant elle resterait sur ses gardes.

La foule s'éparpilla enfin. Les harcilans couraient vers leurs foyers. Toutefois, il fallait encore secourir les blessés.

Teli aperçut un vieil homme dont la jambe était coincée sous un tas de bûches. Elle accourut et les retira une par une : avec une seule main elle ne pouvait faire autrement.

Kaaz soulevait une charrette sous laquelle se trouvaient deux petites filles, aidé par leur père, tandis que la mère ne pouvait que les observer puisqu'elle était blessée à l'épaule.

Litar pouvait désormais entendre les plaintes et les cris d'effrois émaner de la cité. Alors qu'il feignit de rebrousser chemin, il fit marche arrière et à nouveau, saisit tout ce qui se trouvait autour de lui pour l'éjecter sur le château : des arbres qu'il déracina, des pierres ou encore des troncs morts.

Cette fois-ci, Selna en réceptionna davantage. Cependant, elle était quelque peu décontenancée à cause de ce sentiment de colère, contre elle-même, en pensant qu'il avait réussi à la surprendre. De plus, une telle quantité de projectiles lui prenait tant d'énergie. S'il avait décidé de dépenser toute la sienne ainsi, elle ne pourrait suivre la cadence.

Sans les barismaas, elle était un peu plus puissante que lui, plus ingénieuse, plus rapide et elle possédait plus de pouvoirs. Elle devait à la fois agir et économiser ses forces, un dilemme bien complexe. En temps normal, elle aurait pu intercepter la totalité des objets, or à cause des racines magiques qu'il avait ingurgitées, une dizaine de projectiles, les plus lourds lancés avec vivacité, réussirent à lui échapper.

Un rocher s'écrasa sur Teli qui avait presque fini de retirer les bûches de la jambe du vieil homme. Celui-ci, pris d'effroi, réussi à s'extraire malgré la douleur. Il fut sauvé, mais Teli gisait maintenant à terre.

Parce que Kaaz levait les yeux au ciel en soulevant la charrette de toutes ses forces, il aperçut un tronc d'un imposant diamètre se diriger droit sur eux. Par réflexe, il lâcha le véhicule en bois, se jeta sur les parents et les plaqua au sol. Le tronc s'écrasa sur la charrette qui n'avait aucune chance. Les trois adultes se relevèrent.

« Mes filles ! Mes filles ! hurla le père de toutes ses tripes, en tentant de soulever le tronc.

La mère défaillit et s'étendit au sol.

Kaaz ne put qu'observer la scène, impuissant.

— Je le tuerai, une bonne fois pour toute » se murmura-t-il.

Dans le château les blessés affluaient. Les

Utelyns et les domestiques aménageaient derechef les pièces qui avaient servi au même dessein il n'y a pas si longtemps.

Cyr se maintenait immobile, pensif.

Le conseiller principal l'interpella :

« Votre Majesté, je suis navré. Souhaitez-vous vous reposer dans votre chambre ?

— Me reposer ? Certainement pas. Je resterai ici, je soutiendrai mon peuple. L'ennui, c'est que je ne sais quoi faire, par où commencer ? Comment avons-nous pu penser que l'on pouvait célébrer une telle occasion ?

— Votre Majesté, même si nous avions patienté des lunaisons ou des années, il nous aurait attaqué soit avant, soit après, à n'importe quel instant.

Cyr songea.

Les domestiques se précipitaient dans les couloirs. Tout autour d'eux, des harcilans couraient pour retrouver un parent ou leur conjoint.

— Vous avez raison. Tant qu'il sera dehors, personne ne sera en paix, répondit Cyr.

— Vous devriez vous reposer, les blessés sont entre de bonnes mains. Nous verrons quoi faire pour contenir Litar lorsque les choses seront sous contrôle.

— Même si je ne suis utile en rien, je vais rester ici. Apportez-moi une chaise je vous prie.

— Bien entendu Votre Majesté » répondit le conseiller.

Il partit en courant à la recherche d'une chaise royale.

Cyr observait la confusion ambiante, il tentait

de trouver une solution pour que cela ne se reproduise plus.

En passant constater les dégâts, Kaaz reconnut Teli. Il s'agenouilla et souleva la tresse qui parcourait son visage. Il s'agissait bien d'elle, il était trop tard. Il passa sa main sur son visage, consterné. Il sentit une douleur poindre sur le dessus de son crâne. Ne pouvant plus en supporter davantage, il retourna au château.

Un Utelyn examinait la mère de Ty, mais il était également trop tard.

« Je suis navré, il n'y a plus rien à faire. »

Ty et Bren fondirent en larmes, Chellis leur empoigna les épaules dans l'espoir de les réconforter. Des larmes compatissantes coulèrent sur ses joues.

Kaaz se rendit sur le balcon, la douleur toujours aussi cinglante au sommet du crâne. Selna se tenait toujours accoudée, le regard vers l'horizon. Il la rejoignit et posa ses mains sur l'accoudoir.

« Qu'y a-t-il ? Demanda le jeune homme.

— C'est ce que je craignais le plus. Qu'il réussisse à nous avoir, et il l'a fait, sa voix s'étouffa.

— C'est le pire des lâches pour s'en prendre à tous ces innocents sans pouvoirs. Des enfants, des vieillards. Cette pourriture est de la même espèce que son père ! Le jour où nous lui mettrons la main dessus nous devrions n'avoir aucune pitié pour lui !

Il donna un violent coup de poing sur la rambarde. De la poussière s'éparpilla suite au choc, les particules illuminées par les rayons du soleil tournoyèrent devant eux.

— Nous avons fait le mauvais choix, nous n'aurions pas dû exposer tout le monde tant que Litar n'était pas au fond d'une oubliette.

— Ou mort, ajouta Kaaz.

— Peu importe, nous l'avons mésestimé. Je l'ai mésestimé. Je ne pensais pas qu'il reviendrait de sitôt. Apparemment, les barismaas ont dû lui donner un sentiment d'invincibilité.

— Il a eu tort. Il ne l'est pas, et il vient de signer son arrêt de mort. Il n'est pas question qu'il soit jeté dans un cachot, combien de personnes a-t-il déjà tuées dans le passé, en plus de toutes celles jusqu'à aujourd'hui ? Combien de morts pour une personne qui n'a aucun respect pour la vie ? Un être humain est censé se comporter humainement, généreusement, miséricordieusement, or il n'a rien fait de tout cela. Si je l'attrape, il ne repartira pas vivant, tout comme son père ! Et j'assumerai les conséquences de mes actes.

— Kaaz, ne te mets pas en danger. Ne fais rien d'imprudent, je t'en prie. Nous avons besoin de toi, et je ne veux pas te perdre. Nous nous sommes déjà trompés sur son compte, nous ne pouvons commettre cette erreur une nouvelle fois, dit-elle avec peine.

Il la regarda dans les yeux. Il ne voulait pas la perdre non plus. Mais si seulement il pouvait arrêter Litar dans sa frénésie meurtrière. Toute cette douleur, toute cette violence imposée aux harcilans. Ces deux petites filles sous cette charrette et leurs parents détruits, Teli, son frère Rimm, ses parents. Toutes ces morts atroces et injustes.

— Teli est morte. Sous un rocher » ajouta-t-il

avant de partir.

Selna ferma les yeux, sentant une fraîche brise. Il fallait digérer tous ces émois, ne pas se laisser accabler ou alors Litar gagnerait de nouveau.

Kedar rejoignit sa fille qu'il distingua de loin. Sa femme et lui étaient arrivés, par chance, peu avant le massacre du fils Dois. Ils se trouvaient aux abords de la foule et avaient pu se précipiter sous une arche. Chellis, quant à elle, se tenait toujours aux côtés de Ty et son frère.

« Je regrette d'avoir soutenu ce roi et son fils, dit Kedar.

Les enfants ne réagirent pas.

— Venez séjourner chez nous, c'est le moins que je puisse vous offrir » ajouta-t-il.

Les garçons étaient figés par la douleur. Chellis se tourna vers son père et opina de la tête pour répondre à leur place.

CHAPITRE 25 : Le Bouclier

Alors qu'ils entraient tous dans la salle du trône, Pelon croisa le regard de Chebol. Celui-ci semblait dévasté.

« Toutes mes condoléances, bredouilla-t-il.

— Merci, répondit malaisément Chebol.

— Teli a fait tellement pour le royaume, c'est une grande perte. Et dire qu'hier elle était encore là, à me courir sur le haricot …

— Merci, je vois ce que tu essayes de faire. Nul besoin de m'en dire plus » répondit-il en hochant la tête.

Il pénétra dans la pièce.

Pelon demeura immobile, embarrassé de ne pas avoir trouvé les bons mots, ni de pouvoir exprimer distinctement ce qu'il ressentait. Tous passèrent devant lui pendant qu'il restait perdu dans ses pensées. Malgré leurs nombreuses querelles, il appréciait énormément Teli. Elle ne faisait jamais de faux pas, elle était digne de confiance et valeureuse. C'était l'une des meilleures recrues parmi les Guerriers, sans aucun doute. Elle qui avait survécu à sa chute, qui avait été gravement blessée et qui s'en était remise. Elle avait appris à vivre avec son infirmité, ne s'était jamais laissée abattre contrairement à d'autres estropiés. Elle avait fait de sa faiblesse sa force. Voyant qu'il était le dernier dans le corridor, il entra enfin dans la salle.

« Que devons-nous faire ? demanda Selna.

— Allez voir Litar, essayez de négocier avec lui. Restez à distance, loin des habitations. Et surtout, ne vous mettez pas en danger, leur indiqua Cyr.

— Nous ferons de notre mieux, répondit-elle.

— Selna, emmène des personnes de confiance avec toi. Des alliés qui pourront t'épauler comme Kaaz, Roma et Myni. Ne soyez pas trop nombreux, tu pourras les protéger et ainsi ils seront là pour toi aussi si tu en as besoin, proposa Cyr.

— Cela me paraît être une bonne idée, ajouta Myni.

— Je souhaiterais venir également, lança Ty. Je pourrais vous aider à tout autre fin. S'il y a des blessés, que sais-je, mais vous n'aurez pas à me protéger. Ma vie est moins importante que celle d'un Silaren.

Chellis lui adressa un regard irrité.

— Aucune vie n'est moins importante qu'une autre, rétorqua Cyr.

— Je sais Votre Majesté, ce que je souhaite

dire, c'est que Selna devra défendre en priorité les Gardiens. Je ne serai qu'une aide supplémentaire dont la surveillance ne sera pas nécessaire. Ils seront déjà très occupés. Si je reviens en vie tant mieux, dans tous les cas j'aurais accompli mon devoir, ajouta Ty.

Chellis lui jeta un regard empathique et soucieux à la fois. Ty en comprit la raison.

— Tu es brave, petit » souffla Pelon, et il était bien rare qu'il fasse des compliments.

* * *

Le groupe était en route. Ils parcouraient les chemins rocailleux et les bois qu'ils n'avaient pas encore eu l'occasion de redécouvrir. Ils étaient tous silencieux, rongés par la douleur et le remords, toujours vêtus de leurs habits de cérémonie tant ils n'avaient eu le temps de se changer.

Myni avait tout de même confié son précieux diadème à Nella avant de partir. Finalement, elle s'y était attaché. Peut-être qu'elle pouvait prétendre à cette fonction, comme une autre.

Ty, comme à son habitude, souhaitait remonter le moral de ses compagnons :

« Il est notre dernier obstacle au bonheur. Si un jour, nous parvenons à lui faire entendre raison, ou au pire à nous débarrasser de lui, alors il n'y aura plus de grand danger. Pas avant longtemps, du moins.

— En espérant qu'il n'y ait pas un autre père maléfique qui encourage son puissant fils à s'emparer du pouvoir et tuer le plus d'habitants possible, ironisa

Myni.

— Il faudrait explorer tous les enfants peut-être. Afin de savoir si un nouveau meurtrier nous guette ? ajouta Kaaz.

— Navrée de vous interrompre dans votre conversation, mais il me semble que son énergie se rapproche, les avertit Selna en se redressant.

— Oh non, j'osais espérer que nous aurions encore un peu de temps, dit Myni inquiète.

— Pourquoi ? demanda Ty.

— Je n'en sais rien, tous ces combats je n'en ai pas l'habitude. Avant, au contraire, je devais cacher mes pouvoirs. Et surtout, je ne me suis jamais retrouvée face à un adversaire qui pourrait me réduire en bouillie d'un seul regard, dit-elle nerveusement.

— Aucun de nous n'est vraiment prêt, cependant nous sommes les seuls qui en sommes capables. Ty, vas te cacher là-bas derrière, ajouta Roma.

— Il s'est arrêté à l'orée de la forêt, il me semble. Sûrement dans la plaine rocheuse. Il y a une bonne vue du château à cet endroit. Je ne vais pas utiliser ma Vision, je vais garder le plus d'énergie possible. Avançons doucement, et restons sur nos gardes » ajouta Selna, l'air grave.

Ils avancèrent au pas.

Ty les suivait à distance. Dans une sacoche, il transportait plusieurs remèdes que lui avaient donné Cyr et Kysen. Ainsi, les Silarens pouvaient combattre sans encombrement.

À travers les feuilles, ils pouvaient enfin

discerner la plaine rocheuse. Le cœur de Myni battait intensément dans sa poitrine. Lors de l'attaque du château, elle ignorait ce à quoi s'attendre, ce n'était lors que son premier combat. Mais d'être entourée par autant de Silarens l'avait rasséréné. Lorsqu'elle avait été glacée par un ennemi, elle ne l'avait pas vraiment vu venir. Ce fut seulement après coup qu'elle se rendit compte qu'elle aurait pu y laisser la vie, brisée en mille morceaux ou d'avoir été emprisonnée trop longtemps dans la glace. Et d'avoir assisté, impuissante, au déchaînement de projectiles de Litar, elle prit conscience qu'elle n'avait jamais observé quelque chose d'aussi effroyable auparavant. S'ils ne réussissaient pas aujourd'hui, que se passerait-il ?

Selna, qui avançait devant, sortit des feuillages la première. Les autres la suivirent. Elle examinait attentivement les alentours de ce désert sec parsemé de crêtes et de roches dentelées.

Litar se trouvait là. Il savait qu'il devait s'en prendre aux plus faibles. Il se tourna vers un rocher de taille moyenne et entreprit de le faire voltiger.

« Restez près de moi, comme convenu » leur dit Selna.

Les trois autres Silarens s'approchèrent et se placèrent à ses côtés. Ils formaient une ligne.

Ty demeurait caché dans la forêt, derrière eux, et contemplait l'ensemble du lieu avec nervosité.

Litar lança le rocher dans leur direction pour les éprouver. Le bloc traversa la plaine, se rapprochant du groupe à grande vitesse.

Myni, agacée, le glaça en plein vol et Selna

l'éjecta sur le côté. Le roc gelé s'éclata en milliers de morceaux contre une crête.

Litar sourit.

« Devrais-je être épouvanté ? cria-t-il.

— Si je pouvais te faire pisser dans tes braies, murmura Kaaz.

— Veux-tu goûter à la glace ? Il me semble que tu n'as jamais essayé, s'écria Myni.

— Si ce sont de nouvelles expériences que tu cherches, j'en ai quelques-unes pour toi.

Il s'approcha de plusieurs pas, prêt à lancer son Bouclier.

Selna se doutait bien qu'il pensait à la même chose qu'elle.

— Ton père s'appelle Cyr, énonça-t-il.

Myni en fut bouche bée.

— Ta mère s'appelait Riga. Tu t'es enfuie dans le sud quand tu étais enfant. Une fugitive. Que de traîtres dans ce royaume, s'époumonait-il ironiquement.

— Il t'explore à distance. C'est bien, il dépense de l'énergie, ajouta Selna à voix basse.

— Et donc ? Crois-tu que cela nous émeuve ? s'écria Roma pour entrer dans son jeu.

— Si je te disais que ta plus grande peur serait de perdre ta fille, Loya. Et que je vois son visage apparaître dans ton esprit, à l'instant. Elle est très jolie avec ses boucles rousses, lança-t-il.

Roma devint livide.

— Arrêtez, ajouta Selna. N'y prêtez plus attention.

— Quelle tristesse. Je ne peux lire dans tes pensées Selna, puisque tu possèdes l'Exploration. Je connais ton nom grâce au grand idiot qui rêve de me tuer à mains nues. Mais cela n'arrivera jamais, continua Litar. Car il n'est qu'un petit Silaren ne possédant que deux misérables pouvoirs. Je ne me souvenais même plus avoir tué ses parents !

Selna entra en Transmission avec Kaaz :

— *Ne l'écoute pas, il veut que tu commettes une erreur. Reste vigilant.*

— *Je le sais, je ne ferai rien*, répondit-il, étonnement serein.

— Et le Iesilaren qui se cache derrière vous, à quoi sert-il au juste ? Vous trouvez qu'il n'y a pas eu assez de morts durant votre journée de liesse ?

Plus il se rapprochait, tout en parlant et en utilisant ses pouvoirs, plus Selna voyait l'occasion de frapper. Elle avait remarqué les nombreuses pierres qui reposaient aux pieds de Litar. Si elle parvenait à agir assez vivement, elle pourrait les lui envoyer dans la face pour l'étourdir.

— Et moi, je sais que tu es tellement niais que tu te roulerais dans du fumier si ton père te l'ordonnait ! » se récria Myni.

L'offense toucha Litar qui ne protesta pas tout de suite. Il demeura figé le temps d'une seconde en songeant brièvement à la dernière querelle qu'il avait eu avec lui. Elle n'était pas si loin de la vérité.

Selna saisit l'occasion et lui projeta les pierres à la figure. Il les reçut et fit un mouvement de la tête en arrière, mais il eut tout de même le réflexe de s'envelopper du Bouclier.

Alors que Selna s'apprêtait à se rapprocher de lui à toute vitesse, elle fit marche arrière en voyant la membrane se former.

Litar passa sa main sur son front et son œil. Ce n'était pas grand chose, une simple douleur éphémère. Il décida de ne plus prononcer un mot jusqu'à la fin de leur affrontement.

Selna dut lancer son Bouclier à son tour.

À partir de cet instant, les minutes étaient comptées. Impossible de savoir combien de barismaas Litar avait consommées. Même s'il venait de dépenser un soupçon d'énergie, il lui en resterait sûrement assez pour tenir aussi longtemps, voire plus qu'elle.

Litar commença à réunir tous les projectiles présents autour de lui. Il les fit virevolter dans les airs.

« Approchez-vous tous de moi. Rentrez entièrement dans le Bouclier, dit Selna.

Ses trois amis l'écoutèrent.

— Nous pouvons réussir, nous sommes quatre. Laisse-nous faire le plus insignifiant et tu auras suffisamment d'énergie pour t'occuper de lui, dit Roma.

— Et s'il entend ce que nous disons ? demanda Myni.

— Il ne peut pas traverser le Bouclier, ni pour la Transmission, ni pour l'Exploration. Tant que je le maintiens nous sommes en sécurité, répondit Selna.

— Très bien. Nous enflammons, foudroyons et glaçons tout pour le moment » ajouta Myni.

Litar ayant rassemblé tout ce qu'il pouvait en terme de munitions, en envoya la moitié d'une main sur le Bouclier qui protégeait les membres du château.

Les rocs, les pierres, les morceaux de bois, tous se heurtèrent sur la coque en un vacarme fracassant.

Myni en ferma les yeux tant c'était effarant.

Kaaz observait les faits et gestes de Litar scrupuleusement et silencieusement.

Le fils Dois s'apprêtait à lancer une nouvelle salve.

« Cette fois-ci vous pouvez intervenir. Vous avez vu ce dont il était capable » dit Selna.

Il éjecta derechef pierres et morceaux de bois dans leur direction. Il souhaitait les mettre à l'épreuve encore un long moment.

Roma décida de montrer en quoi elle était apte également. Elle parvint à canaliser sa colère et sa crainte, puis à lancer les flammes les plus intenses qu'elle n'avait jamais pu. Les bouts de bois finirent consumés à mi-chemin, seules les pierres noircies entrèrent en contact avec le Bouclier.

Myni pouvait donc se charger de geler les rocs qui finiraient en infimes fragments sur la membrane dorée. Tout cela permettrait à Selna d'user moins d'énergie magique.

Litar lança une nouvelle rafale.

Selna assemblait tous les éléments qu'il avait fait tomber à leurs pieds. Au lieu de les faire voler dans les airs, elle les amassait discrètement au sol tout en maintenant son Bouclier, et ce pendant que Roma et Myni attiraient l'attention du fils Dois.

Après avoir éjecté ses dernières munitions, Litar dut en amasser de nouvelles. Il rassembla tout ce qu'il pouvait trouver autour de lui.

C'était le moment où elle pouvait frapper, il n'était plus tout à fait concentré sur le combat. Elle éjecta tout ce qu'il y avait à ses pieds sur Litar. De la même manière, les projectiles se heurtèrent sur sa coque. Il ne s'agissait que de peu d'énergie de perdue pour lui.

« Et si nous nous approchions ? Nous pourrions l'attaquer avec toi, suggéra Roma.

— Oui, nous allons tenter. Allons-y avec précaution » répondit Selna.

Litar continuait d'assembler des munitions.

Selna et ses amis avancèrent de quelques pas, toujours protégés par le Bouclier. Elle fit glisser au sol les nouveaux projectiles, prête à les lancer à leur tour.

« Et si je glaçais son Bouclier ? Est-ce possible ? demanda Myni.

— Ça peut lui faire perdre de l'énergie. Mais seulement si nous réussissons à être très proche. Ne sors pas d'ici, ce serait trop risqué » répondit Selna.

Litar envoya des projectiles à intervalles régulières, violemment, afin de faire chuter l'énergie de Selna.

Entre deux volées, Kaaz pensa que c'était le bon moment. Il sortit d'un bond du Bouclier puis se faufila derrière une ligne de rochers qui se situait non loin d'eux en utilisant la Dissimulation.

Selna le sentit sortir du bouclier :

« *Kaaz, reste ici !* » hurla-t-elle dans son esprit, prise au dépourvu.

Les circonstances devinrent bien plus périlleuses. À longue distance, elle ne pourrait intervenir. Son énergie diminuait déjà graduellement.

Kaaz ne cessait d'avancer, hors de portée et sans défense. Il pensait pouvoir approcher Litar par surprise et lui lancer sa Foudre.

« *KAAZ, REVIENS !* » s'égosilla-t-elle à nouveau.

Kaaz s'arrêta, la voix de sa bien-aimée résonnait dans son esprit. Il ne l'avait jamais entendue s'adresser à lui ainsi, et comprit à quel point elle tenait à lui. Il hésita à faire demi-tour. Or, il était déjà à mi-chemin.

« *Si j'y parviens, tout sera fini* » pensa-t-il.

Litar ne l'avait pas assailli, peut-être ne l'avait-il pas vu. Il avança de nouveau, plus lentement, tapi derrière les hautes roches.

Dans les airs, les pierres et autres débris tenaient toujours en suspension. Litar avait ralenti le rythme, il observait plus soigneusement ses adversaires. Il avait remarqué Kaaz dès le début lorsqu'il s'était insinué sur le côté. Il attendait le bon moment pour intervenir.

Devait-il profiter de la distraction de Selna ou de l'imprudence de Kaaz ? Il opta pour la facilité. En faisant tournoyer quelques roches d'une main, il les approcha de Selna et ses amis pour retenir leur attention et les leurrer. Puis, il les survola pour se diriger vers Ty. Elle ne pourrait aucunement protéger les deux en même temps.

Voyant les roches se diriger dangereusement en direction du jeune garçon, elle se prépara à éjecter les projectiles sur le côté.

Litar en profita pour lancer ses autres armes derrière la crête qui se trouvait à sa gauche. La pluie de pierres s'abattit sur Kaaz. Il se protégea en portant ses bras au-dessus de la tête, mais certaines pierres étaient bien trop lourdes.

L'une d'elles le déséquilibra, il tomba à terre, se rattrapant aux rochers verticaux. Mais sur son bras gauche allongé au sol s'écrasa le plus gros morceau de roche. Son bras fut broyé instantanément. Ce fut si soudain qu'il ne ressentit pas la douleur tout de suite, il ne comprit pas ce qui lui arrivait.

Selna se trouvait dans une situation houleuse. Elle savait que Litar cherchait à la perturber. Elle ne devait prendre aucune décision à la légère. L'important était de protéger le plus grand nombre d'entre eux : elle devait donc garder son Bouclier. Aussi, elle devait continuer à empêcher les projectiles de les atteindre. Il devenait compliqué de savoir quoi faire pour sauver Kaaz.

Son cœur se serra, mais il ne fallait pas fléchir. Ses émotions ne devaient pas la dépasser, pas tout de suite. Si seulement il était resté sous sa protection, tout aurait été beaucoup plus simple. Il était trop tard, maintenant. La pluie de roches s'était abattue sur lui.

Cependant, alors que le fils Dois venait de se

tourner vers Kaaz et de lui asséner ce coup, elle saisit l'occasion pour le déposséder de ses projectiles tout en lui en envoyant de nouveaux. De sa main droite, elle saisit les roches tombées au sol et les éjecta en arrière, sur lui, puis de sa main gauche, elle repoussa les roches en suspension le plus loin possible, ne laissant quasiment plus de munitions à Litar.

Dépouillé de ses armes subitement, il se tourna et découvrit la nouvelle salve au même moment. Surpris, il redoubla d'énergie magique pour fortifier son Bouclier, puis contra la volée en la faisant tomber aussitôt au sol.

Selna récupérera précipitamment les projectiles qu'il avait envoyés sur Kaaz et les lui lança également. Litar en intercepta quelques-uns mais les autres heurtèrent son Bouclier. Elle se rua sur lui et lui asséna plusieurs coups de poing d'acier avant de retourner à sa place. Son énergie diminuait grandement, elle relança le Bouclier sur son escouade.

Litar se rendit compte que malgré son endurance accrue, il n'était pas plus preste qu'avant. Il n'avait pas encore ingurgité toutes les barismaas, il en gardait en réserve. Son énergie diminuait à son tour.

Il préféra battre en retraite et les laisser prendre connaissance de l'état de Kaaz. Leur humeur pourrait en prendre un coup et il serait plus simple de les terrasser au prochain conflit. De plus, la victoire de Selna lors de leur première opposition lui avait laissé un goût amer. Il valait mieux ne pas trop dépenser ses ressources cette fois-ci, elle n'était pas suffisamment affaiblie. L'avoir à l'usure serait plus perspicace. Il s'échappa à toute vitesse vers le sud.

Selna et ses compagnons attendirent quelques instants afin d'être sûrs qu'il ne s'agissait pas d'un autre mauvais coup de sa part. Ne le sentant pas revenir, elle cessa le Bouclier.

Myni et Ty coururent vers Kaaz, on pouvait entendre ses plaintes de loin.

Selna, immobile, reprenait des forces. Son énergie était au bord de l'épuisement. Elle ferma les yeux et inspira profondément, elle savait que si elle faisait un geste brusque elle en aurait des vertiges ou risquait de perdre connaissance. Les cris de douleur de Kaaz parvenaient à ses oreilles assourdies, mais elle ne devait pas trop y penser. La situation ne ferait que s'aggraver.

Myni et Ty découvrirent Kaaz, se tortillant de douleur, le bras écrasé sous le rocher. Myni posa sa main sur la roche et la glaça. Petit à petit, la pierre devint froide et se recouvrit de gel. Cela prenait un peu plus de temps que d'ordinaire car la glace ne devait en aucun cas affecter Kaaz.

Une fois le roc devenu entièrement de glace, elle le ceintura avec ses bras et se mit à voler dans les airs, soulevant difficilement la masse. Ty l'aida en la poussant légèrement. La masse inerte retomba à côté et dévala une pente, puis finit par heurter un autre rocher qui la fit exploser en morceaux.

Ty fouilla dans sa sacoche.

« Je ne suis pas sûr d'avoir ce qu'il faut pour une blessure aussi grave.

— Il y a le sédatif, ça devrait maintenir son état, répondit Myni.

Ty sortit la fiole verdâtre, se pencha et souleva Kaaz par la tête pour la lui faire boire.

— Kaaz, c'est fini. Nous allons te ramener et te soigner, tenta de le rassurer Myni.

— Il n'y a que Selna qui puisse te soulever, elle doit reprendre des forces » enchérit Ty.

Roma demeura aux côtés de Selna, elle savait que la jeune femme aurait tout autant besoin d'aide.

« Vous le vaincrez en temps voulu. Les effets de la barismaa ne le rendent pas invulnérable. Et quand ses réserves se seront écoulées, vous pourrez le maîtriser.

— Peut-être, mais c'est vrai que tout ça devient pesant. C'est ce qu'il veut, que je faiblisse. Pas physiquement mais mentalement. Il essaye d'utiliser ma méthode contre moi. Il ne faut pas que j'entre dans son jeu, confia-elle en soufflant.

— Tout à fait. Quiconque vous critiquera, je vous défendrai avec ardeur. Vous faites tant pour nous sauver, tous, vous n'êtes pas à blâmer pour ceux qui se mettent en danger. Je vais aller voir par là-bas, reprenez des forces puis nous partirons, répondit-elle en posant sa main sur l'épaule de Selna.

— Merci, Roma. »

La couturière lui sourit puis se dirigea vers le reste du groupe. Elle constata l'état de Kaaz.

Myni avait arraché un bout de sa robe pour l'utiliser comme garrot. Elle lança un regard de détresse à Roma.

« Allons-nous bientôt partir ? Il souffre terriblement.

— Oui, quelques minutes sont encore nécessaires, répondit Roma.

Elle s'agenouilla près de Kaaz et lui passa la main sur le front pour le rassurer.

— Ne t'inquiète pas. Cyr aura de bons remèdes pour faire cesser la douleur.

Selna s'approcha mais n'osait pas regarder Kaaz. Elle détourna le regard.

— Nous pouvons y aller. S'il le faut, nous ferons une halte en plus » dit-elle.

Le groupe s'écarta du jeune homme. En utilisant sa Mobilité, elle le fit voleter, la main levée devant elle. Ainsi, son bras blessé ne subirait aucune secousse, alors que s'ils l'avaient transporté, Kaaz aurait pu souffrir davantage. La marche allait être longue et pénible. Ils se dirigèrent vers Hierum.

Arrivés à quelques mesures de l'entrée de la ville, un commerçant trapu, les manches remontées sur ses bras musculeux et les vêtements humides de sueur, passait avec sa charrette à bras. Celle-ci était pleine de foin. Il aperçut le groupe dont Kaaz en suspension et se dirigea vers eux.

« Bonjour chers Gardiens, puis-je vous être utile ?

— Oui commerçant, aide-nous à transporter notre ami au château. La Cheffe est bientôt à court d'énergie, répondit Roma.

— Le plaisir est pour moi, je vous suis. »

Selna déposa lentement Kaaz sur le foin, ce retour à la gravité fit légèrement basculer son bras en arrière. Il geignit de nouveau.

« Tout va bien, nous y sommes presque » lui assura Roma en se rapprochant de lui.

Ty et Myni souffraient de voir leur ami ainsi. Ils préféraient ne rien dire, impatients de retrouver Cyr et que celui-ci le soigne.

Selna tentait de rester neutre. Si elle avait pu, elle se serait laissée pleurer toutes les larmes de son corps, elle se serait laissée tomber à genoux de désespoir, elle aurait hurler de rage pendant des heures. Mais elle ne devait pas céder. Si Litar revenait attaquer la ville, il en prendrait avantage sachant qu'elle serait diminuée par le sort de son amant.

La charrette traversa les grandes rues pavées, les harcilans s'écartaient du chemin en silence et baissaient le regard sur son passage. Les cris de douleur étouffés de Kaaz s'entendaient.

Un Utelyn les rattrapa en courant. C'était un homme petit et chauve :

« Chers Gardiens, voici un remède apaisant pour votre ami !

Selna l'examina. Les produits étaient bien sains.

— Merci, vous pouvez l'appliquer » répondit-elle.

Le médecin versa le liquide transparent sur le bras de Kaaz, celui-ci ressentit aussitôt un léger soulagement. Ce soin permettrait d'apaiser la douleur le temps qu'ils atteignent le château.

Myni donna des pièces au médecin, puis ils reprirent leur chemin.

Installé dans le lit, Kaaz ne sentait que vaguement son bras. Après de longues heures de souffrance, il se sentait presque délivré.

Myni, inquiète, restait assise dans un coin de la chambre tandis que Selna se tenait au bout du lit, le regard vers le sol. Debout au fond de la pièce, Roma apparaissait soucieuse mais optimiste. Quant à Ty, il était rentré chez lui comme cette dernière le lui avait suggéré.

Cyr entra derechef dans la pièce, accompagné par deux domestiques : un jeune homme et Nella. Celle-ci tenait deux flacons.

« Vous savez, je peux les porter moi-mêmes ces fioles, leur dit-il.

Il se tourna vers Kaaz, puis prit le linge sec posé sur le coffre qui faisait office de table de chevet afin de le tremper dans une bassine d'eau. Il s'assit sur le bord du lit et humidifia le front de son fils adoptif.

— Votre Majesté, voulez-vous que je le fasse ? demanda le domestique aux mains vides.

— Non merci. Je tiens à le faire moi-même, répondit-il. À la place, pouvez-vous aller me chercher mon livre de sorts, s'il vous plaît ?

— Bien sûr, votre Majesté. Merci votre Majesté, répondit le jeune homme en faisant une révérence avant de sortir de la chambre.

— Comment te sens-tu ? murmura Cyr.

— Je me sens vidé. Je crois que j'ai vu ma vie

passer devant mes yeux, répondit Kaaz, d'une voix faible.

— Nous allons voir ce que l'on peut faire. L'important est que tu ne sentes pas la douleur et que tu ne perdes pas trop de sang. »

Le servant entra, le livre sous le bras, et le tendit à Cyr en faisant une révérence.

Cyr prit le grimoire et l'ouvrit en son milieu, il savait quelle page consulter. Il se releva et posa l'ouvrage sur la table de chevet.

Les servants restaient trop proche de lui, il se sentait encerclé.

« S'il vous plaît jeunes gens, laissez-moi un peu d'air, je ne vais pas m'envoler. Asseyez-vous au pied du lit, leur proposa-t-il.

Les domestiques s'exécutèrent.

Cyr lisait attentivement les inscriptions du sort, il ne fallait pas échouer.

— Tendez-moi la fiole verte jeune fille, dit-il en se penchant vers elle.

— Voilà votre Majesté ! répondit Nella.

Selna lui prit la fiole des mains, comme elle se tenait trop loin, et la donna à Cyr.

— Merci à vous deux.

Il lut le sort à nouveau, mais à haute voix cette fois-ci.

— Verser la potion sur les plaies ouvertes afin qu'elle s'introduise dans les veines, dit-il tout en faisant les gestes en question.

Il tenait la fiole au dessus du bras de Kaaz, le liquide couleur anis coula sur les plaies et s'infiltra comme décrit dans le livre. Ce liquide magique réagissait seul, comme s'il était vivant. Toutefois, il fallait encore déclamer une incantation pour qu'il fasse entièrement effet.

« *Toxo ir detel io detela* » récita-t-il d'une voix spéciale, près de Kaaz.

« *Toxo ir detel io detela* » ajouta Selna, pour renforcer l'action du sort.

Sa voix sonnait comme si elle récitait une prière.

Les domestiques, qui ne connaissaient pas cette pratique, décidèrent de déclamer la formule à leur tour. Plus de voix incanteraient le sort, plus il apporterait de réussite.

Myni et Roma répétèrent le sort à leur tour.

Le liquide se répandit dans le bras et le corps du jeune homme. Sa fonction était de réparer les tissus, panser les lésions et restaurer l'afflux sanguin : « *detel* » soit chair, et « *detela* » pour sang.

À l'œil nu, le sang qui venait de couler fraîchement le long du bras de Kaaz rentra à l'intérieur des plaies, ne laissant que le sang séché sur sa peau. Mais il avait toujours l'air mal en point.

Pour lui restituer ses forces, Cyr se pencha à nouveau vers la domestique qui tendit la fiole rosâtre.

Selna se trouvant toujours entre eux deux la prit et la tendit à Cyr. Il relut la suite du sort, toujours aussi consciencieusement, et versa le liquide rose sur les plaies également.

« *Terka ita seso. Uteli ir kys*, récita-t-il lentement.

— Rien n'est perdu. *Terka ita seso. Uteli ir kys. Terka ita seso. Uteli ir kys »* répéta Selna, presque en transe. Elle souhaitait si fort que Kaaz guérisse.

Myni observait les événements, toujours assise dans son coin en se rongeant les ongles.

Roma gardait son calme.

Le liquide rose pénétra dans les plaies de Kaaz et se répandit à son tour dans son corps. Celui-ci avait pour but de revigorer le corps de l'intérieur. Le sang reprit son flux dans les veines, la douleur se fit moindre. La guérison n'était pas totale mais elle permettrait à ces graves blessures de se remettre plus vite.

Alors que son sang circulait plus aisément, le visage de Kaaz reprit quelques couleurs. De son teint pâle, il était passé au grisâtre. Il retrouvait peu à peu sa blancheur habituelle. Il ne sentait pas vraiment ce qui lui arrivait, il se contentait de respirer et de se reposer.

« Il ne restera plus qu'à s'occuper de ses os. Par Mobilité tu pourras sûrement les arranger, dit Cyr à Selna, en se tournant vers elle.

— Je pense, je m'y tâcherai.

— Oui, laissons-lui un peu de temps. Tout va bien, c'est le principal, dit-il en posant sa main sur l'épaule de Selna. Je vais aller me coucher, demain je reçois des nobles des contrées voisines. Bonne nuit à tous » dit-il en sortant de la chambre.

Les domestiques le suivirent aussitôt, le garçon emporta le livre de sorts au passage.

Myni se leva et s'approcha de Kaaz. Elle l'observa quelques instants.

« Nous avons eu de la chance que ce ne soit que son bras. Pourquoi n'a-t-il pas écouté ?

— C'est Kaaz, il est toujours comme ça, répondit Roma.

— Ménagez-vous, surtout toi Selna. Tout cela est déjà bien difficile, cependant nous ne devons pas fléchir.

— Merci Myni, repose-toi bien aussi, répondit Selna.

— Douce nuit à tous » leur souhaita Myni avant de sortir de la chambre.

Selna s'assit près de Kaaz et lui passa le linge humide sur le front.

Roma s'approcha de la jeune femme.

« Souhaites-tu que je le veille, pour que tu puisses te reposer ?

— Non, merci. Je ne pense pas que Litar revienne tout de suite. En ce moment, il doit être fier de ce qu'il a perpétré. Tout ce qu'il veut c'est que nous souffrions. Nous verrons tout cela demain, dit-elle en relevant le regard vers la mère de famille.

— C'est juste. Mais ne vous fatiguez pas trop. Appelez des domestiques si vous souhaitez que quelqu'un vous succède.

— Merci, je verrai » répondit Selna, en tentant de sourire.

Roma s'inclina puis sortit de la pièce. Selna passait toujours le linge humide sur le front de Kaaz. Elle se pencha pour l'embrasser sur le coin des lèvres.

Enfin, elle s'allongea près de lui et s'endormit.

Le lendemain matin, dès l'aube, la jeune femme fut réveillée par les plaintes de son amant. Les remèdes avaient cessé d'agir. Il geignait et se tortillait dans tous les sens. Des domestiques allèrent chercher des onguents apaisants.

Une fois les soins administrés, ils laissèrent tous le couple en tête-à-tête.

« Comment as-tu pu ? marmonna Kaaz, les premiers mots qu'il lui adressa depuis la fin du combat.

— Je t'avais prévenu de ne pas t'éloigner, répondit Selna, surprise.

— Je ne parle pas de cela. Pourquoi protéger Ty plutôt que moi ?

— Je ne pouvais pas m'occuper de vous deux en même temps, mes pouvoirs ont tout de même des limites. C'est pour cette raison que je vous avais demandé à tous de rester dans le Bouclier, dit-elle en se contraignant d'entrer dans les détails.

— Tu ne comprends pas. Pourquoi le faire passer avant moi ? As-tu des sentiments pour lui ? demanda-t-il, confus.

— Kaaz, tu es fou ou est-ce la douleur qui te fait délirer ? Il est bien trop jeune.

— Peut-être que c'est égoïste de ma part, mais si un jour j'avais le choix entre protéger la personne que j'aime et un innocent c'est toi que je sauverais. Parce que je ne veux pas te perdre.

Elle s'assit sur le bord du lit.

— Je suis désolée. Si tu ne t'étais pas éloigné j'aurais pu te défendre tout comme les autres. Je ne veux pas te perdre non plus.

— Mais tu l'as fait passer avant moi, dit-il d'un ton grave. Tu es tellement préservée par tes pouvoirs et ta puissance, tu ne sais pas ce qu'est une telle blessure, une telle douleur! Ce n'est pas rien !

Selna demeura interdite un instant. Elle tenta de répondre, confuse.

— C'est un garçon de quinze ans qui n'a aucun pouvoir pour se défendre tout seul. Penses-tu vraiment que j'aurais dû le laisser mourir ? »

Tous deux décidèrent de clore cette conversation. Kaaz étant épuisé, il posa la tête sur l'oreiller et ferma les yeux. Selna lui caressa le visage et se blottit contre lui.

CHAPITRE 26 : La perte

Selna et tous ceux du château gardèrent un œil sur l'horizon. Ils se tenaient près à contrer tout assaut de Litar. Celui-ci prenait son temps. Il cherchait à attaquer au moment où ils s'y attendraient le moins.

Il lui restait une dizaine de barismaas. Devait-il tout ingurgiter et combattre une bonne fois pour toutes ? Ou n'en consommer que la moitié pour les assaillir une fois supplémentaire ? Tel était le tracas qui le pesait.

Il pensait aussi revendiquer la libération de son père. Il lui faudrait prendre un otage ou leur promettre de ne plus les affronter. Promesse qu'il briserait, bien évidemment.

Après plusieurs heures de ronde, Selna revint quelques instants au chevet de Kaaz. Elle gardait toute son attention sur la source d'énergie émanant de Litar, cette fois-ci elle ne le laisserait pas s'approcher aussi facilement. Elle irait à sa rencontre sans se soucier des dommages qu'il pourrait causer, car de toute manière, il en y aurait des dégâts.

Kaaz se tenait assit, le bras posé sur une planche surélevée. Il avait repris des forces. Cyr et l'Utelyn Kysen examinaient ses plaies :

« La guérison est en bonne voie. Il ne manque plus qu'à ressouder les os. À quel Silaren doté de la Mobilité pensez-vous, votre Majesté ? demanda Kysen.

— Je vais m'en occuper, répondit Selna.

Comme ils ne l'avaient pas vue entrer, l'Utelyn et le roi se retournèrent.

— Très bien. Je vais te guider, dit Cyr.

— Non, votre Majesté. Vous devez avoir d'autres affaires en cours ?

— Kaaz est comme mon fils, je tiens à rester près de lui, répondit-il avec insistance.

— D'accord, je vous laisse mener l'opération, répondit la femme de savoir.

— Je possède l'Exploration, je peux voir d'où provient chaque bout d'os, ajouta Selna.

— Ah oui ? Très bien, nous resterons là au cas où, répondit Kysen.

— Bien sûr » ajouta Selna.

Kaaz n'adressa aucun regard à Selna, il l'évitait même.

Cyr fouilla dans un coffre rempli d'ustensiles médicinaux qui avait été apporté de sa tente par des domestiques.

« Voilà, tu dois boire cela avant, Kaaz, dit le

père adoptif.

— Qu'est-ce ? répondit le jeune homme, d'une voix assez faible.

Ses cernes étaient bien plus creusés et bleutés que ceux qu'il arborait ordinairement.

— C'est à base de lait de pissenlit. Pour fortifier les os. Cette substance doit être absorbée pour que la Mobilité soit effective » répondit Kysen.

Cyr s'approcha de lui en ouvrant la fiole au liquide blanchâtre. Kaaz s'en saisit et la but.

« *Toxo perece telis* » récita le nouveau roi.

Utelyn Kysen répéta la formule plusieurs fois pour l'imiter.

— Bien, nous pouvons commencer, les exhorta Cyr.

Selna plaça ses mains à quelques pouces au dessus du bras de Kaaz. Elle ferma les yeux pour se concentrer et observa l'intérieur. Les os avaient volé en éclats. Toutefois, les lésions s'étaient en grande partie rétablies.

— Vois-tu les os ? demanda Cyr.

— Oui » répondit-elle, toujours plongée dans ses pensées.

Elle lança son Exploration, et put voir comment les choses s'étaient déroulées, d'où chaque fragment s'était détaché. Grâce à la Mobilité, elle les fit mouvoir, un à un, jusqu'à les recoller au bon endroit. Grâce à la potion ingurgitée par Kaaz, le squelette se ressoudait plus rapidement que prévu. Son bras serait encore fragile mais il n'y aurait pas à attendre plusieurs mois pour qu'il soit à nouveau en état.

Au bout d'une heure, tous les morceaux furent remis en place. Il ne restait plus qu'à prendre du repos.

Selna quitta la pièce, sans mot dire.

« Vas-tu cesser de rechigner ? Elle t'a soigné » dit Cyr en sortant à son tour.

Litar décida de n'ingérer que la moitié des plantes. Cette fois-ci, il ne s'en prendrait qu'aux faibles pour leur occasionner des pertes supplémentaires. Et la prochaine attaque serait certainement la dernière. Il pensait que Selna devait être profondément atteinte par le sort de son amant.

Il courut à toute vitesse en direction du château. Selna le sentit avancer, elle envoya un signal à toutes les unités :

« *Il arrive !* » cria-t-elle intérieurement.

Gardiens, Guerriers, archers et domestiques, tous ceux qui le pouvaient se tinrent prêts. Prêts à se défendre, prêts à riposter, prêts à secourir son prochain.

Kysen, qui se trouvait encore dans la chambre en compagnie de Kaaz, se leva et enfouit des potions explosives dans une bourse.

« Où allez-vous ? demanda le jeune homme.

— Litar revient, répondit-elle.

— Je viens aussi ! dit-il en se redressant, prêt à se lever.

— Dans ton état ? Reste ici.

— Il n'en est pas question, nous devons être le

plus nombreux possible. Si vous perdez alors que je suis ici, mon sort sera le même, insista-t-il.

Elle l'observa un instant, pensive.

— C'est vrai. Mais tu n'es pas en bonne disposition. Tu risques avant tout d'être gravement blessé. Ou pire.

— Je peux me tenir debout. Vous devez bien avoir un remède qui donne quelques forces ? » demanda-t-il.

Kysen le regarda à nouveau, soucieuse.

* * *

Selna se précipita vers le grand balcon. Au milieu de cette atrocité ambiante, le parfum délicat du chèvrefeuille semblait inapproprié tout en diffusant une sensation de réalité implacable.

« *Je suis là, que veux-tu ?* dit-elle à Litar.

— *Tu le sauras bien assez tôt*, répondit-il, alors qu'il s'approchait des remparts de la ville.

Il grimpa la courtine à grande vitesse, puis s'arrêta sur le chemin de ronde, face au château. Il observait la ville. Il avait une vue en hauteur sur les habitations. Pas un harcilan ne se trouvait dehors. En utilisant sa vision accrue, il pouvait épier à travers les logis. Les habitants se tenaient cachés, à l'abri sous les meubles. Ils avaient bien été prévenus du danger.

— *C'est très simple. Libérez mon père et je promets de ne plus jamais vous attaquer*, dit-il enfin à Selna à distance.

La jeune femme ne sut quoi dire. Avec tous

ces événements elle n'avait plus songé à la mort de Relan, ni que son fils n'en était toujours pas informé. Que pouvait-elle dire ou faire désormais ? Elle ne pouvait pas prétendre qu'il était toujours en vie, si Litar s'apercevait de son mensonge il n'apprécierait aucunement.

— *Alors ?* insista-t-il.

— *Je vais t'exposer la vérité. Il y a quelques semaines ...* s'interrompit-elle.

Elle cherchait ses mots.

— *Oui ? Quoi donc ?*

— *Je n'avais pas songé que tu l'ignorais encore ... Tant d'incidents ce sont produits ...*

— *Où est-il ? Vas-tu me répondre ?* s'enquit-il.

— *La vérité est ... que quelqu'un ... quelqu'un s'en est pris à lui, pour se défendre*, répondit-elle, hésitante.

— *C'est-à-dire ?* enchérit-il, fulminant.

Selna se rendit compte que cette fois-ci, elle était bel et bien en position de faiblesse. Elle n'avait eu le temps d'anticiper quoique ce soit. Il allait probablement y avoir d'autres victimes.

— *Il a été assassiné*, répondit-elle laconiquement.

— *Non, c'est faux. Si tu ne me dis pas ce qu'il en est, je retournerai ce château de fond en comble*, répondit-il alors que la colère augmentait dans sa voix.

— *C'est la vérité, cependant il y a une chose que tu dois savoir ...* »

Avant même qu'elle ait pu finir, il sauta du

haut de l'enceinte et émit son Bouclier. Elle émit le sien également et sauta du balcon pour parcourir la ville à grande vitesse.

Tous les belligérants sortirent des habitations et tentaient de se jeter sur lui. Ils mettaient délibérément leurs vies en danger afin de l'atteindre. Il s'agirait certainement d'un combat à l'issue redoutable.

Litar lança des flammes sur son passage : des tentes s'embrasèrent mais les habitants réussirent à sortir aussitôt et se réfugier dans d'autres logis.

Des Silarens lui envoyaient leurs sorts et des projectiles par leur Mobilité, des flammes, des jets de pierres, et les archers tiraient leurs flèches : tout se heurtait à son Bouclier. Bien que rien ne le traversait, ni ne l'éclatait, chaque collision, chaque contact avec la membrane lui coûtait tout de même de l'énergie.

Cependant, les coups qu'il rendait étaient bien plus offensifs. Il renvoyait les flèches en direction inverse, certains harcilans les recevaient dans les jambes ou les bras. Il rejetait les flammes ou la glace qui se retournaient contre leurs envoyeurs ou qui tombaient sur d'autres attaquants.

Myni s'approchait promptement en voltigeant. À quelques mesures de Litar, elle se prit une flèche dans le flanc. Elle hurla de douleur et s'effondra au sol alors que le sang maculait son bliaud. Un couple qui se cachait dans une cabane non loin vint la soulever et l'emmener à l'intérieur pour l'abriter. Par chance, la blessure n'était pas trop profonde. Puisque la flèche avait été détournée de sa course, elle avait perdu en vitesse.

« Nous vous emmènerons au château dès qu'ils se seront éloignés, dit le mari.

— Merci beaucoup » répondit la princesse en pressant le linge disposé sur sa plaie par la femme.

Selna amassait le plus de projectiles possible et les traînait derrière elle. Un amas de pierres, outils, caisses et bien d'autres objets roulaient au sol, entraînés par magie, une emprise invisible.

Elle distingua le moment idéal pour tirer. Alors que les harcilans s'éloignaient de Litar, elle lui projeta toutes ses munitions dessus. De l'intérieur de son Bouclier, il put voir comme il était submergé par les débris : de larges coffres remplis, des houes crottées, serpes, pavés et bien d'autres choses se heurtaient contre le mur magique qui l'enveloppait en disséminant un nuage de poussière tout autour de lui.

Tous tentaient de l'épuiser en s'acharnant sur son Bouclier alors qu'il avançait vers la forteresse. Les harcilans étaient si nombreux et avaient disposé tant d'obstacles dans les allées que s'il tentait de courir à grande vitesse entouré de sa coque, il perdrait davantage d'énergie.

Soudain, un arc électrique parcourut son Bouclier. Il sonda tout autour de lui tant il n'avait vu d'où ce pouvoir provint. Et, puisqu'il était encerclé de nombreux Silarens, il ne pouvait plus vraiment distinguer chaque intervenant.

Il devait se concentrer sur chacun d'entre eux, tour à tour, mais tous en profitaient pour lui asséner des coups. Cette force étrange était difficile à contrer, puissante et surtout méconnue de son expérience. C'était comme si elle parvenait à s'infiltrer dans la membrane du Bouclier. Comme si elle avait trouvé une faille et s'y était glissé. N'était-ce pas si impénétrable que cela ? Ce pouvoir lui faisait perdre davantage d'énergie que les plus banals.

En y réfléchissant, il se souvint avoir déjà subit cette Foudre dans le passé, mais une bien moins puissante. Celle-ci était plus sournoise.

Il devait trouver d'où cela provenait. Malgré les assauts qui pleuvaient sur lui : coups de haches sur l'enveloppe, Inflammations ou encore flèches, tout ceci était relativement aisé à contrer. Mais cette Foudre, qui avait subsisté quelques instants et qu'il n'avait jamais apprivoisée, représentait un réel danger si son Silaren la relançait à plusieurs reprises. Il savait qu'une fois qu'il l'aurait mise hors d'état de nuire, il pouvait facilement tuer tous les autres. Ne resterait plus que Selna.

Celle-ci tirait avantage de son inattention pour lui envoyer des flammes et des projectiles. Ce n'était toujours pas le bon moment pour lui asséner des coups de poing ou tout autre pouvoir où elle devait se trouver à proximité de lui. Il n'était pas encore assez affaiblit.

Enfin, il aperçut du coin de l'œil un visage familier. Alors qu'il sortait à découvert de derrière une cabane, Kaaz le défiait du regard puis lui envoya un nouvel arc électrique. Il n'avait recouvert sa chemise que de sa cape, et laissait son bras pendant. Il n'utilisait que sa main droite pour envoyer son pouvoir.

Litar ayant enfin trouvé sa cible, fondit sur lui à toute vitesse.

Selna tourna la tête dans la direction où il se précipitait et entrevit seulement Kaaz. Elle en resta immobile quelques secondes. Quelques secondes de trop. Que faisait-il là, debout ? Mais il ne fallait pas s'attarder, pour le moment elle devait aller le protéger. Elle courut à toute vitesse également.

Litar agrippa Kaaz par la nuque en utilisant sa Force surhumaine.

« Cette fois-ci, je ne vais pas te manquer » dit Litar.

Il éjecta Kaaz le plus loin possible en direction du château. Selna ne put rien faire. Même en utilisant la Mobilité, elle aurait pu le tuer tant il fut projeté violemment. Manier les objets était aisé, mais pour les êtres vivants il s'agissait d'une intervention bien plus délicate. Le mouvement inverse lui aurait été fatal. Mais alors qu'elle s'approchait de Litar elle lui lança une rafale de coups de poing d'acier, puis relança son Bouclier avant qu'il n'ait eu le temps de l'attaquer.

Litar et Selna s'échangèrent un regard. Ils demeuraient face à face, chacun protégé par sa coque. Les harcilans rattrapèrent enfin le fils Dois et lui assénèrent des coups de toutes parts.

« *Vous m'avez pris quelqu'un, je vous en ai pris plusieurs. Et ça ne fera que continuer. Quand comprendrez-vous ?* » dit-il d'un air déconfit.

La mort de son père l'avait ébranlé. Il partit en

courant à toute vitesse, enragé et peiné à la fois, en perforant le mur une fois de plus.

Selna l'observa partir au loin. Bientôt, il faudrait éprouver les conséquences de cet affrontement.

Ils attendirent tous sur place, armes à la main, tournés vers le trou dans le mur. Après un long instant, Litar ne semblait pas avoir l'intention de revenir. Ils repartirent tous, peu à peu, à leurs occupations ou vers les Utelyns pour se faire soigner.

Selna se rendit dans la cour. Elle remarqua Kaaz très rapidement, allongé au sol.

Ty et Chellis se tenaient auprès de lui, bouleversés. Ils levèrent leurs yeux plein de larmes vers la jeune femme. Elle se maintenait à une certaine distance du corps et n'y jeta aucun autre regard. C'était une manière de ne pas accepter la réalité. Elle demeura silencieuse tout en souffrant intérieurement.

Des Utelyns accoururent et couvrirent le corps du défunt jeune homme d'un linceul. Puis, ils le transportèrent au château.

* * *

Dans une salle de soins, Myni subissait sur sa couche. Le déplacement n'avait fait qu'accroître la douleur de sa blessure.

Kysen lui administra des remèdes apaisants.

« Ne vous inquiétez pas. Il n'y a rien de grave, dit l'Utelyn.

— Oui, je ne me plains pas. J'ai vu d'horribles

choses, répondit la jeune femme.

Cyr entra en trombe, suivi par quatre domestiques. Le roi s'agenouilla à côté de la couche et étreignit la main de sa fille.

— Comment te sens-tu ?

— Ce n'est pas grave, je vais m'en sortir. C'est seulement désagréable, répondit-elle.

Il jeta un coup d'œil à la blessure pansée qui se trouvait juste en dessous des côtes.

— Je suis navrée de t'apporter du soucis, ajouta-t-elle.

— Ne te préoccupe point de moi. Repose-toi bien » dit-il en lui caressant le front tendrement.

Elle lui sourit en retour. Il sortit de la salle accompagné de son escorte.

Soudainement, Ty et Chellis apparurent devant lui, épouvantés. Ils regardèrent leur maître avec des yeux emplis de désespoir. Le roi comprit que quelque chose s'était produit. Du coin de l'œil, il vit Selna passer à côté d'eux, livide, ne leur adressant aucun regard tant elle semblait être l'ombre d'elle-même.

La Cheffe des Gardiens emprunta les grands escaliers en spirale et allait probablement s'isoler dans sa chambre.

« Où est Kaaz ? se risqua-t-il.

Chellis porta ses mains à sa bouche, elle ne pouvait même pas révéler la terrible vérité.

Quant à lui, Ty chercha longuement les mots qu'il emploierait.

Cyr sut qu'il n'y avait plus rien à dire.

— Ne me dites mot. Rentrez chez vous,

reposez-vous et profitez de votre famille.

Les deux jeunes gens acquiescèrent et s'inclinèrent.

— Ne perdez pas espoir, maître, lança Chellis, avec peine.

— Merci jeune fille » répondit-il avant de tourner les talons.

Il rejoignit la grande salle et s'assit sur le trône.

« Apportez-moi une chope … non, rien, s'interrompit-il. Rien, vous pouvez disposer. »

Dans cette vaste salle, devenue silencieuse lorsque la porte fut refermée, il demeura pensif. Il ne lui restait plus qu'à se remémorer tous ceux qu'il avait perdus au cours de sa vie.

CHAPITRE 27 : Les défunts

Après quelques heures de repos, Cyr fit réunir ses plus fidèles recrues dans la salle du trône. Un silence de plomb régnerait si des pleurs étouffés ne se faisaient entendre. Le roi, les yeux rougis, manifestait une mine des plus atterrées.

« Cela ne peut plus durer. Que pouvons-nous faire ? Comment l'arrêter ? demanda Cyr.

Mais personne ne savait quoi répondre.

— Je peux peut-être aller lui parler, proposa Selna après un long moment de réflexion.

— À propos de quoi ?

— Savoir s'il y a un moyen de le convaincre de ne plus s'en prendre à quiconque, ajouta-t-elle.

— Et s'il voulait devenir roi ? Que devrions-nous faire ?

— Je vais m'y ingénier. Je lui proposerai ma place de Cheffe des Gardiens s'il le faut, en lui demandant d'être plus juste que son père, ajouta-t-elle.

— Pourrons-nous vraiment avoir confiance en lui ? se demanda le conseiller Pargul.

— Je dois avouer que je ne sais plus quoi penser. Je ne vois aucune issue, dit Cyr avec désarroi.

— Je vais faire tout ce que je peux. Nous ne connaissons pas vraiment ses intentions, peut-être que nous en saurons plus ainsi, répondit Selna.

— Très bien. Fais attention à toi.

— Je t'accompagne, s'avança Roma.

— Non, je vais y aller seule. Nous avons eu suffisamment de pertes comme ça. Retourne auprès de ta famille » répondit Selna avant de quitter la salle.

Après avoir déjeuné en vitesse, sans y prendre aucun plaisir mais afin de prendre des forces, Selna emprunta la grande allée vers le sud, traversant la cité. Quelques habitants s'inclinaient sur son passage. Puis, elle franchit la porte. Elle se souvint, quelques semaines plus tôt, du jour où elle était arrivée par ici avec un dessein bien précis en tête. Elle ignorait complètement si elle l'atteindrait ou non. Ce furent assurément une partie des meilleurs moments de sa vie. Elle y avait fait de si belles rencontres.

Alors qu'elle s'avançait sur le chemin sinueux en direction de la forêt, elle sentit une présence familière :

« Ty, ne viens pas. Fais demi-tour, lui dit-elle.

Le jeune garçon, qui avançait en se cachant derrière des arbres et des buissons, se mit à découvert.

— Ne te soucie point de moi, fais comme si je n'étais pas là ! clama-t-il.

— Il saura que tu es là, il t'attaquera. Pars, dit-elle d'une voix grave.

— Ce n'est rien. Je ne peux te laisser y aller seule. Si tu es blessée, il faut que quelqu'un soit là pour toi, répondit-il en la rattrapant.

— Si je suis blessée il m'achèvera, de toute façon.

— Ce n'est pas ce que j'insinuais. Si tu le vainquais et en ressortais blessée sans que personne d'autre ne soit là, que ferais-tu ?

Elle avançait en regardant l'horizon, sans répondre.

— J'ai l'impression ... que tout va se décider aujourd'hui.

— C'est-à-dire ? dit-elle en se tournant vers lui.

— Je ne sais pas, je sens quelque chose. Ça ne m'arrive jamais.

Il tentait de marcher à la même cadence qu'elle, mais sa démarche était d'une telle vivacité qu'il peinait à la suivre.

— Que sens-tu exactement ?

— Je n'en ai aucune idée. Mais je crois que je dois venir avec toi, et je n'en ai pas peur, répondit-il en courant de deux pas pour la rattraper.

— Très bien. De toute manière, tu es plus facile à protéger, tu ne désobéis pas. C'est bien, dit-elle d'un ton morose.

— Si seulement j'avais eu des pouvoirs,

murmura-t-il.

— J'espère qu'en te voyant Litar sera plus indulgent. Je ne serais pas venue avec toi si ce n'était pas seulement pour lui parler.

— Bien sûr, je serai ta preuve de bonne foi ! » s'enthousiasma-t-il à moitié.

Près d'une heure s'écoula. Ils arrivèrent enfin tout près de leur ennemi. Il était retourné dans la plaine rocailleuse. Selna et Ty traversèrent les feuillages et branchages.

La fin d'après-midi semblait pesante, bien que le soleil régnait toujours dans le ciel.

Litar sentait l'arrivée de Selna, il s'approchait lentement de l'orée de la forêt en lorgnant dans sa direction.

Une fois qu'ils s'aperçurent, à distance, il lui transmit sa pensée :

« *Que fais-tu ici ?*

— *Nous venons en paix, pour te parler. Peux-tu nous accorder une vraie trêve ?* l'interpella Selna.

Litar réfléchit un instant. Il observa les alentours, au cas où il s'agirait d'un piège. Mais il ne ressentait rien d'autre. Les autres sources d'énergie se trouvaient aussi loin que Hierum.

— *Très bien, approchez*, dit-il suspicieux.

Elle restait sur ses gardes, prête à défendre Ty.

— De quoi souhaitez-vous parler ? demanda Litar, d'un ton accusateur.

— Que compte-tu faire à présent ? N'as-tu pas tué assez de monde ?

— Qu'insinues-tu ?

— Qu'attends-tu de nous, maintenant ? demanda-t-elle d'un ton neutre.

Le jeune homme fut un peu surpris par sa question. Il resta songeur.

— Qu'est-ce qui t'anime à présent, toujours la vengeance ? La richesse ? Souhaites-tu reprendre le château ? insista-t-elle.

— Je ne sais pas, répondit-il en devenant hésitant. C'est vrai. Puisque je vous ai pris ceux que vous aimiez à mon tour, nous sommes plutôt quittes.

— Ton père et toi nous aviez déjà pris ceux que nous aimions il y a douze ans, et tu nous en a repris de nouveau, c'est différent, dit-elle.

— Ma mère a été tuée à cette époque, moi aussi j'ai perdu quelqu'un de cher, insista-t-il.

— Tu ne sais pas ce qui lui est arrivé, répondit-elle, compatissante.

— Si. Des Gardiens l'ont tuée pour attaquer mon père. Et ce par traîtrise, enchérit-t-il en la regardant intensément dans les yeux.

— Non, c'est faux. J'ai exploré ses pensées, j'ai vu ce qu'il s'était réellement passé ce soir-là. Tu lui faisais tellement confiance que tu ne l'as même pas exploré au moins une fois ? répondit-elle sans le quitter du regard.

— N'essaye pas de me monter contre lui, il n'aurait eu aucun intérêt à me mentir ! cria-t-il.

— Si tu voyais ce qu'il s'est réellement passé, tu changerais d'avis. Les Gardiens n'y étaient pour rien, le plus grand danger pour elle c'était ton père.

— Tu mens, il l'aimait, répondit-il, le regard

fuyant.

— As-tu vu ce qu'il a été capable de faire ? De la rudoyer durant toute ton enfance ? Tuer tant d'innocents pour le pouvoir ? Se servir de toi pour obtenir tout ce qu'il voulait ? Si ton père était un homme aussi bien il aurait dû être un Ulin Ece, au lieu de se conduire comme un Ieilin.

— L'autorité est tout ce qui permet de préserver un royaume, s'obstina-t-il.

— L'abus d'autorité, c'est ce que Relan a employé. Et il a fait de même avec ta mère et toi. Il vous battait. Ce n'était ni un bon père, ni un bon mari.

Ty déglutit, stupéfait, il n'avait jamais entendu parler de tout cela.

— Et alors ? lança Litar.

— Tu n'avais pas à le suivre aveuglément parce qu'il était ton père, nous sommes tous capables de voir quand nos proches commettent des erreurs ou non. C'est à chacun de choisir sa voie, j'ai choisi de faire le bien. Tous ceux qui m'ont épaulée ont fait ce choix également. Mais toi, quel a été le tien ? Était-ce vraiment une décision personnelle ?

Il demeura pensif quelques instants.

— Tu n'as fait que suivre ton père, tu as tout fait pour lui. Le méritait-il vraiment ?

— C'est vrai. Je pensais qu'il était dans le juste.

— À présent, tu as le choix, et ton père ne peut t'enjoindre. Si tu écoutes vraiment ta raison, qu'as-tu envie de faire à l'avenir ?

Litar était à nouveau perdu dans ses pensées.

Toujours guidé par son père, c'était la première fois de sa vie qu'il était vraiment libre. Libre de penser ce que bon lui semblait, libre dans ses résolutions.

— Pourquoi ne nous crois-tu pas ? Tout ce que nous avons fait fut d'aspirer à défendre le royaume et les harcilans. Sommes-nous des tortionnaires comparés à ton père ? Je ne pense pas, et les harcilans ne le pensent pas non plus.

Il leva ses prunelles bleu foncé vers Selna, mais ne répondit pas.

— Tout ce que nous voulions c'était que le peuple retrouve sa liberté, que la vie soit aussi paisible qu'avant. Et vous avez tout fait pour nous en empêcher.

Litar détourna quelque peu le regard, sans la perdre de vue.

— Tu as l'air différent de lui, tu n'as pas toujours agi par la force. Tu as même épargné la vie de certaines personnes, que ce soit des domestiques ou des accusés. Un royaume juste, c'est ce que nous voulons. Et si une partie de toi le veut aussi, alors tu es le bienvenu au château.

Elle attendait patiemment sa réponse. Il semblait happé par un profond questionnement.

— C'est vrai. Ce n'était pas ce que je voulais. Je me moque d'une vie de château. Tout ce que je souhaitais, c'était que mon père me voit enfin comme un homme, comme son égal, répondit-il préoccupé.

— Mais ça n'a jamais suffit ? dit-elle à voix basse.

— Non, ajouta-t-il, après un certain moment.

— Pourtant, tu es l'un des êtres les plus puissants, et tu es un fils admirable. Il avait toutes les raisons d'être fier de toi. Mais ce n'est pas toi qui étais en tort …

— C'était lui, répondit-il alors que sa voix s'étouffa.

À présent, il contemplait le sol. Ils laissèrent un silence s'installer.

— Toi aussi tu es libre maintenant, ajouta finalement Selna.

— C'est vrai, répondit-il, affichant une moue confuse.

Soudain, elle leva la main à une vitesse surhumaine et serra le poing.

Litar qui venait tout juste de baisser sa garde, se tordit sous la souffrance.

— Navrée. Cela va être quelque peu douloureux. Cependant, ce sera toujours mieux que la mort, dit-elle.

Elle serra son poing de plus en plus fort, Litar se tordit de plus belle en hurlant. Elle avait saisi à distance la partie de son cerveau, à l'arrière du crâne, qui servait à contrôler les pouvoirs et l'anéantissait. Cette partie se trouvait jointe à celles de la mémoire et des mouvements. Il en résulterait sûrement quelques troubles, mais il n'aurait plus aucun pouvoir magique, ou beaucoup moins.

Ty ignorait quoi faire, il ne pouvait qu'observer leurs faits et gestes. Selna avait-elle la situation bien en main ou Litar pouvait-il riposter ?

Ce moment sembla durer une éternité. Litar

hurlait, grimaçait et tortillait ses membres de douleur. C'en était insupportable.

Finalement, elle relâcha son emprise. Litar tomba à genoux et se passa une main sur le visage. Il avait ressenti une douleur terrassante, certes, mais était toujours en vie - ce que peu de personnes lui auraient accordé.

— J'ai réussi, se dit-elle à elle-même, soulagée.

C'était certainement la plus grande prise de risque qu'elle avait effectuée jusqu'à présent, or elle avait tenté le tout pour le tout.

— Qu'as-tu fait ? demanda Litar, la voix tremblante.

— J'ai annihilé tes pouvoirs.

Il resta prostré, frémissant.

— As-tu l'intention de me tuer ? ajouta-t-il, la voix à demi masquée par sa main.

— Ty, attends-moi en bas de la crête, dit-elle en se tournant vers le garçon.

— D'accord, répondit-il, hésitant.

Le blondin opina de la tête puis descendit les roches sans se retourner.

— Tout ce que tu m'as dit ... c'était juste pour me tuer ? demanda Litar toujours à terre.

— Non. Je ne vais pas te tuer. Puisque tu n'as plus de pouvoirs, tu n'es plus un danger. Le royaume aimerait te voir mort, mais je vais te laisser une dernière chance. Tu peux aller vivre en forêt, à l'abri du peuple, vivre comme tu l'entends. Mais si jamais tu refais un faux pas, je serai moins clémente, dit-elle d'un ton solennel.

— C'est entendu, répondit-il à voix basse.

— Je leur dirai que tu es mort. Tu peux refaire ta vie dans le sud ou dans l'est, ce sont de vastes territoires où les harcilans ignorent à quoi tu ressembles.

Il se releva avec difficulté, son bras droit étant devenu infirme et la jambe du même côté semblait avoir perdu certaines aptitudes également. Personne n'aurait pu anéantir les pouvoirs de façon assez précise sans toucher d'autres parties du cerveau.

— Je suis navrée, tout ça aurait pu ne pas arriver si tu nous avais écoutés.

Il demeurait le regard bas, mais il souhaitait répliquer.

— Vraiment, je te remercie de me laisser la vie sauve. Et pour tout ce que tu m'as dit.

— J'espère sincèrement que cette fois-ci tout se passera bien pour toi. Ne gâche pas cette deuxième chance. Sois qui tu veux être, répondit-elle avec inflexibilité.

— Très bien, répondit-il, pensif, en se maintenant toujours le bras. J'aurais souhaité rencontrer quelqu'un qui me parle ainsi bien plus tôt. J'étais perdu, je me raccrochais à mon père. Je pensais qu'il savait toujours quoi faire.

Il recula en arrière de quelques pas, avant de partir.

— Tu aurais dû avoir plus confiance en toi, car tu t'es montré bien plus complaisant que lui » dit-elle.

Or, le jeune homme se tourna une dernière fois en forçant un sourire, sincère et amer à la fois. Il ressentait toujours cette terrible douleur au crâne. Il partit en direction du sud, titubant, et tenant son bras inerte pour éviter qu'il ne se balance à chacun de ses pas. À la prochaine rivière il s'arrêterait pour boire et se reposer en attendant que ce mal de tête s'atténue.

Selna l'observa s'éloigner durant quelques instants, songeant qu'il n'y avait enfin plus de danger, puis elle rejoignit Ty.

Le jeune homme se faisait un sang d'encre. Pourquoi prenait-elle autant de temps ? Pourvu qu'elle ait vraiment le dessus sur son adversaire car s'il réussissait à la vaincre ce serait la fin.

En se tournant, il aperçut la jeune femme sombrement vêtue s'approcher.

« Tout est bien ? Ne nous nuira-t-il plus ?

— Non. Ty, suis-moi. Je dois te dire quelque chose de très important, avoua-t-elle en marchant à grands pas.

— Qu'est-ce ? répondit-il, fébrile, avant de la rattraper en courant.

— Je n'en ai pas parlé pour te protéger. Peu le savaient, mieux c'était.

— Quoi donc ?

— En fait, tu as un pouvoir. Le pouvoir de Guérison. Tu peux sauver toutes les personnes mourantes, mais aussi ressusciter les récents défunts.

Ty resta muet, les yeux écarquillés.

— Pardon ? prononça-t-il enfin.

— L'âme ne quitte le corps que lors de la

deuxième lune, lorsque les tissus entrent en putréfaction. Avant cela, le pouvoir de Guérison peut les ramener à la vie en aidant l'âme à reprendre le contrôle de l'enveloppe charnelle. Cependant, tu ne peux le faire qu'une seule fois pour chaque être vivant. Une âme ne supporte pas deux fois la mort.

— Suis-je en train de rêver ? répondit-il, abasourdi.

— Nous devons nous hâter. Nous pouvons encore sauver ta mère, ton frère et plein d'autres » dit-elle en l'attrapant par le bras.

Elle l'entraîna en se déplaçant à toute vitesse. En bénéficiant du contact, il pouvait courir à la même allure, et ne devait surtout, en aucun cas, lâcher prise. Il se laissait emporter, il avait confiance en Selna. Son esprit était bien tourmenté. Était-il en train de rêver ? De perdre la raison ?

Arrivés au château, en trois fois moins de temps qu'ils avaient mis pour partir, Selna l'emmena dans la salle où les corps avaient été entreposés avant leur enterrement. Elle souleva le suaire qui recouvrait Teli.

« Elle fait partie des premières victimes. Entraîne-toi sur elle » déclara-t-elle.

Ty souhaitait lui demander quoi faire. Mais quelque part, il le savait. Tout ce qu'on lui avait toujours dit, ses amis qui s'étaient découvert des pouvoirs. Il se doutait de quelle manière il fallait s'y prendre bien qu'il ne l'avait jamais pratiqué.

Il posa ses mains près du cœur de Teli, puis ferma les yeux. Il tentait de sentir une énergie dans ce corps sans vie mais où l'âme résidait encore. Les minutes furent longues.

Soudainement, il entendit comme des murmures. Des picotements se répandirent dans ses mains, ils semblaient venir du corps de la Guerrière. Les chuchotements indistincts ressemblaient fortement à la voix de celle-ci. Enfin, quelques mots devinrent perceptibles :

« *Si vous me permettez de vivre, je défendrai ceux qui en ont besoin avec la même ardeur ...* »

Il établit une légère pression sur son buste, en pensant à insuffler l'énergie fourmillante vers ce corps toujours habité par sa conscience.

Enfin, les battements de son cœur reprirent. Insensiblement, mais bien réels. Ty tourna le regard vers Selna, elle comprit.

« Reste ainsi encore quelques instants, qu'elle reprenne conscience » lui conseilla la jeune femme.

Ty fit tout pour rester attentif. Le sang se mit à circuler à nouveau, très lentement dans les veines. La couleur de sa peau se raviva. Ses poumons se soulevèrent de nouveau, sa respiration reprit sa cadence. Puis, Teli cligna des yeux et releva la tête vers eux.

« Repose-toi Teli, tu en as besoin, dit Ty en souriant.

— Occupons-nous des autres » dit Selna.

Elle se dirigea vers un autre corps et souleva la tenture : il s'agissait d'une des petites filles mortes sous la charrette.

Ty s'accroupit et recommença son opération.

Cyr entra dans la pièce accompagné de Myni et quelques domestiques.

« Selna, on m'a prévenu de ton retour, que s'est-il passé ?

— Litar ne nous nuira plus, répondit-elle.

— Vraiment ? Tout s'est bien passé ? Est-il mort ? demanda Cyr, déconcerté.

— Oui, il n'y a plus aucun danger, répondit-elle en souriant.

— Tu aurais dû ramener son corps que nous puissions enfin le voir anéanti, ajouta Myni.

Sa blessure l'endolorissait encore un peu mais ne l'empêchait pas de se déplacer à petits pas.

— Voyons Myni. Mais, qu'êtes-vous donc en train de faire ? demanda Cyr, inquiet.

Teli s'assit nonchalamment et les contempla. Les nouveaux venus sursautèrent en poussant des cris d'effroi.

— Oh ! Que se passe-t-il ici ?! lança Myni en portant ses mains à sa gorge.

— Ty a un pouvoir, celui de la Guérison, indiqua Selna.

— Pardon ?! s'interrogea Cyr.

— Nous en discuterons plus tard, évitons de le distraire dans cette tâche difficile, ajouta-t-elle.

— Très bien, laissons-les pour le moment. Nous avons d'autres occupations auxquelles vaquer, dit Cyr en quittant la pièce suivi de tous les nouveaux entrants effarouchés.

En refermant la porte, la pièce redevint bien calme. La petite fille se mit à tousser, puis ouvrit les yeux. Selna passa sa main sur son front pour la réconforter. Elle demeura allongée un moment pour reprendre des forces.

Ty et Selna se dirigèrent vers sa sœur et reprirent leur rituel. La jeune femme s'assit sur un coffre qui se trouvait juste à côté pour garder un œil sur l'intervention.

— Connais-tu l'histoire du vieil homme généreux ? demanda Selna.

— Non, qu'est-ce ? répondit Ty tout en faisant pression sur le buste de la petite fille.

— Je vais te la conter » dit Selna.

Puis, elle se mit à la réciter :

« Il était un village du sud bien heureux,
De temps à autre, ceux qui avaient disparu
Revinrent mystérieusement à la vie.

Nul ne savait comment,
Les morts étaient bien vivants.

Mais un jour, un vieil homme généreux,
Celui qui donnait toujours son pain
À ceux qui en avaient besoin,
Connu une fin funeste.

Les morts ne revinrent plus,
Les villageois comprirent alors :
Ce vieil homme avait un pouvoir en or
Et l'emporta à jamais dans la mort. »

Ty demeura pensif. Ce conte le préoccupait.

« Non, je ne pense pas l'avoir entendu un jour, répondit-il.

— Ce chant date d'il y a mille ans. C'est le pouvoir le plus rare qui n'ait jamais existé. Et tu en as hérité. Ce vieil homme était certainement l'un de tes ancêtres, dit-elle.

— C'est incroyable. Mais depuis quand le sais-tu ?

— Depuis ton Exploration. Je n'ai rien dit car Litar devait absolument l'ignorer. Et si l'un d'entre vous y avait pensé il l'aurait su, exposa-t-elle.

— Je possédais ce pouvoir et je ne le sentais même pas ? s'interrogea-t-il.

— Car tu n'étais pas face à la situation. Ici, tu sais ce que tu dois accomplir, et tu es doué pour ça, ajouta-t-elle.

— Merci. J'aime beaucoup ce pouvoir, répondit-il la voix pleine d'espoir.

— Mais comme je te l'ai dit, tu ne peux l'utiliser qu'une fois sur chaque personne. Car la seconde fois, l'âme ne peut supporter la mort et s'éteint aussitôt, insista Selna.

— Très bien, je tâcherai de m'en souvenir » répondit Ty.

Ils sauvèrent toutes les personnes qui avaient péri depuis le Jour de la Vie.

Vint le tour de sa mère. C'était si douloureux de la voir ainsi, inanimée. Ty posa ses mains près de son cœur. Il ferma les yeux et concentra toute son attention. Son âme lui chuchota quelques mots :

« Pitié ... sauvez mes enfants ... ils sont tout ce que j'ai ... »

Il ressentit les mêmes sensations que précédemment. Le cœur de Ceny se mit à battre progressivement. Des larmes coulèrent des yeux de Ty. Il se tint ainsi encore un moment.

Enfin, sa mère porta sa main sur celles de son fils. Il ouvrit les yeux, elle le contemplait en clignant des paupières. Un faible sourire s'afficha sur son visage. Il ne put s'empêcher de se pencher vers elle et de l'étreindre. Elle le serra fort également. Il pleura enfin toutes les larmes de son corps.

Selna les regarda tendrement. Puis elle dut interrompre leurs retrouvailles :

« Navrée de vous séparer aussitôt, mais le temps nous ait compté. Tu dois t'occuper de Fyr, vous aurez tout le temps de vous retrouver ensuite » dit-elle d'une voix douce.

Ceny hocha la tête du mieux qu'elle put et s'allongea derechef.

Ty et Selna sortirent de la salle pour se rendre dans la grande pièce de soins.

Fyr se trouvait là, toujours inconscient. Le blondin s'assit à côté de lui, puis posa ses mains sur sa poitrine. Comme il était toujours vivant, l'énergie se déplaça aisément jusqu'à sa blessure au crâne. Au bout de quelques instants, l'enfant se mit à remuer, comme s'il sortait d'un mauvais rêve.

Ty tourna la tête vers Selna et lui sourit.

« Ça se passe très bien. Continuons. »

Ils se dirigèrent vers la salle contenant les

derniers corps, les plus récents. À présent, Selna paraissait nerveuse. L'engouement avait cédé la place à l'angoisse. Ils entrèrent, puis fermèrent la porte derrière eux.

Ty se précipita vers un linceul et le souleva - il s'agissait de Kaaz.

Le garçon se tourna vers elle :

« Je lui parlerai.

— Ce n'est pas nécessaire, dit-elle.

— Je ferai tout pour trouver les bons mots.

— Merci » répondit-elle, incertaine.

Ty posa ses mains sur le torse du défunt jeune homme. Son énergie se répandit dans le corps éteint. Peu à peu la vie reprenait, elle était encore fortement présente puisqu'il l'avait perdue récemment. Son âme n'avait pas encore quitté son hôte. Les derniers mots auxquels il avait pensé furent :

« *Je vous en prie... protégez ceux que j'aime.* »

Selna avait quitté la pièce.

Désormais, elle se trouvait sur le grand balcon et observait les rues de la ville. Les habitants retrouvaient leurs habitudes. Elle savait Kaaz entre de bonnes mains et se sentait soulagée d'avoir pu arrêter Litar a temps. Kaaz lui en voudrait sûrement de tout ce qu'il s'était passé. Il ne lui adresserait probablement plus jamais la parole, mais le plus important était qu'il ait la vie sauve.

FIN

APPRENDRE LE TYSTENA

Toutes les lettres se prononcent, même les lettres finales.

Particularités

Consonnes :

• Le "c" situé devant une voyelle se prononce comme en espagnol [θ]
• Le "g" se prononce toujours "gu-" comme [g]
• Le "h" est expiré comme en anglais [h]
• Le "s" se prononce toujours [s]
• "ch" se prononce comme en anglais [tʃ]
• Le double "ll" se prononce comme en italien.

Voyelles :

• Le double "aa" se prononce comme un long "a" [a:]
• Le "e" se prononce "é" comme [e]
• "ee" se prononce "è" comme [ɛ]
• Le "U" en début de mot se prononce comme en français [y] mais lorsqu'il est au milieu ou à la fin d'un mot se prononce [œ]
• "y" se prononce "aï" [ai]

Merci de m'avoir lue !

N'hésitez pas à laisser votre avis sur Amazon et les sites de lectures comme Babelio, Livraddict, Booknode, SensCritique et Goodreads.

Je suis aussi présente sur les réseaux sociaux où vous retrouverez des chroniques, illustrations ou bonus à propos de mes romans :

Facebook : www.facebook.com/powerfulnovel
Twitter : https://twitter.com/RomanFantasy1

Si vous le souhaitez, vous pouvez me contacter à cette adresse : sanlemoing@gmail.com

Autres romans de l'auteure

Mes 7 ex : Juliette (8 août 2016)
SHEWOLF – Tome 1 : L'apprivoisement (5 novembre 2016)

A venir

POWERFUL – Tome 2

23859951R10228

Printed in Poland
by Amazon Fulfillment
Poland Sp. z o.o., Wrocław